주석으로 쉽게 읽는
고정욱 그리스 로마 신화 4

주석으로 쉽게 읽는

고정욱
그리스
로마 신화

4

신과 인간, 욕망의 뒤엉킴

고정욱 지음

애플북스

Greek and Roman Mythology

차
례

1

보레아스의 결혼

오레이티아는 에레크테우스의 네 딸 가운데 가장 어린 막내딸이었다. 막내는 아버지의 무한한 사랑을 받는 법이다. 애교 많은 막내딸을 보면서 에레크테우스는 결심했다.

'위로 세 딸은 결혼시켜도 막내딸은 결혼시키지 않고 내가 데리고 살아야겠다.'

오레이티아의 언니들은 자라서 부근에 있는 다른 도시의 왕들과 결혼했다. 오레이티아는 언니들이 예쁘게 꾸미고 결혼하는 것이 부럽기만 했다. 자신도 그렇게 예쁘게 꾸미고 사랑하는 남자와 가정을 꾸리고 싶다고 생각했지만, 아직 나이가 어려서 그런지 아버지가 자신에게는 결혼 이야기를 전혀 하지 않았다.

에레크테우스는 마침내 막내딸만 남자 극단적인 조치를 취했다.

"오늘부터 막내는 궁전 안에서는 어디든 다녀도 좋지만 밖에는 나가지 못하도록 막아라."

"예, 알겠습니다."

신하들은 막내 공주를 끝까지 데리고 살고 싶어하는 왕의 마음을 읽었다. 왕은 자신의 뜻을 이루려면 공주가 아예 남자를 만나지 못하게 해야겠다고 생각했다.

"어쩔 수 없이 밖으로 나갈 때는 내 허락을 받도록 해라. 이 지시를 어기는 자는 용서하지 않겠다."

신하들은 오레이티아를 방에다 가둬놓고 감시하기 시작했다. 조금만 밖에 나가려고 해도 시종이 달려와서 말렸다.

"부왕께서 좋아하지 않으실 겁니다. 부디 방 안에 계십시오."

그러면 유순한 오레이티아는 포기하고 방에 앉아 있을 뿐이었다. 한마디로 창살 없는 감옥에 갇힌 셈이었다. 그녀의 유일한 즐거움은 창문을 열고 하늘을 내다보는 것이었다. 하지만 오레이티아는 아버지를 이해하기 위해 애썼다.

'아버지가 나를 너무 사랑하셔서 그래. 맞아. 내가 결혼하면 가엾은 아버지는 누가 돌보겠어? 나라도 잘 지켜드려야지.'

오레이티아는 수를 놓거나 베를 짜면서 방에서 혼자 시간을 보냈다. 때로는 친한 시녀들이 와서 함께 놀다가 가기도 했다. 그러다가 창문으로 시원한 바람이 불어오면 멍하니 밖을 내다봤다. 그 바람이 그녀의 운명과 연결될 줄은 알지도 못하고…….

바람은 그리스인들의 삶에서 떼려야 뗄 수 없는 존재다. 그리스의 위대한 영웅 가운데 하나인 메넬라오스는 아가멤논의 동생으로, 나중에 두 사람은 트로이아 전쟁에 함께 참전한다. 그는 개를 세 마리 길렀는데, 자식보다 더 사랑하고 아꼈다. 그 개들의 이름은 보레아스, 에우로스, 노토스였다. 보레아스는 북풍, 에우로스는 동풍, 노토스는 남풍의 신의 이름이다. 메넬라오스는 그 개들을 무척 사랑했다.

이처럼 지중해 연안 사람들의 삶에 있어서 바람은 무척 중요했다. 그중에서도 가장 중요한 바람은 북풍이었다. 북풍의 신은 보레아스다. 보레아스는 차가운 겨울바람의 신이다. 북풍이 거세게 불면 사람들은 집 안에 웅크리고 있을 뿐, 좀처럼 밖에 나다니지 않았다. 북풍은 그 어느 바람보다도 강력해서 많은 사람들을 곤경에 빠뜨릴 수 있는 무서운 힘을 가졌다. 커다란 날개를 가진 보레아스는 트라키아산 높이 자리 잡은 궁전에 살고 있었다. 트라키아는 그리스 북쪽에 있는 지역이다.

보레아스는 차가운 성질을 가진 북풍의 이미지처럼 외로운 신으로, 온기라고는 하나도 없는 거대한 궁전에서 홀로 고독하게 살았다. 1년 내내 궁전에만 머무르다 겨울이 되면 비로소 기지개를 켜고 나와 온 세상을 덮쳤다. 그는 눈과 폭풍우와 먹구름과 친구였다. 보레아스가 덮치면 곳곳에 폭풍우와 함께 눈보라가 휘날려 사람들은 며칠씩 집에서 나올 수 없었다. 보레아스의 이름만 들어도 다들 두려움에 떨었다.

하지만 1년 중 몇 달만 활동하는 보레아스는 수시로 불어대는 다른 바람과 성질이 달랐다. 보레아스는 참고 기다리는 데 익숙했다. 꾹꾹 눌러 참다가 어느 순간 폭발하면 그 누구도 막을 수 없는 무서운 힘을 발휘했다. 보레아스는 신들 가운데 가장 참을성 많은, 그리고 가장 소극적으로 짧은 기간에만 활동하는 신이었다.

이런 보레아스에게는 아직 배필이 없었다.

"나에게도 적당한 짝이 있으면 좋겠다."

마침내 그에게도 마음에 드는 여인이 나타났다. 바로 아테네의 왕 에레크테우스의 딸 오레이티아였다.

어느 날 오레이티아는 답답한 마음에 창문을 열었다. 때는 이미 가을을 지나 겨울이 됐지만 맑고 신선한 공기가 그리웠던 것이다. 창문을 열자 눈이 번쩍 뜨이게 하는 차가운 바람이 불어와 오레이티아의 머릿결을 어루만지고 지나갔다.

'아, 맑고 상쾌한 바람이로구나.'

오레이티아는 가슴을 활짝 펴고 바깥을 내다보며 기지개를 켰다. 순간, 지나가던 보레아스가 아름다운 공주를 발견했다. 너무나 아름다운 공주가 높은 탑 위에서 창문을 열고 서 있는 것을 보고는 순식간에 반해버리고 말았다.

'저토록 아름다운 여인이 있다니.'

보레아스는 재빨리 열린 창으로 들어가 방 안을 훑어봤다. 아름다운 공주는 눈에 넣어도 아프지 않을 것만 같았다. 오레이티아는 갑자기 불어오는 신선하고 향긋한 바람에 감동해서 말했다.

"누가 말했어? 북풍은 차갑다고. 이렇게 따뜻하고 향기로운걸."

그 순간, 보레아스는 결심했다.

‘이 공주를 나에게 달라고 해야겠군.’

보레아스는 사람으로 변해 에레크테우스를 만나러 갔다.

“나그네가 찾아왔습니다.”

“들어오시게 해라.”

에레크테우스는 나타난 이를 보자 깜짝 놀랐다. 날개가 달려 있는 데다 온몸에서 서늘한 기운이 느껴지는 게 사람처럼 보이지 않았기 때문이다.★

“그대는 사람이오, 신이오?”

“역시 왕은 다르군요. 나는 사람이 아니라 신이오. 북풍의 신, 보레아스라고 하오.”

“지체 높으신 신께서 왜 우리 궁전까지 오셨습니까?”

에레크테우스는 겸손하지만 당당하게 보레아스에게 물었다.

“지나가는 길에 그대의 딸을 봤소.”

순간, 에레크테우스는 가슴이 철렁했다. 사람들은 막았지만 신을 막지는 못했다는 뼈아픈 사실이 그의 가슴을 때렸다.

“못나고 부족한 딸이 하나 있을 뿐입니다. 신께서 신경 쓰시기엔 미흡한 아이입니다.”

여기서 잠깐!!

보레아스는 아주 남성다운 외모에 바람의 신답게 등 뒤에는 커다란 날개가 달려 있었다고 해. 얼굴에는 수염이 나 있고, 늘 짧은 외투를 입고 다니는 모습으로 알려져 있어. 아마 날아다니는 데 거추장스러운 것들을 없애다 보니 이런 모습으로 묘사한 것 같아. 보레아스는 티탄 일족으로, 트라키아에 살았어. 보레아스는 암말들과 정을 나눠 12마리의 망아지를 낳았는데, 이 말들이 얼마나 빠르고 가벼운지 옆을 스쳐 지나가도 작은 흔들림 하나 느껴지지 않았다고 해. 바람의 신답게 그의 자식들은 다 가볍고 빠르고 하늘을 날아다녔다고 해.

"지나친 겸손이오. 그대의 딸을 내 아내로 삼고 싶소. 인간들보다 나에게 시집보내는 것이 좋을 거요. 불멸의 존재로 만들어주고 나의 궁에서 아쉬운 것 없이 지내도록 하겠소."

신이 인간에게 딸을 달라고 정식으로 요청하는 것은 매우 드문 일이었다. 보레아스의 청을 거절했다가 어떤 일이 벌어질지 머리 회전이 빠른 에레크테우스는 순식간에 짐작할 수 있었다.

"참으로 영광되고 감사한 일입니다."

일단 감사의 뜻을 표하며 에레크테우스는 머리를 썼다. 함부로 거절할 순 없었다. 자칫 잘못하면 궁전 자체가 날아갈 수도 있었다. 에레크테우스는 신들의 힘을 너무나 잘 알고 있었다. 그렇다고 목숨보다 더 귀한 딸을 내줄 수는 없었다. 늙어 죽을 때까지 딸을 데리고 살고 싶었기 때문이다. 순간 에레크테우스는 꾀를 냈다.

"북풍의 신이시여, 일단 앉으시지요. 이봐라, 어서 먹을 것을 가져오너라."

금세 진수성찬이 차려졌다. 보레아스는 먹는 둥 마는 둥 하며 에레크테우스가 자신의 청혼을 받아들이기만을 학수고대했다.

"자, 어서 답하시오. 그대의 딸 오레이티아를 내 아내로 삼고 싶소. 허락해주겠소?"

"신이시여, 이보다 더 큰 영광은 없을 겁니다. 미천한 제 딸을 원하시다니요. 그런데 신께서는 오늘 처음 이곳에 오셔서 제게 갑자기 불쑥 딸을 달라고 하셨지요? 결혼은 인륜지대사입니다. 사람들은 결혼을 위해 평생 준비하기도 하는데, 오늘 와서 막바로 딸을 달라고 하시면 저로서는 당황스러울 따름입니다. 게다가 제 딸은 보셨다시피 어떤 남자의 손길도 닿지 않은 순진한 처녀입니다. 순수하고 깨끗하기가 흰 눈보다 더하지요. 저는 그 아이를 시집보내겠다는 생각을 한 번도 해본 적 없습니다. 그 아이가 알고 있는 남자라고는 저와 궁전에 있는 시종들뿐입니다. 이곳 환경에 너무나 익숙해져 있는 딸을 어떻게 시집을 보내야 할지 저는 모르겠습니다."

보레아스는 승낙인지 아닌지 알 수 없는 애매한 대답을 들었지만 고개를 끄덕였다.

"고맙소. 그렇게 말해주니 나는 너무나 기쁘오. 듣고 보니 그대의 말도 일리가 있소. 그대의 딸이 남자에 대해 알지 못하고 세상에 대해 모른다고 하니 시간을 좀 주겠소. 이제 겨울이 시작됐으니 내가 한 달 뒤쯤 찾아오면 어떻겠소?"

그 말을 듣자 에레크테우스는 일단 이 순간을 모면하고 보자는 생각에 반색하며 말했다.

"좋은 생각이십니다. 한 달 동안 제 딸에게 세상을 가르치겠습니다. 남자에 대해서도 알게 하고 아기를 낳는다든가 남편을 어떻게 대해야 하는지 등등 차례차례 가르치겠습니다."

"고맙소. 그렇다면 나는 한 달 뒤에 오겠소. 내가 당신의 땅에 오지 않을 테니, 이번 겨울에는 춥지도 않고 눈보라도 없을 거요."

"감사합니다."

말을 마친 보레아스는 순식간에 사라졌다.

한 달 동안 에레크테우스는 고민하고 또 고민했다.

"어떡하지? 그가 오면 어떻게 해야 하지? 내 딸을 내주기는 정말 싫은데……."

그는 신하들에게 방법을 물었다.

"이 사태를 어찌하면 좋겠는가? 혹시 그대들에게 좋은 생각이 있는가? 무엇이든 어서 말해보게."

그러나 신하들이라고 해서 별다른 수가 있을 리 없었다. 신의 요청을 거절했다가는 어떠한 대가를 치러야 하는지 잘 알았기 때문이다.

"애초에 공주님이 창문을 열지 말았어야 했습니다."

"이제라도 공주님을 멀리 빼돌리시죠."

"빼돌린다고 해서 신이 모르겠소?"

신하들은 우왕좌왕했다. 그때 회의장에 있는 사람 중 가장 신분이 낮은 서기가 입을 열었다.

"대왕이시여, 저에게 꾀가 있습니다."

"무엇이냐? 어서 말해봐라."

"결정하기 어려운 일로 회의를 할 때 사람들은 다음에 결정하자고 미룹니다. 시간이 흐르면 문제가 자연스럽게 해결되기도 하기 때문이지요. 대왕께서는 어찌하여 신에게 연기하자는 이야기를 못 하십니까?"

"아, 그렇구나. 좋은 생각이다. 너에게 큰 상을 내리겠다."

딸 가진 아버지로서 일단은 버틸 때까지 버텨보자고 결심했다. 마침내 한 달 뒤 차가운 기운이 감돌더니 보레아스가 날개를 펼친 채 왕 앞에 나타났다.

"내가 왔소. 한 달 동안 딸을 시집보낼 준비는 다 했소?"

에레크테우스는 아주 반갑다는 듯이 말했다.

"어서 오십시오. 기다리고 있었습니다. 제 딸이 놀라긴 했지만 잘 다독여놓았습니다. 그런데 북풍의 신께 시집을 가라고 했더니 제 딸이 이렇게 말하는 겁니다. '아버지, 저는 준비가 전혀 되어 있지 않습니다. 평생 아버지를 모시고 살려고 생각하다 보니 아무것도 아는 게 없고 준비된 게 없습니다. 첫날밤에 입을 옷도 만들지 못했고, 이부자리 같은 살림살이도 준비하지 못했습니다. 그 밖에 신부로서 준비해야 될 모든 것들이 제대로 갖춰지지 않았습니다. 이 모든 것을 준비하는 데 한 달은 너무나 부족합니다.' 어떻게 하면 좋겠습니까?"

이야기를 들은 보레아스는 고개를 끄덕였다. 시집 올 마음을 먹었지만, 아직 준비가 안 됐다니 충분히 이해할 수 있었다. 아름다운 오레이티아가 정성 들여 만든 혼례복을 입고 결혼식을 올린 뒤 자신과 함께 지낼 것을 생각하니 보레아스는 가슴이 두근거렸다.

"좋소. 그렇다면 겨울이 끝나려면 멀었으니 한 달 뒤에 돌아오겠소. 그때는 꼭 결혼할 수 있게 잘 준비해두시오."

"감사합니다. 그때쯤이면 모든 게 갖춰져 있을 겁니다."

보레아스는 자신의 궁으로 돌아갔다. 또다시 한 달이 지났다. 에레크테우스는 미룰 수 있는 데까지 미루는 것밖에 방법이 없다고 생각했다. 물론 딸을 이웃 나라에 재빨리 시집보낼 수도 있지만, 그렇게 했다가는 신을 속인 것이 되어 어떠한 재앙을 내릴지 알 수 없었다. 에레크테우스는 버틸 수 있을 때까지 버티자고 다시 한번 마음을 다졌다. 이번에는 어떤 핑계를 대야 할지 고민하고 있는데, 말단 서기가 말했다.

"대왕이시여, 더 이상 미룰 수는 없습니다. 다른 구실을 대야 합니다."

"좋은 방법이 있느냐?"

"준비를 다 해놓겠다고 하셨으니 다른 구실, 신도 어쩔 수 없는 구실을 대야 합니다. 왕비님이 편찮으시다고 하는 것은 어떻겠습니까?"

순간 왕은 눈앞이 밝아지는 것만 같았다.

"좋은 생각이다. 어미가 아픈데 딸이 어떻게 혼례를 올리겠느냐? 너에게 또 큰 상을 내리겠다."

그리하여 이미 한 차례 승진한 말단 서기는 공을 인정받아 한 번 더 벼슬이 올라가게 되었다.

한 달 뒤 보레아스가 돌아오자 에레크테우스는 황급히 달려갔다.

"신이시여, 오셨습니까?"

"이제는 준비가 다 됐소?"

"준비가 되다마다요. 공주에게 가르칠 것도 다 가르쳤고 혼수품도 꼼꼼히 마련했습니다. 당장 데려가십시오."

그때였다. 시녀 하나가 울부짖으며 달려왔다.

"대왕이시여, 큰일 났습니다!"

"무슨 일이냐? 귀한 손님이 오셨는데 왜 호들갑이냐?"

"왕비님께서 쓰러지셨습니다. 의원께서 중병이라고 합니다. 빨리 가보셔야 합니다."

"뭐야?"

에레크테우스는 당황한 얼굴로 덜덜 떨면서 말했다.

"신이시여, 잠시만 기다려주십시오. 집안에 큰 변고가 생긴 것 같습니다.”

“어서 다녀오시오. 큰 병이 아니었으면 좋겠구려.”

하지만 이 모든 것은 연극이었다. 잠시 뒤 신 앞에 나타난 에레크테우스는 말했다.

“아내가 몹시 아픕니다. 자칫하면 죽을 수도 있다고 합니다. 그래서 지금 딸이 간호하고 있습니다. 이를 어찌하면 좋습니까?”

보레아스는 할 말이 없었다. 자식이 병든 부모를 간호하는 것은 동서고금을 막론하고 당연한 일이다. 자꾸 결혼이 연기되는 것이 마음에 들지 않았지만 보레아스는 어쩔 수 없이 고개를 끄덕였다.

“어쩔 수 없구려. 왕비를 잘 간호하시오. 나는 나중에 다시 오겠소.”

보레아스는 뭔가 찜찜하다고 생각하면서도 에레크테우스의 말을 믿고 궁전을 떠났다. 보레아스가 떠나자 에레크테우스는 침대에 누워 있던 왕비를 일으켜 세웠다.

“여보, 여보, 이제 그만 일어나시오. 신이 갔어요. 그리고 우리 딸 오레이티아, 너도 걱정하지 말고 네 방으로 가렴. 보레아스는 돌아갔다.”

“아버지, 그가 다시 와서 또 저를 달라고 하면 어찌실 겁니까?”

“걱정하지 마라. 나에게는 꾀주머니 신하가 있다.”

얼마 뒤 보레아스가 돌아왔다. 하지만 왕은 꾀주머니 신하에게 들은 방법이 있었다.

“신이시여, 어서 오십시오. 기다리고 있었습니다. 북풍의 신이시여, 이제 왕비도 쾌차했고 딸도 준비가 됐습니다. 모든 것이 준비됐으니 저는 신을 사위로 삼는 무한한 영광을 누릴 수 있겠군요. 그런데 마음에 걸리는 게 하나 있습니다."

"무엇이오?"

"제 딸이 너무 어립니다. 그렇게 교육시켰건만 지금도 어미 품에서만 잠을 자려고 하고 철부지 같은 소리를 해댑니다. 평범한 남자와 결혼해서 한집안을 이뤄 건사하고 아이를 낳아 키우기도 버거워 보입니다. 하물며 지고하신 신의 아내가 되어야 한다니 걱정이 앞서는군요."

"그러면 어떡하면 좋겠소?"

"딸이 다 자랄 때까지 몇 해만 기다려주십시오. 그때는 반드시 시집을 보내겠습니다."

"정말이오?"

"예, 맹세할 수 있습니다. 그러니 지금은 돌아가시고 제 딸이 성숙한 여인이 되면 그때 와서 데려가십시오."

참을성 많은 보레아스는 한 번 더 돌아서려고 했다. 그때 에레크테우스가 쓸데없는 말을 내뱉었다.

"몇 년 뒤면 제 딸은 그 누구의 아내도 될 수 있을 만큼 충분히 성숙해질 겁니다. 저는 오히려 신이 걱정되는군요. 그동안 다른 여인을 만나시거나 하면 안 됩니다. 하하하!"

"뭐, 뭐라고?"

그 순간, 보레아스는 깨달았다. 걱정하는 듯한 말이지만, 다른 여인을 만나 자기 딸은 잊는 게 좋을 거라는 의미가 들어 있음을 알아차린 것이다.

"알았소."

지금까지 이야기한 모든 것이 속임수이고 핑계였다는 사실을 뼈저리게 깨달았다. 하지만 그는 신이었다. 쉽게 화를 내거나 증오심을 표현할 순 없었다. 보레아스는 화를 꾹 참고 말했다.

"좋소. 나도 가서 신중하게 생각해보겠소. 당신의 딸이 성장할 때까지 기다리고 계시오."

보레아스는 하늘로 날아올라 구름 속으로 사라졌다. 하지만 그의 마음속에서는 분노가 부글부글 들끓었다.

'감히 인간 주제에 신을 능멸해?'

하지만 아름다운 공주의 모습은 그를 슬프게 했다.

'저렇게 아름다운 여인을 그냥 두고 가야 하다니……. 평범한 인간이 아닌 신인데도 배우자를 맞기가 이렇게 어렵단 말이냐?'

구름 위에 올라가 잠시 생각하던 보레아스는 마침내 결심했다.

'에레크테우스는 신인 나를 능멸한 게 분명하다. 본때를 보여줘야겠구나.'

그는 숨을 깊이 들이마신 뒤 얼어붙을 듯한 차가운 바람을 내뿜기 시작했다. 봄이 머지않은 시기인데, 갑자기 북풍과 한설이 몰아쳤다. 성에 있던 깃발은 모두 날아가고 깃대는 부러졌으며 창틀은 모두 부서져 떨어졌다. 궁 안 곳곳에 찬바람이 돌아 떠놓은 물이며 음식이 꽁꽁 얼어붙었다. 피해는 그 정도에 그치지 않았다. 나라 곳곳에 있는 나무들은 뿌리 뽑혀 쓰러졌고, 파도가 험악하게 몰아쳐 물고기를 잡고 있던 배들은 모두 가라앉고 말았다. 게다가 강이란 강과 샘이란 샘은 모두 다 얼어붙었다.

"큰일이다. 신이 화났다. 보레아스 신이 분노했다."

보레아스가 공주를 신부로 맞기 위해 기다리느라 그해 겨울은 내내 따뜻했다. 그런데 봄이 다 된 순간, 어마어마한 북풍이 몰아친 것이다. 보레아스의 분노는 감히 인간이 감당해낼 만한 것이 아니었다.

"내가 숨만 내쉬어도 이렇게 두려움에 떠는 것들이 나를 능멸하려고 들어? 나는 북풍의 신이다. 한낱 인간의 여인 따위 얻으려면 강제로 데려올 수도 있었지만 예의를 갖춰 기다려주었더니 감히 나를 속이려고 하다니. 도저히 용서할 수 없다."

눈보라가 몰아치고 북풍이 궁전을 온통 얼어붙게 했다. 그의 숨결이 닿는 곳마다 모든 것이 파괴됐다. 집들은 마구 부서져 날아가고, 궁전의 문은 모두 활짝 열려 흔들리다가 뜯겨 나가고, 추위에 떨다 얼어 죽는 짐승과 사람이 속출했다. 에레크테우스는 너무 놀라 부들부들 떨며 하늘에 대고 외쳤다.

"용서해주십시오. 제발 살려주십시오. 신이시여, 어찌하여 이런 재앙을 내리십니까?"

그러나 때는 이미 늦은 뒤였다. 보레아스는 구름에서 내려와 두꺼운 옷을 입고 있는 오레이티아를 단숨에 낚아챘다.

"너는 내 여자다."

보레아스는 날갯짓하며 순식간에 하늘로 날아올라 북쪽에 있는 자기 성으로 가버렸다. 그러자 언제 그랬냐는 듯, 북풍이 몰아치던 궁전과 대지가 원래대로 돌아왔다. 그 뒤로 사람들은 이런 추위를 꽃샘추위라 부르며 북풍이 화를 내서 한 번씩 성질을 부리는 거라고 말했다.

궁으로 돌아온 보레아스는 이내 부드러워졌다. 아름다운 여인을 가슴에 품자 차가움이 녹아내리는 것만 같았다. 그는 무서워서 덜덜 떠는 오레이티아를 다독이며 말했다.

"공주, 걱정하지 마시오. 나는 그대에게 따뜻한 남편이 될 거요. 아무 걱정하지 마시오."

"아버지와 저희 백성들이……."

"그들은 한 사람도 죽지 않았소. 부서진 것들은 다시 고치면 되오."

보레아스는 신들을 모아놓고 자신의 궁에서 성대한 결혼식을 올렸다. 차갑기만 한 줄 알았던 보레아스가 사실은 따뜻한 남편이고 여인을 아낄 줄 안다는 것을 알게 되자 오레이티아는 마음을 놓고 그를 사랑하게 되었다. 그들은 금실 좋은 부부로서 주위의 모범이 되었다.

바람의 신 가운데도 강력한 신인 보레아스와 오레이티아는 아들을 둘 낳았는데, 둘 다 훌륭한 교육을 받아 멋진 영웅으로 성장했다. 그들의 이름은 제테스와 칼라이스였다.★ 그들은 인간의 몸을 하고 있지만 신의 흔적으로 날개가 달려 있었다. 겨드랑이 밑의 날개를 펴

여기서 잠깐!!

제테스와 칼라이스는 이아손의 모험에도 함께했어. 날 수 있는 능력이 있지만 인간들과 있을 때는 그 능력을 숨기고 꼭 필요할 때만 자신의 힘을 내보이는 겸손함을 지녔지. 인간들을 중심으로 돌아가는 세상에서는 신의 능력이 크게 자랑할 만한 것이 되지 못한다는 것을 보여주는 것 같아.

면 하늘을 날 수 있었는데, 어머니의 뜻을 받들어 신의 세계가 아니라 인간의 세계에서 활약했다. 영웅이 되고 싶었던 그들은 그리스 전역을 다니며 모험을 했다.

2

바람의 신 아이올로스

북풍의 신 보레아스에게는 남풍의 신 노토스와 서풍의 신 제피로스, 그리고 동풍의 신 에우로스라는 형제가 있었다. 바람의 신들을 다스리는 지배자는 아이올로스로, 이 네 명의 신들은 아이올로스의 뜻에 따라 움직였다. 아이올로스는 아내와의 사이에 아들 여섯, 딸 여섯을 낳고 사이좋게 살면서 바람의 신답게 자신이 다스리는 섬나라에 필요한 바람이 적당히 불어오게 해주었다.

"나의 소임은 바람을 적절히 불게 하는 것이다."

바람에 관한 한 그는 전지전능했다. 필요한 장소에 원하는 대로 바람을 보내주거나 멈출 수 있었다. 가끔은 커다란 가죽 부대에 바람을 담아 원하는 사람에게 선물하기도 했다. 그는 자신의 능력으로 사람들에게 도움을 주려고 애쓰는 신이었다. 그런데 바람의 혜택은 그 누구에게든 딱 한 번만 주어졌다.

그의 이러한 능력을 제대로 이용한 사람이 있다. 트로이아 전쟁에서 그리스인들이 승리하고 고향으로 돌아갈 때 이타카의 왕 오디세우스의 일행이 갖은 고생을 한 끝에 이 섬에 도달했다. 그들이 이곳까지 밀려온 것은 오디세우스가 포세이돈에게 미움을 받았기 때문이었다.* 아이올로스는 사서 생고생하는 오디세우스가 측은했다. 신에게 한번 미운 털이 박히면 쉽게 벗어날 수 없다는 것을 잘 알고 있었기 때문이다. 낡고 깨진 오디세우스 일행의 배들이 도착하자 아이올로스는 여섯 명의 아들에게 명령을 내렸다.

"위대한 영웅이 왔구나. 그를 도와야겠다. 너희들은 저 배를 수리하는 것을 거들어라."

"예, 아버지. 알겠습니다."

아들들이 달라붙어 배들을 수리하는 사이, 오디세우스 일행은 매일 저녁 아이올로스의 궁전에 초대를 받았다. 아이올로스는 맛있는 음식을 잔뜩 준비해 오디세우스 일행이 먹고 마시며 즐거운 시간을 보내게 해주었다. 아이올로스는 무엇보다도 달변가인 오디세우스가 이야기해 주는 모험담을 즐겼다. 오디세우스는 자신이 얼마나 열심히 살았는지, 그리고 난관에 처했을 때 지혜를 발휘해 어떻게 이겨냈는지 뛰어난 입담으로 들려주었다. 오디세우스의 이야기를 들으며 아이올로스는 결심했다.

'오디세우스를 도와줘야겠다. 그는 충분히 고생했어. 이대로 자기 집까지 갈 수 있도록 바람을 불어줘야겠어.'

마침내 오디세우스 일행이 길을 떠나려 할 때였다. 아이올로스는 큰 선물을 하나 준비했다.

"오디세우스, 그대의 고향으로 가려면 서풍이 불어야 하지. 제피로스에게 그대가 집에 도착할 때까지 밀어주라고 이야기해놓았소."

"감사합니다. 하지만 지중해는 바람이 어지러운 곳입니다. 언제 어떻게 바람이 바뀔지 알 수 없지요."

"그래서 이 선물을 주려고 하오."

아이올로스는 커다란 황소를 잡아 만든 가죽 부대에 서풍 외에 나머지 다른 바람들을 다 집어넣었다.

"나머지 바람들은 이 자루 안에 넣어놓았소. 은으로 만든 끈으로 단단히 묶었으니 풀지만 않으면 제피로스의 도움으로 서풍만 받으며 고향까지 무사히 갈 수 있을 거요."

오디세우스는 바람이 담긴 가죽 부대를 배의 맨 밑바닥에 숨겨놓고 항해했다. 아흐레 동

여기서 잠깐!!

하나의 사건은 어떤 시점에서 보느냐에 따라 달리 표현될 수 있어. 그런 경험을 다들 해봤을 거야. 학교에서 친구와 다퉜는데, 나는 상대방의 잘못 때문이라고 생각하지만, 친구는 내가 기억도 못 하는 나의 실수 때문에 마음이 상했기 때문에 그런 행동을 했다고 말할 수도 있지. 여기서는 철저히 아이올로스의 입장에서 이야기를 살펴볼 거야. 뒤에서 오디세우스의 이야기를 자세히 다룰 텐데, 나중에 한번 비교해보렴. 서로 다른 입장과 서로 다른 시각을 비교해보면 흥미로울 거야. 그러면서 세상에는 나와 다른 입장과 시각이 존재함을 깨닫게 된다면 좋을 것 같아.

안 순탄하게 항해해 마침내 열흘째 되던 날 고향 이타카 근처에 도달했을 무렵, 오디세우스의 부하들은 가죽 부대에 무엇이 들어 있는지 궁금해서 더 이상 참을 수 없었다.

"저 가죽 부대를 열어보자. 분명 신의 선물을 숨겨놓았을 거야."

의심에 사로잡힌 자들이 가죽 부대를 연 순간, 세상의 모든 바람이 휘몰아치기 시작했다. 고향 집을 눈앞에 두고 배가 조각조각 부서져 오디세우스 일행은 멀리멀리 떠내려가며 또 다른 모험을 하게 된다.

아이올로스*에게는 오디세우스를 도와준 여섯 명의 아들 외에 여섯 명의 딸도 있었다. 그의 딸들은 모두 아름다웠지만, 특히 알키오네의 미색이 뛰어났다. 알키오네는 트라키아의 왕 케익스와 결혼했다. 두 사람은 금실 좋은 부부였지만, 케익스는 낚시에 깊이 빠져 있었다. 낚시는 세월을 낚는 취미이다 보니 낚시광의 아내는 외로운 법이다.

"바다에 가서 물고기를 잡는 것만큼 멋진 모험은 없단 말이지. 낚시를 다녀오겠소."

남편이 낚시를 가려 하자 알키오네는 걱정했다.

"바다는 위험한 곳입니다. 낚시를 그만두시는 게 어떨까요?"

그러나 하지 말라고 하면 더 하고 싶어지고, 아내의 잔소리에 귀 기울이는 남편은 드문 법이다. 그는 알키오네가 아무리 말려도 듣지 않고 부득부득 바다로 낚시를 하러 갔다. 그러고 나면 알키오네는 갑자기 불어오는 바람에 남편이 다치지 않고 무사히 집으로 돌아오게 해달라고 신들에게 기도하는 게 일이었다. 비록 바람의 딸이었지만 바람을 마음대로 좌지우지할 수는 없었기 때문이다.

그러던 어느 날, 알키오네는 악몽에 시달리다가 온몸이 땀에 흠뻑 젖은 채 잠에서 깨어났다. 남편에게 좋지 않은 일이 생길 것만 같았다.

"여보, 오늘은 제발 바다에 나가지 말고 저와 함께 있어요."

"무슨 소리요? 나는 어떠한 파도가 몰아치더라도 포기하지 않고 바다를 항해하며 물고기를 잡았소. 게다가 파도와 바람이라면 어릴 때부터 내 손바닥 보듯 익숙하단 말이오."

"아니에요. 오늘은 예감이 정말 안 좋아요. 지금은 날씨가 좋지만 바다에선 언제 날씨가 변할지 모르잖아요."

"걱정하지 마시오. 내 배는 우리나라에서 가장 튼튼하고, 그 배를 모는 선원들은 다들 전문가요. 날씨가 이렇게 좋고 물때가 맞으니 분명히 고기를 많이 낚을 수 있을 거요. 조금만 기다리시오. 물고기를 잔뜩 잡아오리다."

알키오네는 낚시 갈 준비를 하는 남편에게 다시 한번 매달렸다.

"당신은 바다와 배와 낚시의 전문가죠. 하지만 바람이라는 것은……."

여기서 잠깐!!

《그리스 로마 신화》에서는 아이올로스라는 이름의 신과 인간을 여럿 찾아볼 수 있어. 여기서 이야기하는 아이올로스는 바람의 신이야. 포세이돈은 아이올로스의 딸 아르네와 결혼해 아들을 낳았어. 그리고 아들의 이름을 아이올로스라고 지었어. 아이올로스 2세인 셈이지. 아이올로스라는 이름의 존재들은 여러 가지 사건을 많이 일으켰는데, 바람의 신인 아이올로스가 가장 유명해.

"무슨 말을 하고 싶은 거요?"

"바람의 신들은 제각각 내키는 대로 움직여요. 제 아버지가 바람의 신이지만 아들들을 통제하지 못해서 다들 멋대로 불어대지요. 그들을 모두 잡아 가둔 뒤에야 바다는 겨우 잠잠해져요. 날씨가 좋은 날에도 아버지의 말을 안 듣는 신들이 제멋대로 바람이 불게 해서 태풍이 일어나기도 해요. 때로는 여럿이 동시에 불어 회오리바람도 일어나잖아요. 오늘은 제발 나가지 마세요."

아내가 눈물을 흘리며 붙잡았지만 소용없었다. 케익스는 이렇게 날씨가 좋은데 바다에 물고기를 잡으러 나가지 않는 것은 말도 안 된다며 배에 올라타 노를 젓기 시작했다. 그의 관심은 몇 시간 동안 즐겁게 어떤 물고기를 잡을까 하는 데 온통 쏠려 있었다. 나라를 통치하는 게 얼마나 힘든 일인가. 이렇게 물고기를 잡으며 잠시라도 세상일에서 멀리 떨어져보는 것이 케익스에게는 무엇보다도 큰 기쁨이었다.

케익스가 먼 바다로 노를 저어 나가 물고기를 잡기 위해 그물을 던지고 낚시를 드리웠을 때였다. 갑자기 날씨가 나빠지기 시작했다. 먹구름이 몰려오며 돌풍이 불기 시작했다. 마치 누가 바닷속에 손을 넣어 휘젓는 것처럼 파도가 거세지고 바람은 돛이 찢길 정도로 거칠게 불었다. 케익스가 탄 배는 커다란 군함이 아니라 낚시하기 편한 작은 배였기에 거친 바다 위에서 나뭇조각처럼 출렁일 뿐이었다.

한편, 남편이 걱정된 알키오네는 높은 산꼭대기에 올라가 먼 바다를 내려다보고 있었다. 파도가 몰아치는 가운데 남편의 배가 파도에 마구 흔들리는 것이 보였다. 남편이 무사히 돌아오기는 어려울 것 같았다. 마침내 거대한 파도가 몰아치더니 남편의 배는 그대로 바닷속에 가라앉고 말았다. 알키오네는 절망했다.

"아, 당신 없는 세상을 어떻게 살아요. 나도 당신을 따라 죽겠어요."

알키오네는 절망에 빠져 절벽 위에서 그대로 바다에 몸을 던져버렸다. 그리하여 그들 부부는 같은 날 같은 바다에 빠져 유명을 달리하게 됐다. 그 모습을 내려다본 신들은 측은한 얼굴로 말했다.

"아, 이렇게 아름다운 부부가 있단 말이냐? 아버지인 바람의 신도 어찌할 수 없는 운명이로구나."

그들 부부는 신들의 배려로 모두 물총새로 변했다. 물총새는 평생 한 마리 새와 부부로 지내며, 한 마리가 죽으면 다른 한 마리도 따라 죽을 정도로 괴로워한다. 이처럼 부부의 사랑은 죽음조차 갈라놓을 수 없는 것이다.

3

제우스의 여인 에우로페

제우스는 올림포스에서 땅 아래를 굽어보며 호시탐탐 아름다운 여인이 있는가 살펴보기 바빴다. 그의 눈에 들기만 하면 어떻게든 그 여인을 범해 자신의 여인으로 만들고 애를 낳게 하는 것이 취미 아닌 취미였다.★

"오늘은 또 어디에 아름다운 여인이 있을까?"

헤라는 제우스의 바람둥이 기질을 막기 위해 최선을 다했지만 지키는 열 사람이 도둑 하나를 못 막는다고 하지 않던가. 제우스는 더없이 아름다운 여인을 발견했다. 그 여인의 이름은 에우로페. 아게노르 왕의 딸이었다. 아게노르는 바다의 신 포세이돈의 아들이어서 촌수를 따지

자면 자기 형제인 포세이돈의 손녀뻘 되는 에우로페 공주를 탐하는 거였다.

아게노르에게는 포이닉스, 킬릭스, 카드모스라는 세 명의 건장한 아들과 막내딸 에우로페가 있었다. 에우로페는 가히 절세의 미모였다. 아프로디테까지도 제우스에게 와서 말할 정도였다.

"인간이 저렇게 예쁠 수 있나요? 미의 여신인 나의 미모를 넘볼 정도잖아요?"

"인간도 충분히 아름다울 수 있지. 그런데 정말 신의 미모를 넘볼 정도로 아름답구나."

아프로디테까지 인정하자 제우스는 에우로페에 대한 관심이 점점 커지면서 자신의 여자로 만들고 싶다는 생각이 강해졌다.

'어떻게 하면 에우로페가 나에게 자연스럽게 오도록 만들 수 있을까? 그렇지! 그녀가 사는 동쪽 나라를 벗어나 서쪽 나라로 오고 싶어지게 만들면 되겠구나.'

하지만 헤라의 감시가 심해서 제우스는 올림포스에서 빠져나가기 힘들었다. 그때 꿈의 여신 오네이로스가 떠올랐다.

'그렇지. 인간들은 나약한 존재라서 꿈을

여기서 잠깐!!

제우스가 바람둥이로 표현되는 건 신화의 상징과 은유로 해석해야 해. 제우스는 세상을 다스릴 때 독재가 아니라 협업을 택했어. 그래서 저승과 바다를 하데스와 포세이돈에게 나눠주었지. 전체적인 통제권은 자신이 가졌지만 이렇게 나눠주고 자신의 영역인 세상을 지배하는 데 집중했어. 그런데 이 세상은 여전히 넓고 컸단 말이야. 잘 다스리려면 확실하게 믿고 맡길 조력자가 필요했지. 그런 조력자 중 최고는 바로 자신의 아내와 그 아내가 낳은 자녀들, 그리고 처가 식구들이었어. 한마디로 성실한 가장이라기보다는 능력 있는 지도자의 길을 택한 것이지.

잘 믿는 경향이 있어.'

"오네이로스, 당장 이리 오너라."

오네이로스가 다가와 물었다.

"제우스 신이시여, 제게 무엇을 명령하시렵니까?"

"저 아래 있는 아름다운 공주 에우로페가 보이느냐?"

순간, 오네이로스는 모든 걸 알 수 있었다. 제우스가 꿀이 떨어질 듯한 눈빛을 하고 있었기 때문이다.

"네, 보입니다. 제가 무엇을 하면 좋겠습니까?"

"에우로페를 나의 여자로 만들고 싶다. 그러나 강제로 그렇게 했다가는 탈이 날 게 분명해. 그러니 네가 먼저 꿈에서 예감을 주도록 해라. 공주가 서쪽으로 가야겠다는 마음을 먹게만 하면 된다. 다음은 내가 알아서 할 테니."

"알겠습니다. 제가 그녀의 꿈에 들어가보겠습니다."

그날 밤, 에우로페는 자신의 침실에서 깊이 잠들었다. 꿈속에서 에우로페는 어느 들판을 걸어가고 있었다. 그런데 여인들이 싸우는 소리가 들렸다.

"이것아, 내놓으란 말이야."

"무슨 소리야? 말도 안 되는 소리 하지 마."

에우로페는 급히 그들에게 다가갔다.

"아니, 왜들 싸우시는 거예요? 그만 싸우세요."

"저게 내 것을 빼앗아가려고 하잖아."

"아니야. 내 거야."

두 여인이 마구 싸우자 에우로페는 중간에 끼어들어 말했다.

"아니, 도대체 뭘 가지고 싸우시는 겁니까? 어떤 물건을 가지고 싸우시는 거예요?"

"그것은 바로 너다."

"네?"

두 여인이 자신을 손가락질하자 에우로페는 당황했다.

"내 이름은 동쪽이야."

"내 이름은 서쪽이지."

동쪽이라는 여인은 푸르스름한 새벽 빛깔을 띠고 있었다. 서쪽이라는 여인은 붉은 노을 빛깔을 띠고 있었다. 그 둘은 에우로페를 놓고 다투는 거였다.

"두 분 중 한 분이 이기면 어떻게 되는데요?"

동쪽이 먼저 나섰다.

"내가 이길 경우, 너는 동쪽에서 가족들과 함께 행복하게 살 수 있지. 그렇기 때문에 내가 너를 가지려고 하는 거야."

그러자 서쪽이 나섰다.

"무슨 소리야? 태어나고 자란 곳에서만 살아야 한다니 얼마나 한심한 소리야? 푸른 바다 건너 저 태양이 숨 쉬는 곳에 가서 멋있게 사는 것이 좋지. 나와 함께 떠나자."

그들은 다시 머리끄덩이를 잡고 싸웠다.

"……"

에우로페는 나서서 말릴 수 없었다. 자기를 놓고 싸운다고 하니 할 말이 없었던 것이다. 그 순간, 갑자기 싸움이 끝났다. 서쪽이 승리한 거였다. 무릎을 꿇고 굴복한 뒤 동쪽은 말했다.

"내가 졌다. 저 아가씨는 네가 데려가라."

그러면서 동쪽은 흙먼지 묻은 옷을 털더니 다가와 에우로페에게 말했다.

"에우로페, 넌 동쪽에서 태어났지만 서쪽으로 가야 할 운명이구나. 잘 가거라. 네 아름다움은 우리의 자랑이었는데, 서쪽에서 필요로 하니 어쩔 수 없구나."

에우로페는 눈물을 흘렸다.

"가지 마세요. 저는 떠나기 싫어요. 떠나기 싫다고요."

에우로페는 발버둥 치다가 눈을 떴다. 침대가 흥건히 젖을 정도로 온몸에서 땀이 흘렀다. 너무나 두려워 온몸이 와들와들 떨렸다. 비록 꿈이지만 고향을 떠나야 한다고 생각하니 너무나 두려웠다.

"안 돼. 오빠들도 있고, 어머니와 아버지가 계시는 고향을 떠나기 싫어. 그런 일은 생각할 수도 없어."

에우로페는 해가 뜨자마자 제물을 갖춰 제우스의 신전으로 달려갔다. 그녀는 제물을 바치며 간절히 기도를 올렸다.

"제우스 신이시여, 저는 이곳을 떠나고 싶지 않습니다. 제가 사랑하는 사람들은 모두 이곳에 있습니다. 제가 이곳에서 평화롭게 살 수 있도록 도와주세요."

제물의 연기가 흔들리며 하늘로 올라갔다. 제물을 받은 제우스는 화가 났다. 자기가 생각한 것과 정반대로 꿈을 받아들였기 때문이다.

"아니, 에우로페가 꿈을 꾸고 나서 서쪽으로 가야겠다고 결심해야 되는데, 오히려 이곳에 남아 있겠다고 하지 않느냐. 에잇!"

화가 난 제우스를 보자 오네이로스는 꿈속으로 사라져버렸다. 사람들이 모두 꿈의 계시를 제대로 해석하는 것은 아니다.

'안 되겠다. 확실하게 하려면 뭐든 직접 해야지. 내가 나서야겠군.'

제우스는 혼자 계획을 세우고 봄이 될 때까지 기다렸다. 따뜻한 봄바람이 부는 계절이 돌아왔다. 봄은 여인들의 마음을 싱숭생숭하게 만드는 계절이다. 화사하게 피어난 꽃으로 온 천지가 아름다운 꽃동산으로 변하자 에우로페는 친구들과 함께 놀러 나가기로 했다. 꽃놀이를 가기로 한 것이다.

"예쁜 꽃을 잔뜩 꺾어 와야지. 화병에 담아놓으면 아버지와 어머니가 좋아하실 거야."

"그래, 그러자."

예쁜 아가씨들이 즐겁게 웃으며 바구니를 든 채 들판으로 나섰다. 들판에는 기다리고 있었다는 듯 각종 꽃이 화사하게 피어 있었다. 꽃을 꺾기도 하고 계곡물에 발을 담그기도 하며 아름다운 여인들은 즐거운 시간을 보냈다. 저 멀리 잔잔한 바다에선 파도가 일렁이며 그들을 지켜보는 듯했다. 초원에서는 가축들이 유유히 풀을 뜯었고, 하늘에선 새들이 짝짓기를 하거나 벌레를 잡아다가 새끼들을 먹이기 바빴다. 에우로페는 노래하고 춤추며 친구들과 신나게 뛰어놀았다. 간간이 봄바람이 불어와 발갛게 상기된 그녀의 얼굴을 식혀주었다. 환한 햇살 아래 에우로페의 예쁜 얼굴과 아름다운 몸매는 더욱더 빛을 발했다. 그때 풀을 뜯던 소 한 마리가 에우로페를 향해 우아하게 걸어왔다. 온몸이 하얗고 잘생긴 황소였다.

"어머, 이렇게 하얀 소는 처음 봐."

"너무 예뻐. 너무 잘생긴 황소야."

"이 황소를 신에 견준다면 제우스라고 할 수 있을 거야."

처녀들은 하하호호 웃었다. 황소는 말귀를 알아듣기라도 하는 것처럼 천천히 에우로페 곁으로 다가왔다. 눈처럼 하얀 털을 가지고 있는 황소는 소 떼 중에서 왕이라고 할 만했다. 아름답게 솟은 뿔은 우아하고 이마에는 독특하게도 검은 점이 하나 있었다. 소똥 냄새가 나기는커녕 온몸에서 향기가 뿜어져 나왔다. 에우로페는 잘생긴 황소를 황홀한 얼굴로 바라봤다. 게다가 황소는 아주 점잖고 순했다. 마치 잘 길든 애완동물처럼 에우로페에게 천천히 다가와 몸을 비볐다.

"얘들아, 이것 봐. 이 소 좀 봐. 정말 아름답지 않니?"

"어머, 이렇게 아름다운 소는 어디에도 없을 거야."

"신들도 이렇게 아름다운 소는 갖고 있지 않을 거야."

여인들은 꽃목걸이를 만들어 황소의 목에 걸어주고 뿔도 꽃으로 장식해주었다. 에우로페는 아름다운 황소에게 반해버렸다. 황소는 자신을 어루만지는 에우로페의 손에 순순히 몸을 맡기고는 그녀의 감미로운 손길을 만끽하며 눈을 반쯤 감았다. 에우로페의 경계심이 완전히 사라진 듯하자 황소는 그녀 앞에 무릎을 꿇었다.

"어머, 등 위에 타라는 건가 봐. 평생 처음으로 황소를 타보겠네."

에우로페는 망설이지 않고 황소의 등에 올라탔다. 황소는 일어나더니 제자리에서 뱅글뱅글 돌기도 하고 살짝살짝 뛰기도 했다. 그때마다 놀이기구를 탄 것처럼 에우로페는 즐겁게 웃었다.

"호호호호! 너무 재밌어! 이렇게 신날 줄이야."

황소는 친구들이 놀고 있는 사이를 왔다 갔다 했다. 그런 움직임에 익숙해져 모두들 경계하지 않게 되었을 때, 황소는 천천히 바닷가를 향해 걸어가기 시작했다. 친구들은 가볍게 웃으며 농담처럼 말했다.

"안녕. 잘 가."

"그래, 잘 있어."

마치 멀리 여행을 떠나는 것처럼 장난삼아 서로 인사를 했지만, 그것이 진짜 이별의 인사가 될 줄은 그 누구도 몰랐다. 천천히 움직이던 황소는 갑자기 빠른 걸음으로 달리기 시작했다.

"어머, 얘가 왜 이래? 멈춰. 멈춰."

소의 등가죽을 잡아당겨봤지만 황소는 더 빠르게 발걸음을 옮겼다. 뭔가 이상하다고 생각한 친구들이 뒤에서 소리를 질렀다.

"어머, 에우로페! 말에서, 아니, 아니, 소에서 얼른 뛰어내려!"

친구들이 당황해서 비명을 질렀지만, 이내 그 목소리가 들리지 않을 정도로 황소는 멀리 달려갔다. 뛰어내리려고 했지만 황소가 너무 무섭게 달리고 있어 차마 뛰어내릴 수도 없었다. 바닷가를 향해 돌진한 황소가 물속으로 첨벙 들어가자 에우로페는 비명을 질렀다.

"꺄악!"

그대로 물에 빠져 죽는 줄 알았던 것이다.

"도와주세요! 살려주세요! 황소가 나를 잡아가요! 살려주세요!"

그러나 멀찌감치 있는 뱃사람이며 어부들이 와서 도와주기에는 이미 늦은 뒤였다. 황소는 물고기보다 빠르게 헤엄쳐서 바다로 나아갔다. 육지는 점점 더 멀어졌다. 잠시 후 에우로페는 자신이 황소 등에 굉장히 안정적으로 앉아 있다는 걸 깨달았다. 입고 있는 옷에 물 한 방울 튀지 않을 정도였다. 거친 바다에서 능숙하게 헤엄치는 황소는 바로 제우스였다. 자신이 직접 나서기로 결심한 제우스가 황소로 변신해서 에우로페를 납치한 것이다. 아름다운 에우로페를 등에 태운 제우스는 자신만만하게 서쪽 바다를 향해 헤엄쳤다.

바닷속에 있던 포세이돈은 그 모습을 보고는 재빨리 파도 위로 올라와 삼지창을 휘둘러 넘실거리는 파도를 모두 잠재웠다. 바다는 마치 호수처럼 변했다. 뿐만 아니라 포세이돈은 아내 암피트리테와 함께 세 마

리 말이 끄는 황금마차에 올라 호위하듯 따라갔다. 바다의 요정인 네레이데스도 나타나 사방을 에워싼 채 따라갔고, 돌고래들도 바다에서 뛰어오르며 함께 헤엄을 쳤다. 그야말로 전무후무한 장관이었다. 이들의 행렬 앞에서 트리톤은 행여 장애물이 나타날까 봐 커다란 소라 껍데기 나팔을 불어 경계했다. 이는 아게노르의 딸 에우로페가 서쪽 나라로 시집간다는 것을 널리 알리는 신호이기도 했다. 신들의 의식과 행사를 알 수 없는 에우로페는 황소 등에 찰싹 달라붙어 있을 뿐이었다.

"아아, 큰일이네. 이렇게 속절없이 고향을 떠나게 되다니. 한낱 꿈이라 생각하고 가볍게 여겼는데, 꿈이 현실이 되려나 봐."

그 누구도 제우스의 뜻을 거역할 순 없었다. 다시는 만날 수 없을 친구와 친척들을 뒤로 한 채 에우로페는 바다 한가운데로 나아갔다. 마

침내 흰 소는 크레타섬에 올라갔다. 에우로페는 크레타섬과 그리스의 서쪽과 대서양 땅을 상징하게 되었다. 그녀의 이름은 지금까지도 지도 속에 남아 있다. 유럽이라는 지명은 에우로페라는 이름에 근원을 두고 있다.

한편, 육지로 올라온 황소는 동굴 한구석에 에우로페를 앉혀놓고 사라졌다. 에우로페가 영문을 알지 못한 채 동굴 속에서 한참 눈물을 흘리고 있는데, 미의 여신들이 다가와 향수를 뿌려주고 그녀의 아름다운 머리칼을 빗겨주었다. 잘 차려입고 예쁜 장신구로 꾸미자 에우로페는 세상 그 누구보다 아름다워 보였다. 신부가 될 준비가 끝난 것이다. 편안하고 안온한 동굴 속에서 쉬고 있는데, 저녁이 되자 커다란 독수리 한 마리가 하늘에서 내려왔다. 그 날갯짓에 돌풍이 일어날 정도였다. 독수리는 순식간에 잘생긴 제우스로 변했다.

"에우로페, 너를 이곳에 데려온 것은 바로 나 제우스다."

"오, 신이시여."

에우로페는 그 앞에 무릎을 꿇었다.

"내가 너를 나의 여인으로 삼기 위해 데려왔으니 두려워하지 마라."

제우스는 에우로페를 번쩍 안아 들더니 침상으로 데리고 갔다. 둘은 그곳에서 달콤한 부부생활을 즐기며 미노스, 라다만티스, 사르페돈 세 아들을 낳았다.

친구와 가족들과 갑자기 떨어져 외로워하는 에우로페의 마음을 달래주기 위해 제우스는 귀한 선물을 주었다. 표적을 백발백중 맞히는 황금 화살과 절대로 사냥감을 놓치지 않는 사냥개였다. 그 화살을 들고 사냥개와 함께 밖에 나가 사냥을 즐기라는 뜻이었다. 외로움을 달래라고 선물을 주면서도 그녀가 고향으로 돌아갈까 봐 제우스는 늘 두려워했다.

"너의 아버지 아게노르가 찾아와 너를 동쪽 나라로 데려갈까 봐 두렵구나."

"걱정하지 마세요. 저는 이미 당신의 여인입니다."

제우스는 그녀의 말을 믿을 수 없었다. 그래서 감시자를 하나 붙여놓기로 했다. 올림포스로 돌아간 그는 거인 탈로스★를 불렀다.

"탈로스, 너에게 명을 내리겠다."

"무엇입니까? 말씀만 하십시오."

"네가 지켜야 할 여인이 있다. 그 여인을 지키는 데는 그 누구보다 네가 제격이다. 다른 괴물들은 다 약점이 있지만 청동으로 만들어진 너는 결점이 없는 것이나 마찬가지이기 때문이다."

탈로스는 한마디로 헤파이스토스가 만든 로봇이었다. 당연히 어머니도 아버지도 없었을 뿐만 아니라 생명체도 아니었다. 헤파이스토스가 몸 안에 집어넣은 생명의 액체가 순환

여기서
잠깐!!

탈로스가 인간이라는 이야기도 있지만 청동 인간이라고 하는 쪽이 정설이야. 탈로스는 한마디로 거대한 로봇 같은 존재라고 할 수 있어. 커다란 인조인간에 대한 상상이 이때부터 있었던 거지. 청동 로봇 탈로스는 외부의 침입자를 막기 위해 완전무장한 채 크레타섬을 하루에 세 바퀴씩 돌았다고 해. 인간들은 이때부터 로봇을 기계처럼 정확하고 철저한 이미지로 생각했던 것 같아. 탈로스는 커다란 바위를 던져 섬에 접근하려는 침입자들을 막았어. 그런데도 혹시 섬으로 올라오는 이가 있으면 불에 뛰어들어 청동으로 된 몸을 뜨겁게 달군 뒤 적들을 끌어안아 화상을 입혀 죽게 만들었다고 해. 그리스 로마 시대에 로봇의 개념이 있었다니 정말 신기한 것 같아.

해서 살아 있는 것처럼 움직일 수 있었다. 탈로스는 청동으로 만들어진 덕분에 잠자거나 먹을 필요도 없고 칼과 창에 맞아도 상처를 입지 않는 불멸의 존재였다. 인간은 생명이 사그라들면 죽고 괴물 역시 수명이 있지만 탈로스는 청동으로 만든 거인이기에 수명이 없었다. 마법의 피가 그의 몸 곳곳을 도는 한, 그는 영원히 존재할 수 있었다. 헤파이스토스는 탈로스의 오른쪽 발꿈치를 마개로 막아서 그 피들이 바깥으로 나오지 않도록 조처를 해놓았다.

"탈로스, 너는 가서 낮이나 밤이나 에우로페를 지켜라."

제우스의 명령을 받은 탈로스는 크레타섬을 지키는 수호신이 됐다. 그는 하루 24시간 섬 안을 돌아다니며 감시했다. 그가 발걸음을 옮길 때마다 섬은 지진이 난 것처럼 쿵쿵거렸다. 혹시라도 가까이 다가오는 배가 있으면 집채만 한 바위를 던져 배들을 부숴버렸다. 성벽이나 요새 따위가 없어도 탈로스는 엄청난 힘과 무력으로 크레타섬을 지켜냈다. 어떠한 배도, 어떠한 사람도 크레타섬에 몰래 다가올 수 없었다. 안전이 보장되면서 크레타섬은 점점 더 부강해졌다.

4

카드모스의 모험

제우스가 한창 에우로페와 사랑에 빠져 있을 때, 고통과 분노로 제정신이 아닌 사람이 하나 있었다. 바로 딸이 납치되어 슬픔에 빠진 아게노르 왕이었다.

"사랑하는 내 딸은 대체 어디로 갔단 말이냐? 너희들은 무엇을 하고 있는 거냐? 어서 내 딸을 찾아와라."

신하들을 아무리 닦달해도 흰 소를 타고 멀리 사라져버린 에우로페가 어디로 갔는지 아는 사람이 없었다. 백방으로 찾아봐도 에우로페의 종적을 알 수 없자 그는 마침내 세 아들을 불러 한자리에 모았다.

"너희들은 내 말을 잘 들어라."

아게노르의 세 아들 포이닉스*, 킬릭스, 카드모스는 아버지의 상태가 심각하다는 것을 알고 있었다. 하지만 그들 역시 사라져버린 막내 동생이 걱정됐기에 아버지가 무슨 명을 내리든 들을 각오가 되어 있었다.

"나는 사랑하는 딸 에우로페를 잃었다. 그 아이를 다시 내 눈앞에 데려다놔야 웃음과 즐거움을 되찾을 수 있을 것 같구나. 그 아이와 평생 함께하려던 나의 계획은 모두 어그러지고 말았다. 너희들에게 부탁한다. 내가 직접 찾아 나서고 싶지만 나는 이미 늙고 힘이 없구나. 너희들은 나보다 젊고 강하다. 내 딸 에우로페를 데려와다오. 세상 곳곳, 지옥 끝까지라도 가서 에우로페를 찾아와다오."

"만약에 찾지 못하면 어떻게 할까요, 아버지?"

"그 아이를 찾기 전에는 돌아오지 마라. 빈손으로 돌아오면 왕의 명을 어긴 것으로 여겨 처벌하겠다. 에우로페를 찾을 때까지는 절대로 돌아올 생각을 하지 마라."

제정신이 아닌 명령이었다. 하지만 그의 아들들은 충신이자 효자였기에 아버지의 무리한 명령을 받아들였다.

"알겠습니다, 아버지. 반드시 에우로페를 찾아오겠습니다. 아버지께서는 부디 노여움을 풀고 건강을 회복하는 데 힘쓰시기 바랍니다."

"너희들이 돌아오기 전까지 내 건강은 회복되지 않을 것이다. 사랑하는 아들들아, 이 늙은 아비의 마음을 알아다오."

아게노르의 세 아들은 그때부터 탐험을 떠날 준비를 했다. 믿을 만한 부하들을 거느리고 배에 오른 뒤 각자 다른 길을 택해서 흩어졌다.

"에우로페가 어디로 갔는지 도무지 알 수 없구나. 함께 다니는 것보

다는 흩어지는 게 낫겠다. 각자 다른 방향으로
가보자."

"좋아."

포이닉스가 먼저 말했다.

"나는 남쪽으로 떠나겠어. 남쪽으로 가서
샅샅이 뒤져볼게."

그러자 킬릭스가 말했다.

"나는 북쪽으로 가보겠어. 내 동생을 잡아
간 자가 북쪽에 있다면 반드시 찾아내겠어."

막내아들 카드모스는 서쪽으로 떠날 결심
을 했다.

"그렇다면 형님들, 저는 서쪽으로 가겠습니
다. 우리 모두 무사히 다시 얼굴을 볼 수 있으
면 좋겠습니다."

셋은 서로 부둥켜안았다. 그리고 각자 목적
지를 향해 출발했다. 제일 먼저 떠난 장남 포
이닉스는 지중해를 건너 남쪽 바다로 끝없이
항해해 나갔다. 지중해 남쪽은 아프리카와 아
라비아다. 그곳 연안을 샅샅이 뒤지면서 포이
닉스는 사람들에게 물었다.

"혹시 이곳에 아름다운 에우로페가 오지
않았습니까?"

여기서
잠깐!!

《그리스 로마 신화》에는 포이닉스
란 이름이 두 번 나와. 한 명은 에우
로페를 찾아 모험을 떠난 아게노르
의 아들 포이닉스야. 그런데 이 포이
닉스의 혈통에 대해서는 여러 가지
이야기가 전해져. 아게노르의 아들
이 아니라 아게노르의 쌍둥이 형제
인 벨로스의 아들이란 이야기도 있
어. 익숙한 이름이지? 맞아. 각각 쉰
명의 아들, 딸을 두었던 아이깁토스
와 다나오스의 아버지야. 아게노르
의 형제로 에우로페, 카드모스, 킬릭
스가 포이닉스의 자식이라는 이야
기도 있어. 호메로스의 《일리아드》
에도 에우로페는 포이닉스의 딸이
라고 언급돼 있지. 다른 한 명은 아
킬레우스의 스승으로 트로이아 전
쟁에 참여한 영웅인 포이닉스야. 오
르미니온의 왕 아민토르의 아들로
아킬레우스와 함께 참전했지. 그리
고 사람 이름은 아니지만, 세상에 한
마리밖에 없는 불사조의 이름으로
포이닉스가 언급되기도 해.

"그런 여인은 온 적 없습니다."

"잘 생각해보십시오. 흰 소를 타고 바다를 건너왔을 겁니다. 이건 제게 매우 중요한 문제입니다."

"말도 안 되는 소리 하지 마십시오. 배를 타고 건너오기도 힘든데 어찌 소를 타고 바다를 건너온단 말입니까?"

가는 곳마다 이런 취급을 받았다. 아프리카와 아라비아 연안까지 샅샅이 뒤졌지만 동생은 없었다. 고향으로 돌아가야 했지만 아버지를 볼 일이 걱정이었다.

"어쩔 수 없구나."

포이닉스는 부하들과 회의를 열었다.

"이대로 돌아가 아버지에게 벌을 받을 것인가, 아니면 이곳에 남아서 새로운 나라를 만들 것인가?"

부하들 역시 고국을 떠나온 지 오래됐다.

"저희들은 왕자님의 뜻을 따르겠습니다."

그리하여 그들은 그곳에 나라를 세웠으니, 바로 페니키아였다. 포이닉스의 이름을 딴 것이다.

킬릭스는 북쪽으로 향했다. 흑해 연안을 샅샅이 뒤지며 돌아다녔지만 그 어느 곳에도 에우로페는 없었다. 그 역시 형과 비슷한 결심을 했다.

"이대로 돌아가서 아버지에게 벌을 받느니, 적당한 곳을 찾아 나라를 만들자."

킬릭스는 킬리키아라는 나라를 만들었다. 두 아들은 이미 장성했기에 아버지의 명령을 크게 중요하게 여기지 않았던 것이다. 고국으로 돌아가 아버지에게 벌을 받고 나중에는 권력을 두고 형제들과 다툴 바에야 거기에 쓸 힘을 쏟아 자신만의 영역을 개척하는 것이 낫다고 판단한 것이다.

하지만 막내아들 카드모스는 달랐다. 카드모스는 나이가 어린 만큼 순진했다. 그리고 아버지와 여동생에 대한 사랑이 극진했다. 게다가 그는 뛰어난 용사이기도 했다.

"아버지의 명령을 반드시 이뤄내겠어. 에우로페를 찾아내고야 말겠어. 아버지가 무서워서가 아니야. 불가능에 도전해보는 거지. 에우로페는 분명히 서쪽으로 갔을 거야."

하지만 그 어떤 인간도 제우스를 뛰어넘을 수 없다는 것을 카드모스는 알지 못했다. 그는 충실한 부하들과 함께 배에 올라 서쪽으로 방향을 잡고 망망대해를 항해해 나갔다. 며칠 동안 항해하자 마침내 크레타섬이 보였다.

"저 섬에서 물자를 보급하고 에우로페의 행방을 알아보자."

그 이야기를 듣자 갑자기 선장과 선원들이 앞다퉈 말렸다.

"왕자님, 저 섬만은 안 됩니다."

"왜 그러느냐?"

"저 섬에는 무시무시한 거인이 있습니다. 그 거인이 지나가는 배에다가 집채만 한 바윗돌을 던진다고 합니다."

그들은 크레타에 에우로페가 있을 거라고 생각하지 않았다. 선원들은 모두 두려워했다.

"저 섬에 소를 탄 공주님이 다가갔다면 바윗돌에 맞아 즉사했을 겁니다. 다른 곳은 다 뒤져볼 수 있지만, 저 섬만은 갈 수 없습니다."

카드모스는 일생일대의 큰 실수를 했다. 눈앞에서 문제 해결의 실마리를 놓쳐버린 것이다.

"어쩔 수 없구나. 그렇다면 다음 섬으로 가자."

그들은 계속 항해해서 마침내 그리스에 도착했다. 그리스 곳곳을 다니며 에우로페가 어디에 있는지 수소문했지만 아무 소용 없었다. 누이동생이 이곳에 왔다고 말해주는 사람도 없고, 비슷한 소문조차 들을 수 없었다. 그가 너무나 간절하게 동생을 찾아다니는 것을 보고 지나가던 행인이 일러주었다.

"당신 여동생이 어디 있는지 알려줄 만한 점쟁이를 알고 있소."

"그가 누구요?"

"피티아라는 점쟁이요. 에우로페가 어디에 있을지 알려줄 겁니다."

"당장 찾아가겠소. 피티아는 어디에 있습니까?"

"피티아는 델포이에 있는 아폴론 신전의 사제요. 그녀에게 제물을 바치고 신탁을 들어보시오. 피티아도 알지 못한다면 당신 여동생은 그 누구도 찾을 수 없을 거요."

카드모스는 황급히 명령을 내렸다.

"어서 떠나자. 델포이로 가야겠다."

마침내 델포이에 도착한 카드모스는 신전으로 올라갔다. 여사제 피티아는 자신을 찾아온 카드모스의 제물을 받고 기도를 올렸다. 눈이 뒤집어지며 온몸을 부들부들 떨던 피티아는 마침내 신의 목소리를 전해주었다.

"아게노르의 아들은 잘 들어라! 너의 노력은 헛되고 헛되도다. 네 여동생을 찾는 것은 불가능한 일이다. 이 세상 어디에서도 네 여동생의 그림자조차 찾을 수 없을 것이다. 이건 신들의 영역에서 벌어지는 일이다. 너는 할 일이 따로 있다."

그러면서 카드모스가 해야 할 일을 말해주었다. 카드모스는 무릎을 꿇고 신탁을 받았다.

"아, 내가 에우로페를 찾지 못하는 것은 신의 뜻이구나. 안타깝지만 이쯤에서 포기해야겠다."

신전에서 나오면서 카드모스는 눈물을 흘렸다. 하지만 그에게는 신들이 내려준 새로운 신탁이 있었다. 그 명령을 수행하지 않을 수 없었다. 그날 밤, 카드모스는 부하들에게 말했다.

"우리는 새로운 임무를 받았다. 내일 새벽에 일찍 떠나야 하니 준비해라."

다음 날을 위해 그들은 모두 일찍 잠을 청했다. 새벽녘이 되자 그는 부하들을 이끌고 초원으로 달려갔다. 초원에선 소 떼가 모여 잠을 자고 있었다. 카드모스가 받은 신탁은 다음과 같았다.

아침이 되어 장밋빛 손가락을 가진 여신이 하늘에 나타날 때 바로 펠라곤 왕의 가축들을 찾아가라.

소 떼는 펠라곤 왕의 땅에서 풀을 뜯다가 잠들어 있었다.
"소 떼를 살펴라!"

"어떤 소를 찾아야 합니까?"

"암소 가운데 양쪽 옆구리에 달 무늬가 있는 녀석을 찾아라."

"알겠습니다."

흐릿한 새벽하늘이 떠오르는 해로 밝아지기까지 카드모스는 부하들과 함께 암소를 하나하나 살펴봤다. 마침내 누군가 소리쳤다.

"여기 있는 암소 옆구리에 보름달 무늬가 있습니다."★

가까이 가보니 소의 얼룩무늬가 하얀 보름달과 비슷해 보였다.

"저 소를 따라가자. 저 소가 우리가 가야 할 곳을 알려줄 것이다."

암소는 사람들이 몰려오자 기다렸다는 듯 앞장서서 산을 넘고 물을 건넜다. 카드모스와 일행은 그 소를 따라갔다. 소는 쉬지 않고 계속 움직였다.

"헉헉! 저 소는 지치지도 않나? 쉴 생각이 없어 보입니다."

"그러게 말이다. 낙오하는 자는 죽음뿐이다. 어서 달려라."

카드모스의 부하들은 들고 있던 무기를 내려놓고 빈 몸으로 겨우겨우 따라갔다. 신의 뜻에 따라 어딘가 새로운 땅으로 인도되는 것이 분명했다. 소는 잠시도 쉬지 않고 계속 달렸다. 마침내 보이오티아 지방에 들어섰다. 소는 드디어 풀밭에 주저앉았다.

"아, 이곳이로구나."

온몸이 땀투성이가 된 카드모스는 땅에 입을 맞췄다. 뒤를 돌아보니 끝까지 자신을 따라온 부하들은 몇 명 되지 않았다. 그나마 하나같이 땅바닥에 널브러져 숨을 거칠게 몰아쉬고 있었다. 며칠 동안 쉬지도 못하고 먹지도 못하고 따라오느라 모두 살이 빠져 뼈만 앙상하게 남아 있었다. 하지만 모든 고행이 끝났다는 생각에 다들 기뻐하며 얼싸안고 울었다.

"이곳이 우리들의 땅이란 말입니까?"

"신탁에 의하면 그렇다. 자, 배가 고플 테니 저 소를 잡아라."

카드모스 일행은 소를 잡아서 제물을 바치고 남은 고기를 구워 먹었다. 새롭게 힘이 솟았다. 카드모스는 말했다.

"신탁에 의하면 이 땅을 우리의 고향으로 만들라고 했다. 이곳에 요새를 세워야겠다."

그때부터 나무를 잘라 집을 짓고 그곳에 도시를 만들기 시작했다. 나중에 그 도시의 이름은 테베로 정해졌다.

이들은 가장 먼저 신들에게 감사하기 위해 제단을 만들고 물을 찾기 시작했다. 물이 없는 곳에서는 사람이 살 수 없기 때문이다. 사방에 흩어져 풀이나 나무가 우거진 곳을 뒤지고 다녔지만 사방이 온통 삭막할 뿐이었다.

"어쩌면 좋지? 물이 없으면 살 수 없잖아. 저 동굴에 한번 들어가보자."

동굴에 들어간 카드모스의 부하들은 마침내 샘물을 발견했다. 맑고 깨끗한 샘물이 퐁퐁

여기서 잠깐!!

암소 옆구리에 있던 게 초승달 무늬라고 하는 이야기도 있어. 그런데 보름달인지 초승달인지는 중요하지 않아. 달은 음의 상징이자 풍요의 상징이야. 달 무늬가 있는 소를 따라갔다는 것은 비옥하고 살기 좋은 땅을 찾아가서 도시를 개척했다는 것을 상징하는 거야.

카드모스

카드모스는 사라진 여동생을 찾아
오라는 아버지의 명령을 받고 이
곳저곳 헤매고 다녔지만 에우로페
를 찾을 수 없었어. 아버지의 명령
을 수행하지 못해 고향으로 돌아갈
수 없었던 카드모스는 신탁에 따라
아레스의 샘을 지키던 용을 죽이고
그 이빨을 땅에 심었어. 놀랍게도
용의 이빨에선 무장한 병사들이 자
라나더니 서로 죽고 죽이는 싸움을
벌였어. 남은 병사들은 카드모스
의 부하가 되었지. 카드모스는 그
들과 함께 테베를 세우고, 첫 번째
왕이 되었어.

솟아나고 있었는데, 그 물이 땅속으로 스며들어 큰 강으로 흘러 들어가고 있었다. 시원한 물을 마시며 그들은 기뻐했다.

"아, 이 동굴에서 물길을 내 우리가 사는 곳까지 연결하면 되겠구나. 이제 이곳에서 살 수 있겠다."

하지만 그들은 알지 못했다. 동굴 안에 커다란 용 한 마리가 똬리를 틀고 있다는 사실을. 기뻐하는 그들 뒤에서 갑자기 무시무시한 용이 나타나 카드모스의 부하들을 단번에 물어 죽여버렸다. 물을 찾았다고 기뻐한 것도 잠시, 샘물은 온통 붉은색으로 물들어버렸다. 아무리 기다려도 부하들이 돌아오지 않자 카드모스는 발자국을 따라가기 시작했다. 마침내 동굴 앞에 다다른 카드모스는 땅 위에 널브러져 있는 부하들의 시체를 보았다.

"아니, 이럴 수가! 누가 이들을 죽였단 말이냐."

카드모스는 피가 끓어오르는 것만 같았다. 그 순간, 동굴에서 무시무시한 용이 머리를 내밀고 다가오더니 공격하는 것 아닌가. 당황한 카드모스는 옆에 있는 바윗돌을 들어 용에게 집어 던졌다. 바위는 철갑처럼 단단한 비늘에 싸여 있는 용에게 부딪혀 그대로 튕겨 나갔다. 칼이나 창으로는 상처를 입힐 수 없을 것처럼 보였다. 싸움은 계속 이어졌다. 싸움에서는 상대방의 약점을 먼저 찾는 자가 승자가 되는 법이다. 카드모스의 용맹함과 재빠른 몸놀림에 용이 당황해서 몸을 좌우로 흔들며 비트는데, 철갑보다도 강한 비늘 사이로 여린 살이 보였다.

"네놈을 어떻게 하면 죽일지 알겠다."

그는 땅 위에 굴러다니는 부하들의 창을 집어 들고 용을 유혹했다.

제자리에서 높이 뛰어오르자 카드모스를 물기 위해 용이 고개를 뒤로 젖히며 쫓아왔다. 그 순간, 카드모스는 몸을 돌려 땅바닥으로 내려오면서 목을 들어 올리느라 벌어진 용의 비늘 사이에 날카로운 창을 찔러 넣었다. 창은 용의 목을 끝까지 꿰뚫고 들어갔다. 용이 비명을 지르며 온몸을 비틀고 몸부림쳤다.

"캬오오!"

바위가 부서지고 나무가 부러졌다. 용은 창이 꽂힌 채 몸을 뒤틀며 카드모스를 계속 쫓아갔다. 카드모스는 용이 지칠 때까지 기다렸다가 다시 한번 들고 있던 청동 칼로 목을 찔렀다. 마침내 용은 피를 흘리며 쓰러져 죽고 말았다. 카드모스는 땅 위에 쓰러진 거대한 용을 보며 무릎을 꿇고 신들에게 감사 인사를 올렸다.

"신들이시여, 진정 제가 이 괴물을 죽였단 말입니까? 이는 신들의 도움이 있었기에 가능한 일입니다. 감사합니다."

그는 샘의 물을 떠서 가장 먼저 아폴론 신전에 제물로 바치며 크게 외쳤다.

"신들 덕분에 제가 이 땅에 자리 잡을 수 있게 됐습니다. 신들을 추앙하며 저는 이곳에서 나라를 건설하겠습니다."

그 순간, 아테나 여신이 투구를 쓴 채 그의 앞에 모습을 드러냈다.

"카드모스, 고개를 들어라."

깜짝 놀란 카드모스가 고개를 들자 눈앞에 아름다운 아테나 여신이 서 있었다.

"신들은 너같이 스스로 열심히 노력하는 자를 도와주는 법이다. 네

공로는 참으로 대단하구나. 저 거대한 용을 죽인 것은 네가 영웅이라는 증거다. 그런데 걱정되는 것이 있구나.”

“무엇입니까?”

“저 용은 아레스의 아들이다. 전쟁의 신인 그가 언젠가 너에게 앙갚음하려고 들 수도 있다. 게다가 네 부하들이 모조리 죽어서 너를 도울 자가 없구나.”

“용이 제 부하들을 모두 죽이고 저마저 공격했기에 부하들의 복수를 하고 저 자신을 지키려고 했을 뿐입니다.”

“알고 있다. 그렇기에 내가 너를 구할 방법을 알려주려는 것이다.”

“어떻게 하면 좋겠습니까?”

“내가 너를 도울 것이다. 저 용의 이빨을 모두 뽑아 땅에다 뿌려라.”

카드모스는 서둘러 달려가 용의 이빨을 칼자루로 쳐서 하나씩 하나씩 뽑았다. 용의 몸집이 커다랗다 보니 이빨도 커서 수십수백 개에 이르는 이빨을 모두 뽑자 자루 하나에 가득 찼다. 카드모스는 여신이 시키는 대로 평평한 땅으로 가서 피가 묻어 있는 날카로운 이빨들을 뿌리기 시작했다. 마치 비옥한 땅에 씨앗을 뿌리듯 용의 이빨을 뿌렸다.

“아, 내가 지금 뭐 하고 있는 건지 모르겠구나. 나 혼자 살아남아 아무도 없는 이 땅에서 무엇을 할 수 있단 말인가.”

마지막 이빨을 던지고 돌아서는 순간, 카드모스의 입이 떡 벌어졌다. 용의 이빨을 뿌려둔 땅 여기저기서 무언가 올라오고 있었다. 깜짝 놀란 카드모스는 또다시 용이 나타날 것 같아 칼을 부여잡고 온몸을 부들부들 떨었다.

"아, 한 마리도 죽이기 힘들었는데 수백 마리가 나오면 어떡하지?"

그 순간, 땅속에서 창이 불쑥불쑥 솟아 올라왔다. 그러더니 이내 투구가 올라오고, 갑옷을 입은 전사들이 하나씩 하나씩 흙을 털며 자리에 일어서는 것 아닌가. 수백 명의 전사가 나타났는데, 그들은 모두 완전무장하고 있었다. 한 손에는 방패를 들고 다른 손에는 날카로운 창과 칼을 든 채 갑옷까지 입고 있었다.

"앗, 적들이로구나."

카드모스는 이대로 죽을 수는 없다는 듯 칼을 든 채 그들을 향해 달려갔다.

"이놈들아, 내가 바로 카드모스다. 너희들을 다 죽여버리겠다."

그 순간, 전사 중 하나가 크게 외쳤다.

"아게노르의 아들이여, 칼을 거두시오."

깜짝 놀란 카드모스가 멈춰 섰다.

"그대가 싸워야 할 자는 우리가 아니오. 이 싸움은 우리들의 것이오. 그대는 가만히 지켜보시오."

그러더니 전사들은 자기들끼리 치고 박고 싸우기 시작했다. 칼과 창이 번뜩이고 불꽃이 튀었다. 병장기가 부딪치는 날카로운 소리가 천지 사방에 울렸다. 격렬한 싸움이 벌어졌다. 서로 찌르고 찔러 죽이다 상대가 죽으면 또 다른 전사와 싸웠다. 수백 명의 전사들이 그곳에서 뒤엉켜 싸우다 쓰러졌다. 한나절이 지나자 온몸에 피 칠갑한 다섯 명의 용사만 남았다. 그들이야말로 실력이 증명된 가장 강한 전사들이었다. 그들은 더 이상 싸우지 않고 뚜벅뚜벅 걸어오더니 카드모스 앞에 무릎을 꿇었다.

"카드모스, 저희가 당신을 도울 겁니다."

카드모스는 경계를 늦추지 않았다. 그러자 그들이 말했다.

"저희를 두려워하실 필요 없습니다. 저희는 목숨 바쳐 당신과 함께 이 세상 끝까지 갈 용사들입니다."

"그렇구나. 그러면 나는 너희들을 스파르토이*라 부르겠다."

나라를 세운 카드모스는 이후 무지한 사람들에게 글자를 알려주고 미술과 예술을 가르쳐주며 자신의 왕국을 잘 다스렸다. 또한 법과 원칙이 통하는 사회를 만들고 백성들을 평화롭게 다스렸다. 다른 나라와 싸울 생각을 하지 않았지만, 다른 나라들도 감히 쳐들어올 엄두를 내지 못했다. 그에게는 다섯 명의 스파르토이가 이끄는 강력한 군대가 있었기 때문이다. 이 군대가 있는 한 외적들은 그 누구도 테베를 넘볼 수 없었다.

카드모스는 신들의 도움을 받아 새로운 나라를 만들었을 뿐만 아니라 결혼도 했다. 아테나가 중매를 서서 아프로디테의 아름다운 딸

여기서 잠깐!!

스파르토이는 그리스어로 '씨를 뿌려서 태어난 남자'라는 뜻이야. 용의 이빨을 심었더니 나왔다고 해서 이런 이름이 붙었어. 스파르토이의 도움을 받아 카드모스는 적들이 들어올 수 없도록 돌과 나무로 튼튼한 요새를 짓고 도시를 만들어 테베라고 불렀어.

하르모니아*와 결혼한 것이다. 신과 인간의 결혼에 신들은 값진 선물과 귀한 축복을 내려주었다. 아폴론이 수금을 연주해주기까지 했다. 이 결혼식에 대부분의 신들이 참석했는데, 단둘만 오지 않았다. 쉽게 짐작할 수 있듯 전쟁의 신 아레스가 자신의 아들인 용을 죽인 자의 결혼식에 찾아올 리 없었다. 그리고 모든 이가 화합하는 자리에 절대 오지 않는 불화의 여신인 에리스 또한 그 자리에 참석하지 않았다. 에리스는 누군가 서로 사랑하고 아껴주며 행복한 꼴을 보지 못했다.

신과 인간이 결혼하는 자리에 신과 인간들이 대등하게 모여 이들을 축하해주었다는 점에서 이 결혼식은 큰 의미를 갖는다. 이들 부부는 오랫동안 서로를 사랑하고 나라를 잘 다스리며 행복하게 살았다. 그야말로 모범적인 부부로 다른 사람들은 이들 부부를 본받으려 하며 자신의 자식들이 결혼할 때 꼭 이런 이야기를 했다.

"카드모스와 하르모니아처럼 오래오래 잘 살거라."

금실 좋은 이들 부부는 아들 폴리도로스와 네 명의 딸 아우토노에, 이노, 세멜레, 아가우에를 낳았다. 아레스가 자신의 아들을 죽인 데 앙심을 품고 카드모스를 저주했기 때문일까. 카드모스의 자손들은 연달아 비참한 운명을 맞이했다. 카드모스의 딸 세멜레와 이노는 헤라의 질투로 목숨을 잃었다. 카드모스는 아내에게 말했다.

"우리 딸들이 죽은 것은 모두 아레스 때문이오. 아레스가 나를 끊임없이 저주하고 있기 때문에 내가 이곳에 계속 있다가는 테베가 위험해질 수도 있소. 차라리 아이들에게 이 땅을 물려주고 아무도 모르는 곳으로 떠납시다."

"그거 좋은 생각이에요."

카드모스는 손자 펜테우스에게 테베의 왕좌를 넘겨주었다.

"우리는 북쪽으로 갑시다."

자손들을 지켜주기 위해 카드모스는 멀리 떠나기로 결심했다. 그러나 문제는 해결되지 않았다. 카드모스의 또 다른 손자 악타이온은 아르테미스가 목욕하는 것을 우연히 봤다가 여신의 노여움을 사서 사슴으로 변한 채 사냥개들에게 갈기갈기 찢겨 죽었다. 카드모스는 신들이 하나둘씩 자신을 멀리하고 있다는 사실을 깨달았다. 사랑을 베풀고 행복하기 위해 노력했지만 신들의 저주를 받으면 인간은 불행과 절망에 시달릴 수밖에 없는 법이다.

하르모니아가 물었다.

"당신이 도대체 얼마나 큰 죄를 저질렀기에 이런 불행이 이어지는 걸까요?"

"내가 용을 죽인 날, 아테나 여신이 한 말이 있소. 내가 아무리 내 목숨을 구하려고 용을 죽였다지만 대가를 치러야 할 날이 올 거라고 했소. 그러면서 한번 신들의 미움을 받으면 벗어날 수 없다고 하더군요."

여기서 잠깐!!

하르모니아라는 이름은 조화롭다는 뜻을 가지고 있어. 그녀의 결혼식에 신들은 기쁜 마음으로 참석해 많은 선물을 주었어. 그런데 이때 헤파이스토스가 만들어 선물한 목걸이가 문제가 되었어. 하르모니아는 그의 아내인 아프로디테가 바람을 피워 낳은 딸이었기에 헤파이스토스는 앙심을 품고 지나치게 아름다운 목걸이를 선물했어. 이 목걸이는 그 자체로도 아름다울 뿐만 아니라 젊음을 영원히 지켜주는 신비한 능력을 가지고 있었어. 자연의 섭리를 거스르는 목걸이였지. 보는 이마다 탐을 내니 당연히 불행을 몰고 올 수밖에 없었어. 그런 이유로 나중에 오이디푸스의 비극에도 등장해.

끊임없이 이어지는 불행 앞에서 카드모스는 놀라운 결심을 했다.

"여보, 나는 당신을 위해서 나 자신을 버리려고 하오."

"그게 무슨 말씀이세요?"

"나에게 직접 저주가 내려야 이 저주가 풀릴 것 같소."

"어떻게 하시려고요?"

"내가 직접 벌을 받겠소."

카드모스는 허공에 대고 외쳤다.

"아레스 신이시여, 정말 저를 벌하고 싶은 것이라면 더 이상 제 자손들에게는 벌을 주지 마십시오."

아레스가 허공에서 나타나더니 카드모스를 내려다보며 물었다.

"그러면 네가 직접 벌을 받겠느냐?"

"신께서 원하시는 대로 제게 직접 벌을 주십시오. 저는 준비되어 있습니다. 대신 제 자손들과 그들의 아이들에게는 어떠한 처벌도 내리지 말아주십시오."

"좋다. 사나이다운 네 결심에 감동받았다. 네놈이 내 아들을 죽였으니 이제 그 대가를 받아라."

아레스는 이 말을 남기고 떠나버렸다. 그 순간, 카드모스의 몸이 서서히 변하기 시작했다. 몸이 가늘고 길게 늘어나더니 피부에 비늘이 생기고 얼굴이 작아지면서 독 이빨이 나왔다. 혀는 두 갈래로 갈라졌다. 사람의 모습을 잃고 뱀이 되어버린 그는 갈라진 혀로 쉭쉭 소리를 냈다. 뱀이 된 카드모스는 아내 하르모니아를 한 번 돌아보더니 깊은 숲속으로 미끄러지듯이 사라졌다. 자신의 운명을 받아들인 것이다. 하르모니아는 눈물을 흘리며 외쳤다.

"여보, 어디로 가세요? 나를 버리고 어디로 간단 말입니까?"

너무나 사랑하는 남편이 뱀이 되는 것을 본 하르모니아는 신들에게 외쳤다.

"저를 사람의 모습으로 남겨두지 말고 저 역시 뱀으로 만들어주세요. 저는 남편과 영원히 함께 살겠어요."

그녀를 측은하게 여긴 신들은 그녀 역시 뱀으로 만들어주었다. 더 이상 자손이 신의 벌을 받지 않을 거라는 사실에 기뻐하며 그들은 두 마리 뱀이 되어 풀숲과 바위 사이를 돌아다녔다. 비록 사람들이 멸시하는 뱀이 되었지만 카드모스와 하르모니아는 자손들이 받을 벌을 자신들이 대신 받게 되었다는 사실 하나로 행복했다. 마침내 그들 둘이 함께 똬리를 틀고 죽은 날, 신들은 그들이 하데스의 세계로 내려가지 않도록 해주었다.

"저 둘은 잘못이 없소. 행운의 섬으로 가서 영혼이나마 평온하게 살도록 해줍시다."

한참 뒤 젊은 청년 일리리우스가 사람들에게 물어 그들이 죽은 장소를 찾아 나섰다. 그는 카드모스와 하르모니아가 노년에 낳은 막내아들이었다. 일리리우스를 낳고 나서 막내아들이 불행을 겪을까 봐 그들은 뱀이 된 것이었다.

"여기에 부부 뱀이 죽은 장소가 있다는데, 아는 분 없습니까?"

하지만 아무도 정확한 장소를 알지 못했다.

"저 산기슭쯤이라는 말을 들었소."

"아니오. 강가라던데?"

사람들마다 얘기가 달라 일리리우스는 정확한 장소를 찾을 수 없었다. 그는 사람들이 가장 많이 지목하는 곳에 자리 잡고 나라를 만들었다. 그 나라의 이름은 일리리아였다.

5

안티오페와 디르케

테베의 왕 닉테우스에게는 닉테이스와 안티오페 두 딸이 있었다. 그중 안티오페는 빼어난 미모로 소문이 자자했다. 닉테우스는 물론 카드모스의 후손이다. 테베를 만들고 케드메이아 요새를 만든 카드모스의 후손인 그는 아버지 때부터 만들어온 성벽 안에서 나라를 통치하며 두 딸을 고이 기르고 있었다.

드높은 올림포스에서 땅 아래를 살피던 제우스는 아름다운 안티오페를 보자 갑자기 욕심이 발동했다. 올림포스에서 슬그머니 내려온 제우스는 큰 어려움 없이 안티오페를 자신의 여인으로 만들어버렸다. 아이를 임신한 안티오페는 아버지 몰래 제우스와 사랑을 나눈 것이 들킬까 봐 걱정됐다. 하루가 다르게 불러오는 배를 보며 안티오페는 고민에 빠졌다. 품이 넉넉한 옷으로 가리려고 해봤지만 소용없었다. 닉테우스는 위엄 있고 근엄한 왕으로, 나라를 다스리는 데 있어 법과 원칙을 중시했다. 그런 아버지이다 보니 모든 것을 알게 되면 화를 참지 못할 게 분명하다고 안티오페는 생각했다.

'이럴 줄 알았으면 전에 청혼한 에포페우스 왕에게 시집갈걸.'

안티오페는 후회했지만 소용없었다. 시키온의 왕 에포페우스는 안티오페가 아름답다는 소문을 듣고 닉테우스를 찾아왔었다. 그런데 닉테우스는 그의 청혼을 단칼에 거절했다.

"그대에게 내 딸을 줄 순 없소."

"왜 그렇게 말씀하십니까? 제게 부족한 점이 있습니까?"

"그대가 부족해서가 아니오. 노년에 이 아이를 곁에 두고 쓸쓸할 때 위안으로 삼고자 하기 때문이오."

그렇게 자신을 아끼고 사랑하며 외간 남자들이 가까이 오지 못하게 한 아버지 아니던가.

'아, 아버지께 어떻게 내가 아기를 가졌다고 말씀드리겠어? 게다가 제우스 신의 아이라고 말하면 정신 나갔다고 하실 거야.'

배가 불러올수록 안티오페는 두려워졌다. 어쩌면 아버지가 화를 참지 못하고 자기를 죽일지도 모른다는 생각이 들었다. 아버지 없는 아이를 낳았다는 불명예스러운 말을 들을 것도 두려웠다. 그때 시종이 편지 하나를 들고 왔다.

"에포페우스 왕께서 안부 편지를 보내셨습니다."

에포페우스는 자신이 마음에 담고 있는 안티오페와 인연을 끊고 싶지 않았다. 내심 생각한 바도 있었다. 그녀의 아버지가 아무리 거절하더라도 세월은 젊은 안티오페와 자신의 것이라고 생각한 것이다. 언젠가 닉테우스가 죽으면 안티오페를 자신의 아내로 삼겠다고 마음먹고는 그녀와 인연의 끈을 이어가고 있었다. 에포페우스의 안부 편지는 평상시에 보내던 것과 크게 다를 바 없었다.

안티오페 공주, 잘 지내십니까? 우리나라에는 꽃이 활짝 피었습니다. 아름다운 꽃을 혼자 구경하려니 너무 안타깝고 속이 상합니다. 공주가 나의 짝이 되어 이 아름다움을 함께 즐길 수 있으면 얼마나 행복할까 생각해봤습니다. 언젠가 그런 날이 오기를 바라면서 공주의 무사 안녕을 기원합니다.

에포페우스는 가끔 이렇게 편지를 보내 안티오페의 마음이 다른 데쏠리지 못하도록 붙잡고 있었다. 편지를 읽는 순간, 안티오페는 자신의목숨을 구할 방법을 찾아냈다.

'나에게 끊임없이 사랑을 속삭이는 에포페우스 왕에게 몸을 의탁해야겠다. 한결같은 그분이라면 모든 것을 이해해줄 거야.'

안티오페는 귀중품과 옷가지를 싸두었다가 밤늦게 몰래 궁을 빠져나와 겨우 시녀 몇 명만 데리고 험한 산길을 오르기 시작했다. 금방이라도 아버지가 쫓아와 자신을 붙잡을 것만 같았다. 갖은 고생을 겪은끝에 안티오페는 마침내 시키온에 도착했다. 안티오페는 숨을 돌리지도 않고 사람들에게 말했다.

"나는 안티오페입니다. 에포페우스 왕을 뵈러 왔어요."

궁전에 있던 에포페우스는 소식을 듣고 한걸음에 달려 나왔다.

"안티오페, 나를 위해 이곳까지 찾아오다니 뭐라 말할 수 없을 정도로 감동적이군요."

에포페우스는 안티오페에게 무엇이든 다 주고 싶었다. 모든 것을 버리고 자신을 찾아온 여인이었기 때문이다. 안티오페는 곧바로 에포페우스와 결혼했다. 기쁜 마음으로 신부를 맞은 에포페우스가 달콤한 신혼을 즐기려 할 때였다. 변방에 나가 있던 병사가 허겁지겁 달려왔다.

"대왕이시여, 큰일 났습니다."

"무슨 소리냐?"

"테베의 군사들이 쳐들어왔습니다. 안티오페 공주님을 되찾겠다며 전쟁을 일으키려고 합니다. 닉테우스가 동생 리코스와 군사를 이끌고 코린토스해협을 건너 시키온으로 달려오고 있습니다. 어서 빨리 대비하셔야 합니다."

"이대로 당할 순 없다. 갖은 고생을 하면서 이곳까지 찾아온 안티오페를 지켜주지 못한다면 나는 남자라고 할 수도 없다."

에포페우스는 즉시 싸울 준비를 했다. 아버지와 삼촌이 함께 쳐들어왔다는 소식을 들은 안티오페는 남편에게 말했다.

"여보, 나를 아버지께 넘기세요. 나 때문에 싸울 필요 없어요."

그러나 에포페우스는 상남자였다.

"말도 안 되는 소리 하지 마시오. 그대는 내 나라에 온 손님일 뿐만 아니라 소중한 나의 아내요. 그 누구도 그대를 나에게서 빼앗아 갈 수 없소. 나는 그대를 지키기 위해 목숨을 걸고 싸울 거요."

고집 센 에포페우스가 싸울 준비를 하자 안티오페는 다시 한번 매달렸다.

"나는 당신이 죽는 것을 바라지 않아요. 당신과 헤어지더라도 당신이 살아 있는 게 훨씬 좋아요. 나는 당신이 살아 있길 바랍니다. 제발 나를 보내주세요."

안티오페가 아무리 애원해도 소용없었다. 군사들이 시키온 근처에 이르러 진을 치자 에포페우스는 당당하게 나서서 큰 소리로 외쳤다.

"당신의 딸과 나, 그리고 당신이 얽혀 있는 가족 간의 문제요. 애꿎은 군사들을 희생시키지 말고 나와 일대일로 붙읍시다."

"그거 좋은 생각이다. 감히 내 딸을 훔쳐 가다니. 어디 한번 덤벼봐라, 이 천하의 불한당 같은 놈아."

그리하여 두 사람은 일대일로 맞붙었다. 치열한 싸움이었다. 창을 던지면 막아내고 칼로 치고 박는 싸움이 계속 이어졌다. 그 모습을 지켜보는 안티오페는 누구도 응원할 수 없었다. 아버지를 응원하자니 남편이 죽을 것 같고, 남편을 응원하자니 아버지가 죽을 것 같았기 때문이다. 해 질 무렵 결투는 끝났다. 날카로운 칼에 찔려 아버지 닉테우스가 피를 흘리며 쓰러진 것이다. 그 순간, 에포페우스도 무릎을 꿇었다. 죽기 전에 휘두른 닉테우스의 칼에 그의 심장이 찔린 것이다. 두 남자 모두 죽음을 맞이하고 말았다. 지독한 불운이 아닐 수 없었다.

남은 것은 리코스뿐이었다. 리코스는 기회를 놓치지 않고 형의 원수

이자 자신의 조카를 훔쳐 간 에포페우스의 나라를 공격했다. 그는 닥치는 대로 시키온을 유린하고는 안티오페를 납치했다. 테베로 돌아간 그는 왕의 자리에 올랐다. 죽은 형의 뒤를 이은 것이다.

"형은 돌아가셨다. 이제 내가 테베의 왕이 되겠다."

왕비 자리는 자연스럽게 그의 아내 디르케가 차지했다. 디르케는 조카딸 안티오페를 질투의 눈으로 바라봤다. 안티오페가 너무 아름다워서 자신의 남편을 빼앗길 것만 같았다. 그녀는 기회가 생길 때마다 안티오페를 모함했다.

"여보, 사람들이 안티오페가 임신했다는 것을 알면 우리 체면이 뭐가 되겠어요?"

"이미 임신해서 저렇게 배가 불렀는데 어떻게 하겠소."

"이렇게 체면이 구겨지면 당신이 왕으로서 사람들을 통치하는 데도 문제가 생길 거예요."

"그러면 도대체 어쩌자는 거요?"

"안티오페를 없애버립시다. 당장 죽여야 해요."

"조카를 어떻게 죽인단 말이오? 말도 안 되는 소리 그만하시오."

"좋은 방법이 있으니 저에게 모든 것을 맡겨주세요."

"정말 책임지고 처리할 수 있겠소?"

"네, 믿고 맡기세요."

"하지만 안티오페를 죽여선 안 되오. 그 아이는 내 조카딸이오. 형님이 사랑하는 딸이었단 말이오. 만약에 안티오페를 죽인다면 그대도 무사하지 못할 거요."

생각 같아선 바로 죽여버리고 싶었지만 디르케는 꾹 참고 안티오페를 지하 감옥에 가둬버렸다.

"안티오페를 절대 밖으로 나오지 못하게 해라."

"예."

"그리고 아기를 낳았다는 소문이 퍼지지 않도록 조심하고."

안티오페는 어두운 지하 감옥에 갇혀 마냥 눈물을 흘렸다. 외롭게 지내던 안티오페는 산달을 무사히 채우고 쌍둥이 아들을 낳았다. 귀여운 쌍둥이를 보면서도 안티오페는 마냥 기뻐할 수 없었다. 걱정은 현실이 되었다.

"뭐라고? 쌍둥이를 낳았어?"

"네, 쌍둥이를 낳았습니다."

"당장 아기들을 데려와라."

사악한 디르케는 안티오페에게서 두 아들을 빼앗은 뒤 궁을 오가는 사냥꾼을 불렀다.

"이 아기들을 바구니에 담아 저기 키타이론산에 갖다 버려라."

"죽이지 않아도 되겠습니까?"

"죽일 필요까진 없어. 왕이 자기 조카를 죽이지 말라고 한 것을 보니 그녀의 아이들도 죽이지 않길 바랄 게 분명하다. 그냥 사나운 짐승들이 많이 사는 험악한 숲속에 가서 버려라."

"그러다가 살아남으면 어떡합니까?"

"숲속에 사나운 짐승들이 얼마나 많은데 갓난아이들이 살아남겠느냐? 갖다 버리기만 하면 된다. 사람을 죽였다는 소리까지는 듣고 싶지 않구나.”

“알겠습니다.”

디르케의 명을 받은 사냥꾼은 쌍둥이가 누워 있는 바구니를 든 채 깊은 산속으로 들어갔다.

“잔인하기도 해라. 이렇게 어린 아기를 산속에 버려두라니. 그나저나 안티오페 공주님이 불쌍해서 어떻게 하지.”

하지만 명령은 명령이었다. 사냥꾼은 산짐승의 먹이가 될 것을 알면서도 아기 바구니를 든 채 점점 더 깊은 산속으로 들어갔다.★

“아기들을 돌려주세요. 제발 아기들을 돌려주세요.”

아기들이 산속에 버려질 위기에 처한 것을 모르는 채 안티오페는 지하 감옥에서 피를 토할 것처럼 울부짖고 있었다. 그 모습을 본 디르케는 다시 명령을 내렸다. 혹시 제우스가 와서 구해 갈지도 모른다는 생각이 든 것이다.

“안티오페를 꽁꽁 묶어놔라. 그리고 자물쇠도 꽉 채워둬. 절대 도망갈 수 없게 만들어라.”

그러나 안티오페의 남편은 바로 제우스였다. 이 사실을 모를 리 없었다. 올림포스에서 내려다본 그는 이 모든 문제를 한꺼번에 해결하기로 결심했다. 먼저 사냥꾼의 마음에 훈훈한 바람을 불어넣었다. 왕비의 명령을 수행하려던 사냥꾼은 갑자기 아기들이 너무 불쌍하다는 생각이 들었다.

‘어디 아기들의 얼굴이나 한번 볼까?’

갓난아기들은 순해서 울지도 않았다. 자신을 보고 벙긋벙긋 웃는 잘

생긴 아기들을 보자 사냥꾼은 도저히 사나운 산짐승에게 잡아먹힐지도 모르는 깊은 산속에 아기들을 버리고 올 수 없었다. 그때 사냥꾼의 눈에 양을 기르는 목동이 보였다. 평소에 가끔 보던 자였다.

"여보게, 양치기."

"아이고, 궁전에서 나온 사냥꾼이시네. 어쩐 일이오?"

"자네하고 의논할 일이 있네."

"말씀하시오."

양치기가 양 떼를 몰고 다가왔다.

"이 바구니를 보게."

바구니 속에 잘생긴 아기가 둘이나 있는 것을 본 양치기는 깜짝 놀랐다.

"아니, 이렇게 잘생긴 아기들이 어디서 났습니까?"

사냥꾼은 만일을 위해 중요한 사실은 감추고 자초지종을 말해주었다.

"이 아기들을 짐승들이 들끓는 산속에 버리면 금방 죽지 않겠나. 그래서 걱정이라네."

"저런. 어느 귀족인지 모르지만 정말 끔찍한 명령을 내리셨군요. 그나저나 아기들이 너

왕비가 아름다운 의붓딸이나 조카를 시기 질투해서 사냥꾼에게 죽이라고 하고 사냥꾼은 그 명령을 어긴다는 이야기는 동서고금을 막론하고 쉽게 찾아볼 수 있어. 유명한 것으로는 백설공주 이야기가 있어. 계모인 왕비가 의붓딸 백설공주를 죽이려고 하지. 우리나라의 콩쥐 팥쥐도 이와 비슷한 이야기야. 사는 곳이 다른데도 이렇듯 비슷한 이야기가 전해져 내려오는 것은 인간의 의식 안에 원형이라는 기본 구조가 대를 이어 형성돼 있기 때문이야. 그런 원형을 잘 이해하면 삶을 꿰뚫어 볼 수 있어. 물론 재미있는 이야기도 만들 수 있지.

무 불쌍합니다. 아무 죄도 없는 아기들이 이렇게 죽어야 하다니요."

"그래서 말인데, 자네가 이 아기들을 데려가서 자식으로 삼으면 어떻겠나?"

결혼한 지 오래되었지만 아기가 없었던 양치기는 염소와 양을 자식이라고 생각하며 지극정성으로 기르고 있었다.

"정말 그래도 되겠습니까?"

"아기가 죽는 것보다는 낫지 않은가?"

"알겠습니다. 제가 잘 기르겠습니다."

"고맙네. 이렇게 때맞춰 자네가 나타나다니 신의 가호라 하지 않을 수 없네. 하나 부탁하지. 이 아기들의 사연은 절대 비밀로 해주게."

"그건 저도 바라는 바입니다. 절대 입을 열지 않겠습니다. 그런데 궁금한 게 있습니다. 이 아기들의 어머니는 이 사실을 아십니까?"

"이 사람아, 내 마음이 찢어질 것 같네."

"말씀해주십시오. 그 정도는 알아도 되지 않습니까?"

"얘기하자면 기네. 그냥 모르는 게 나을 걸세. 아기 잃은 엄마의 마음이 어떨지 그대도 충분히 짐작할 수 있지 않나?"

"너무나 고통스럽겠지요."

"그러니 이 비밀을 절대 누구에게도 말하지 말게. 아기들에게도 말해선 안 되네."

"알겠습니다."

"그냥 자네 아들로 키우게."

그렇게 신신당부한 뒤 사냥꾼은 테베로 돌아갔다. 궁에 도착하자마자 왕비가 물었다.

"쌍둥이 아기들은 분명히 짐승들의 먹이가 됐겠지?"

"왕비님의 명령대로 숲에 아기들을 놓고 돌아서는데, 늑대들이 달려가는 것을 보았습니다."

"아하하하, 잘했다. 어찌 됐든 내가 죽인 건 아니지. 그대에게 상을 내리겠다."

디르케는 크게 기뻐하며 사냥꾼에게 상을 주었다.

한편, 양치기는 키타이론산에서 두 아이를 열심히 키웠다. 양치기는 아이들에게 제토스와 암피온이라고 이름을 지어주고 염소의 젖과 함께 꿀을 따서 먹여 키웠다.★ 아이들은 쑥쑥 자라났다.

"아버지, 어서 오세요. 염소 젖을 다 짜놨습니다."

"그래, 잘 했다. 기다려라."

양치기가 양 떼에게 풀을 뜯기러 나간 동안 아이들은 집에서 염소 젖을 짜고 간단한 음식을 만들어놓았다.

어느 날 쌍둥이가 물었다.

여기서 잠깐!!

《성경》에 보면 가나안 땅에는 젖과 꿀이 흐른다고 해. 중동과 지중해 연안의 땅은 비옥해서 농사가 잘되고 살기 좋았는데 이를 젖과 꿀이 흐른다고 표현한 것이지. 지금은 사막인 이스라엘이 과거에는 풍요로운 땅이었다고 하니 신기하지 않니? 실제로 젖과 꿀만 먹고 살아본 사람이 있는데, 오래지 않아 건강에 이상이 생겼다고 해. 비타민이 부족했다나 봐. 이것만 봐도 비유와 상징적인 표현을 너무 있는 그대로 해석할 필요는 없다는 것을 알 수 있을 거야.

"그런데 궁금한 게 있습니다. 저희 친부모님은 누구십니까?"

"너희 부모님은 어린 너희를 내게 맡기고 산적들을 피해 도망치시다가 벼랑에서 떨어져 돌아가셨단다. 내가 그 모습을 직접 보았지."

"아, 그렇군요. 저희 친부모님은 이 세상에 안 계시는군요."

"그래. 너희들끼리 의지하면서 잘 살면 된단다. 너희 부모님은 나에게 너희들을 잘 길러달라고 신신당부하셨어."

"아버지, 저희들을 키워주셔서 감사합니다."

쌍둥이는 멋진 청년으로 성장했다. 그런데 쌍둥이지만 이들의 성격은 완전히 달랐다. 암피온은 음악과 시를 사랑하는 예술가였다. 그는 양떼를 몰고 나가 풀밭에 풀어놓은 뒤 산비탈에서 수금을 연주하거나 피리를 불거나 노래를 부르는 것을 좋아했다. 그가 악기를 연주하며 자기가 만든 노래를 부를 때면 그 아름다운 소리에 요정들이 기웃거릴 정도였다. 그런 아름다운 음악을 뚫고 날카로운 칼과 창을 들고 뛰어다니는 청년이 있었다. 바로 제토스였다. 어깨가 떡 벌어진 그는 강인한 체력을 자랑했다. 사냥을 좋아하는 제토스는 자신이 사냥한 짐승의 가죽으로 옷을 만들어 입었다. 두 사람은 이처럼 성격이 완전히 달랐지만 모두 선량하고 공감 능력이 뛰어나 사람들을 배려하고 서로를 위하며 아껴주었다.★

그렇게 20년의 세월이 흐르자 쌍둥이는 그 누구도 감히 함부로 할 수 없는 용사가 됐다. 비탈진 산길을 날듯이 뛰어다니고 하루 종일 양과 염소들을 몰다 보니 체력 또한 강해졌다. 뿐만 아니라 사나운 산짐승들을 사냥하면서 용기와 담력 또한 갖추게 되었다.

그때까지도 안티오페는 지하 감옥에 갇혀 있었다. 디르케는 안티오페가 누려야 할 모든 특권을 차지하고는 화려하고 사치스럽게 살았다.

"호호호호, 나의 이 권력은 영원히 계속될 거야."

그러나 꽃은 피면 지는 법이고 달은 차면 기우는 법이다. 제우스는 올림포스에서 그 모습을 내려다보며 20년을 참고 기다렸다. 테베의 왕좌는 자신의 아이들이 차지해야 하는데, 엉뚱하게도 리코스가 권력을 휘두르고 있었다. 디르케가 왕비 노릇을 하고 있는 것도 마음에 들지 않았다.

"테베의 왕좌는 내 아들인 제토스와 암피온의 것이다. 이제 그만 왕좌를 되찾을 때가 되었다."

제우스는 안티오페가 갇혀 있는 지하 감옥의 창문을 뜯어냈다. 그리고 보이지 않는 손으로 안티오페를 묶어둔 쇠사슬을 모두 끊어버렸다. 담벼락이 무너지자 안티오페는 주저할 것 없이 감옥 밖으로 뛰쳐나왔다. 감옥을 지키는 간수들은 제우스가 재워 모두 깊은 잠에

여기서 잠깐!!

형제가 다른 성향을 지녔다는 설정은 다른 이야기에도 많이 나와. 가장 비극적인 이야기는 《성경》 속의 카인과 아벨의 이야기이지. 아담과 이브가 카인과 아벨을 낳았는데, 아벨은 양을 기르고 카인은 농사를 지었어. 아벨의 제물을 하나님이 기쁘게 받자 카인은 아벨을 죽였어. 카인과 아벨 형제의 대립은 유목민족과 농경민족의 대립을 상징한다고 볼 수 있어. 우리나라의 흥부 놀부 이야기도 이와 비슷한 맥락에서 이해할 수 있어.

빠져 있었다. 안티오페가 두리번거리는데, 아무도 보이지 않았다.

"그래, 일단 이곳을 탈출하자. 내 아이들이 어떻게 됐는지 확실히 알기 전에 나는 죽을 수 없어."

자식을 둔 엄마는 용감해지는 법이다. 안티오페는 있는 힘을 다해 궁전을 빠져나왔다. 그러고는 키타이론산으로 달려가기 시작했다. 키타이론산에 아이들을 버렸다는 소문을 간수들에게 들은 적 있었기 때문이다. 그녀는 겁 없이 산을 올라갔다. 산속으로 한없이 깊이 들어가자 어느새 인적이 드물어졌다. 그러다가 마침내 양치기의 오두막에 닿았다. 양치기를 본 안티오페는 말했다.

"나를 기억하겠어요?"

"공주님, 오래전 어린 아가씨였을 때 뵌 기억이 납니다."

양치기는 가끔 양을 잡아 궁전에 바치러 갔을 때 봤던 귀여운 공주의 모습을 떠올렸다.

"반가워요, 양치기 영감. 내가 그동안 어떤 수모를 겪었는지 들으면 놀랄 거예요."

안티오페는 그동안 있었던 일들을 모두 이야기해주었다. 이야기를 들으면서 양치기는 자기가 맡아 기른 쌍둥이가 바로 공주의 아들들임을 직감했다. 온몸이 와들와들 떨렸다.

"아, 그러셨군요. 너무나 큰 고생을 겪으셨습니다."

"세월이 무상하군요. 옛날에는 젊고 정정하시더니 양치기 영감도 수염이 하얗게 변했네요."

"네, 그래도 아직 크게 아픈 곳 없이 건강히 살고 있으니 신께 감사할 따름입니다."

그때 문이 열리며 잘생긴 제토스와 암피온이 집으로 들어왔다.

"아버지, 저희들이 왔습니다. 양들을 다 몰고 왔어요. 오늘은 새끼 양도 한 마리 태어났습니다."

활발하게 들어오던 아이들은 오두막에서 쉬고 있는 낯선 여인을 보고 깜짝 놀랐다.

"아니, 이분은 누구십니까?"

"지나가던 나그네이시다. 잠깐 쉬겠다고 해서 들어오시라고 했다. 너희들은 이분을 잘 모셔라."

눈치 빠른 양치기는 모든 비밀을 알아차렸지만, 확실하지 않으니 아무 말도 할 수 없었다. 어떤 일이 일어날지 알 수 없었기 때문이다. 게다가 사냥꾼과 한 약속을 지켜야 했다. 하지만 모자가 낯선 사람에게 그렇듯 서로 격식을 차려 인사하고 서먹해하는 것을 보며 양치기는 괴로웠다.

'아, 이들에게 탄생의 비밀을 이야기해주어야 할까? 만일 내가 착각한 거면 어쩌지?'

양치기가 이러지도 저러지도 못하는 사이, 그들은 저녁 식사를 마쳤다. 모처럼 정성 들여 만든 음식을 먹으며 안티오페는 너무나 행복했다. 이제 쌍둥이 아이들만 찾으면 모든 게 해결될 것 같았다. 안티오페는 갓난아기의 모습만 보았기에 눈앞의 장성한 청년들이 자신의 아들일 것이라고는 꿈에도 생각하지 못했다. 그저 두 아이가 무사히 자라 이 나라 어딘가에 있기만을 간절히 바라고 또 바랐다. 그때 바깥이 시끄러워지며 말발굽 소리가 났다.

"문을 열어라."

바깥을 내다보니 오두막 앞에 디르케가 시종을 잔뜩 몰고 와 서 있었다. 안티오페를 잡으러 쫓아온 것이다. 깜짝 놀란 안티오페가 벌떡 일어나자 디르케는 다짜고짜 사나운 표정으로 말했다.

"감옥에서 평생 썩으라고 명령했건만 감히 탈출했단 말이냐? 건방진 것. 이토록 큰 죄를 저질렀으니 너는 죽어도 할 말이 없겠구나."

왕비를 처음 본 제토스와 암피온은 꿇어 엎드렸다.

"옳지. 너희들이 나의 명령을 시행하면 되겠다. 이 여자는 엄청난 죄인이다. 오래전 죽었어야 하는데, 내가 너그럽게 살려두었더니 이렇게 도망치고 말았구나. 신들이 나를 이곳으로 인도해주었다. 너희들은 당장 이 여자를 수레바퀴에 묶어라."

너무나 아름답고 선량해 보이는 여인을 수레바퀴에 묶으라고 하니 제토스와 암피온은 차마 그 명을 따를 수 없었다.

"……."

"당장 시키는 대로 하지 않고 무엇 하느냐? 나는 테베의 왕비다. 너희들은 나의 백성들이니 내 명령을 들어야 한다. 내 명령은 신의 명령이기도 하다."

쌍둥이 형제는 서로 바라봤다.

"이 양 떼도 다 나의 것이고, 이 오두막도 나의 것이다. 내 말을 안 듣는다면 양들을 모두 죽여버리고 이 오두막에 불을 지르겠다."

쌍둥이들은 어쩔 수 없이 안티오페의 양팔을 잡았다.

"아주머니, 저희들의 본심이 아닙니다. 왕비님이 명령하시니 저희들은 따를 수밖에 없습니다. 이리로 오십시오."

쌍둥이들은 안티오페를 바깥으로 끌고 나갔다.

"저 사나운 황소의 뿔에다가 여자를 묶어라."

그렇게 하면 황소가 날뛰다가 여인이 깔려 죽을 게 뻔했다. 자기 손에 피를 묻히지 않기 위해 디르케는 끝까지 잔머리를 굴렸다. 그 모습을 보고 참지 못한 양치기가 벌떡 일어나 죽음을 각오하고 소리쳤다.

"얘들아, 멈춰라."

"아버지, 왜 그러십니까?"

"이제는 말할 수밖에 없구나. 잘 들어라. 그 여인은 바로 너희들의 어머니이시다."

"예? 저희들의 어머니라고요?"

"그래. 테베의 공주이신 안티오페 님이시다. 너희들의 아버지는 제우스 신이시다."

깜짝 놀랄 수밖에 없는 이야기였다. 디르케는 화가 머리끝까지 치밀었다.

"이 미친 늙은이가 망령이 났나 보구나. 거짓말하지 마라. 대체 무슨 근거가 있어서 그렇게 떠드는 것이냐? 당장 너를 요절내겠다."

그러자 양치기는 크게 웃으며 말했다.

"왕비님, 저에게 증거가 없을 거라고 생각하십니까?"

"무슨 증거가 있단 말이냐?"

"보십시오."

양치기는 깊이 감춰두었던 나무 상자를 열었다. 상자 안에는 쌍둥이들이 담겨 있던 왕실에서 쓰는 고급스러운 바구니와 아이들이 입고 있던 작은 옷이 고이 들어 있었다. 자기가 직접 만들어 아기들에게 입혔던 옷을 본 안티오페는 두 청년이 자신의 아기라는 것을 단번에 알아차렸다.

"오, 내 아들들아! 너희들이 이렇게 훌륭하게 성장했구나."

안티오페는 장성한 아들들을 끌어안고 기쁨의 눈물을 흘렸다. 그러나 지금은 기쁨을 만끽할 때가 아니었다. 그 모습을 본 디르케는 더욱 분노했다.

"좋다. 당장 돌아가 군사들을 데리고 와서 너희들을 짓밟아버릴 것이다."

디르케가 돌아가려는데 양치기가 문을 막아섰다.

"오는 것은 쉬웠지만 가는 것은 마음대로 안 될 겁니다. 얘들아, 무엇하고 있느냐? 너희들을 죽이려고 했던 여자다."

"예?"

"이 여자는 자신이 내린 벌을 스스로 감당해야 할 것이다. 신들의 뜻을 느낄 수 있다."

제우스가 그의 마음에 깃들어 명령을 내린 것이다. 제토스와 암피온은 디르케를 붙잡았다. 그러고는 가장 사나운 황소의 뿔에다가 그녀의 양팔을 묶어버렸다. 황소는 디르케를 매단 채 그대로 들판을 달렸다. 디르케는 황소에게 짓밟혀 죽고 말았다. 사악한 디르케가 사라지자 양치기는 비로소 쌍둥이들에게 말했다.

"사랑하는 아들들아, 내가 너희들을 아들이라고 부르는 것은 오늘이 마지막이겠구나. 너희들의 진짜 아버지가 누구인지 너희 어머니에게 직접 들어라."

모자지간의 기구한 사연을 듣고 나자 두 아들은 예를 갖췄다.

"아버지, 그동안 저희를 키우느라 수고 많으셨습니다. 이 은혜를 어찌 갚겠습니까?"

"너희들은 테베로 가거라. 왕좌가 너희들을 기다리고 있다. 가서 너희들의 자리를 차지하고 있는 폭군을 물리쳐라. 나는 그것을 바랄 뿐이다. 너희들이 할 일은 그것이다. 나는 이날만 기다리고 있었다. 너희들이 훌륭하게 커줘서 나는 더 이상 바랄 게 없다."

"같이 가시지요, 아버지."

"아니다. 나는 여기서 살다가 여기서 죽을 것이다. 나는 이곳에서 태어났고 이곳에서 늙었다. 이제 너희들을 제자리로 돌려보내게 되니 내 삶의 보람을 느낀다."

제토스와 암피온은 자신들에게 주어진 소명을 따르기 위해 안티오페와 함께 산을 내려왔다. 사랑하는 두 아들이 떠나는 것을 본 양치기는 절벽 아래로 몸을 던져버렸다. 자신의 소명을 다했다고 느꼈기 때문이다. 물론 사랑하는 아들들이 떠난 상실감을 견딜 자신도 없었다.

제토스와 암피온은 테베로 돌아오자마자 사람들에게 이 사실을 알렸다.

"아버지의 왕좌를 되찾으러 왔소."

리코스와 악녀 디르케에게 시달리던 테베 사람들은 모두 기뻐했다.

제토스와 암피온은 자신을 따르는 사람들과 함께 리코스에게 맞서 전쟁을 일으켰다. 민심이 떠나자 리코스는 버텨내지 못하고 도망치고 말았다. 마침내 쌍둥이 형제들은 왕이 됐다.

그들이 테베를 차지한 뒤 가장 먼저 한 일은 성벽을 정비하는 것이었다. 성벽은 쌓다 말았을 뿐만 아니라 리코스가 관리를 허술히 해서 군데군데 무너져 있었다.

"우리 저 성벽을 다시 쌓자."

"그래, 우리 조상님들이 쌓은 성벽이잖아."

카드모스가 쌓은 성벽 안팎에 사람들이 모여 거대한 테베가 만들어졌다. 그만큼 테베 전체를 둘러싼 성벽은 중요했다. 제토스와 암피온은 자신들을 추앙하는 사람들과 함께 성벽을 더 크고 높게 쌓기 시작했다. 힘이 센 제토스가 모범을 보이며 바윗돌을 들어서 쾅쾅 올려놓았다. 그 힘은 누구도 따라올 수 없을 만큼 강력했다. 암피온은 다른 방법으로 성벽을 쌓았다. 그는 그저 피리를 불 뿐이었다. 그의 음악에는 힘이 있어서 아녀자와 어린아이들까지도 힘을 내서 성벽을 쌓았다. 뿐만 아니라 요정들까지도 나와서 성벽 쌓는 일을 도와주었다. 이들은 그 누구보다 빠르고 튼튼하게 성벽을 쌓아 테베를 완벽하게 보호할 수 있게 됐다.

성벽에는 드나드는 사람들을 위해 성문을 일곱 개나 뚫었다. 사람들이 '일곱 성문을 가진 테베'라는 이름을 붙인 것은 이 때문이다. 성문이 일곱 개나 있었기 때문에 적들은 일곱 군데에서 성문을 공격해야 하다 보니 힘이 분산될 수밖에 없어서 테베를 점령하기가 정말 힘들었다. 한마디로 철옹성이 된 것이다.

이렇게 멋진 나라를 물려받은 제토스와 암피온은 약속대로 번갈아가며 나라를 다스렸다. 한 나라에 왕이 둘이 있을 수는 없는 일이지만, 이들은 서로 싸우지 않고 의좋게 나라를 다스렸다.

혼기가 되자 제토스는 아에돈과 결혼했다. 아에돈은 아름다운 용모를 지녔지만, 시기심 많은 여인이었다. 그녀는 자신은 아들 하나를 두었는데, 자신과 비슷한 시기에 결혼한 암피온의 아내 니오베에게는 아들이 많은 것을 보며 부러워했다. 그래서 니오베의 장남을 잠든 사이에 죽이려고 하다가 혼동하여 실수로 같은 방에서 자고 있던 자신의 외아들을 죽이고 말았다. 뒤늦게 자기 자식을 죽였다는 것을 알게 된 아에돈은 절규했다.★

"내가 내 아이를 죽이다니……. 나는 살아 있을 이유가 없어."

낮이고 밤이고 울기만 하다 보니 그녀는 날이 갈수록 비쩍 말라갔다. 신들은 너무도 고통스러워하는 아에돈을 불쌍히 여겨 그녀를 새가 되게 해주었다. 그래서 아에돈은 밤낮없이 우는 새인 나이팅게일로 변했다. 결과적으로

여기서 잠깐!!

아기를 낳은 여인이 미쳤다는 이야기는 역사에 종종 등장해. 오늘날의 시각으로 보면 산후우울증 때문이라고 할 수 있어. 출산 후 여자들은 갑자기 우울감이 심해지면서 살기 싫다는 생각이 드는 경우가 있어. 갑작스러운 호르몬 변화에다 아기를 키우면서 받는 스트레스가 겹치기 때문에 생기는 일이지. 아무런 이유도 없이 불안해하거나 울고, 음식을 먹지 않기도 해. 밤에 잠을 잘 자지도 못하지. 이런 우울증을 잘 다스리지 않으면 아이를 잘 키울 수도 없어. 신화 속에도 이런 증상을 보이는 여인들이 많이 나오는 것을 보면 여인에게 출산과 육아가 얼마나 힘들고 괴로운 일인지 짐작할 수 있을 거야.

제토스는 아이도 잃고 아내도 잃어버렸다. 그는 슬픔에 빠진 채 잠이 들고 나이팅게일의 울음소리에 잠에서 깼다.

반면에 탄탈로스의 딸 니오베와 결혼한 암피온은 슬하에 열네 명의 자식을 두고 오래도록 행복하게 살았다. 쌍둥이라도 운명은 이렇게 제 각각인 것이 인생이다.

6

바위산이 된 니오베

"어머니 어디 계세요? 못 찾겠어요."

궁전 마당에서 여자아이가 이곳저곳을 뒤졌지만 어머니를 찾지 못하자 울상을 지었다. 그러자 풀숲에 엎드려 있던 니오베가 일어서며 활짝 웃었다. 암피온의 아내 니오베는 막내딸과 한창 술래잡기를 하고 있었다.

"아가, 나 여기 있단다."

"어머니, 거기 계셨군요."

막내딸이 달려가자 다른 딸들도 우르르 숨어 있던 곳에서 몸을 내밀었다. 니오베는 궁전 마당에서 딸들과 함께 즐거운 시간을 보내고 있었다. 그녀는 딸을 무려 일곱 명이나 낳았다. 아이들과 함께 행복한 시간을 보내는 것은 니오베에게 최고의 기쁨이었다. 잠시 후 밖에서 창던지기나 포환던지기를 하던 아들들이 돌아오기 시작했다. 그녀에게는 아들도 일곱 명이나 있었다.

"어머니, 운동 마치고 왔습니다."

니오베는 아들 일곱, 딸 일곱 모두 열네 명의 자녀를 두고 있었다. 다복한 것으로는 그리스에서 그녀를 따라올 여인이 없었다. 남편 암피온과 함께 테베를 다스리며 니오베는 행복한 가정을 꾸리고 있었다.

"고맙구나, 나의 아들딸들아. 나는 이 세상에서 가장 행복한 어머니일 것이다. 이 세상에 나보다 행복한 사람은 없을 거야. 신들도 나를 질투할 것이다."

신하들도 다들 암피온과 니오베를 부러워했다.

"두 분의 금실 좋은 사랑은 이 세상 그 누구도 따라갈 수 없을 겁니다. 정말 부럽습니다."

"허허. 우리가 모범을 보여야 백성들도 사랑을 알고 좋은 가정을 꾸려 아이들을 많이 낳을 것 아닌가. 아이들을 많이 낳아야 세금도 많이 걷히고 노동력도 많이 생기는 법이지."★

암피온은 니오베와 아이를 많이 낳은 이유를 이렇게 설명했다. 테베를 번성하게 하려면 자신부터 모범을 보여야 한다고 생각한 것이다. 게다가 신의 도움인지 니오베는 두 쌍둥이, 세 쌍둥이를 여러 번 낳는 바람에 이렇게 많은 자녀들을 두게 되었다. 잦은 출산에도 니오베의 미모는 전혀 훼손되지 않았다. 나이를 먹으면 늙어가는 건 자연스러운 일인데 니오베는 자녀들로부터 행복을 얻는 듯 세월이 갈수록 젊어지고 얼굴에는 항상 미소가 가득했다. 그녀는 사람들을 만날 때마다 자신이 얼마나 행복한 어머니인지 강조했다. 지혜로운 유모는 그런 니오베에게 늘 경고했다.

"존경하는 왕비님, 외람되지만 드릴 말씀이 있습니다."

"뭐냐?"

"제가 어려서부터 듣기로 세상에서 가장 행복한 어머니는 아폴론 신과 아르테미스 신을 낳은 레토 여신이라고 합니다."

"레토 여신도 행복한 여신이지."

"인간들에게 존경받는 신을 둘이나 낳았으니 레토 여신이야말로 어머니들의 상징이라고 할 수 있지요. 그런데 왕비님은 늘 세상에서 가장 행복한 어머니라고 자랑하고 다니십니다. 신들이 들을까 두렵습니다. 왕비님, 그런 이야기는 하지 않으셨으면 좋겠습니다. 굳이 말씀하시지 않아도 모두 다 알고 있는 사실 아닙니까?"

유모가 걱정해서 건네는 말을 들으며 니오베는 갑자기 자존심이 상했다. 유모 따위가 자

여기서 잠깐!!

인구는 과거나 지금이나 통치자들에게 중요한 화두야. 모든 경제활동의 근본이기 때문이지. 인구가 증가한다는 건 국가 경제가 성장하는 것과 밀접한 관련이 있어. 더 많은 사람들이 생산과 경제 활동에 참여할수록 더 많은 상품과 서비스가 만들어져. 그것이 경제력의 성장으로 이어지는 거야. 풍부한 경제력을 바탕으로 잘 교육받아 고도의 기술력과 전문성을 갖게 된 왕자나 공주는 새로운 국가를 건설하고 새로운 사람들을 모아들이지. 신화 속에서 제우스가 여기저기 다니며 여인들을 탐해 아이를 낳은 것도 어찌 보면 계속 인구를 늘려야 하고 그로 인해 생산성을 높여야 한다는 고대인의 생각이 반영된 것일 수 있어.

신에게 훈계하는 것만 같았기 때문이다. 니오베는 발끈했다.

"무슨 소리냐? 나는 자녀를 열네 명이나 두었다. 일곱 명이나 되는 내 아들들은 누구보다도 뛰어난 운동선수이고 용사이며 전사다. 게다가 일곱 명이나 되는 내 딸들은 누구보다 아름답고 재주 있는 처녀지. 일곱 개의 성문에다가 딸들의 이름을 붙인 것은 다 그럴 만해서다. 어머니로서 그런 나를 따라올 자가 이 세상에 어디 있단 말이냐? 나는 충분히 자랑할 만하다. 모두들 인정하고 있지 않느냐?"

유모는 고개를 저으며 말했다.

"왕비님, 저는 왕비님을 어렸을 때부터 지켜봤습니다. 제가 훈계하는 것 같아 기분 나쁘실 수도 있지만, 저는 젖을 먹여 왕비님을 키운 사람입니다. 누구보다 왕비님을 아끼지요. 지금 왕비님이 하신 말씀은 상당히 위험합니다. 신들이 들으면 큰일 날 겁니다. 사람들 가운데는 그 누구도 왕비님을 따라올 여인이 없을 테지만, 신들에게까지 그렇게 오만하시면 안 됩니다. 정말 큰일 날 수도 있습니다."

"호호호호! 신들이 뭐가 무섭다고 그러느냐? 그리고 신들이 인간 세상에 얼마나 신경을 쓴다고 그러느냐? 나는 신들을 한 번도 본 적 없다."

"아닙니다. 신들은 우리 인간들의 운명을 장난감처럼 한순간에 망가뜨려버릴 수 있는 위대한 존재입니다."

"다른 사람이라면 그렇게 신들에게 조롱당할 테지만 나는 걱정하지 않는다. 신들이 나를 사랑하지 않는다면 어떻게 열네 명의 아이를 낳을 수 있었겠느냐? 게다가 나의 남편은 제우스 신의 아들이다!"

유모는 두려움에 떨며 말했다.

"저는 너무 두렵습니다. 왕비님, 제발 오만함을 내려놓으세요. 아이들을 위해서도, 왕비님을 위해서도 사람은 겸손해야 합니다."

그러나 니오베는 겸손함을 알지 못했다. 어려서부터 귀하게 자랐을 뿐만 아니라 미모나 지성 등 모든 면에서 누구에게도 뒤져본 적이 없었기 때문이다. 게다가 이제는 빼어난 자식을 열넷이나 낳았으니 그 오만함과 그 콧대가 하늘을 찌를 지경이었다. 니오베의 이러한 말들은 소문이 되어 퍼졌고, 마침내 올림포스에 있는 신들의 귀에 들어가게 됐다.

아폴론이 슬그머니 레토에게 물었다.

"어머니, 들으셨습니까? 니오베라는 인간이 감히 어머니보다 자신이 더 훌륭하고 행복한 여인이라고 이야기하고 다닌답니다."

그 말을 들은 레토는 불같이 화를 냈다.

"그래? 감히 나의 존재를 능멸하는 여인이 있다고? 용서할 수 없다."

레토는 예언자인 테이레시아스의 딸 만토★를 불렀다.

"만토, 내 말을 잘 들어라."

"예, 여신님. 분부만 내리십시오."

여기서 잠깐!!

만토는 아버지 테이레시아스와 함께 다니다가 예언하는 능력을 얻었어. 여행 중 아버지가 죽자 그녀는 델포이에 가게 됐는데 아르고스인들이 아름다운 만토를 신에게 제물로 바쳤어. 그녀는 이곳 신전에서 여사제 역할을 하면서 예언 능력을 길렀어. 훗날 그녀는 소아시아에 가서 라키오스와 결혼해 아들 몹소스를 낳았는데, 그 역시 예언자가 됐어. 당시 유명한 예언자인 칼카스와 쌍벽을 이루었다고 해.

"테베에 가서 나의 이야기를 전해라."

"어떤 말씀이십니까?"

"내가 진노했다고 전해라."

"그 진노를 풀려면 어찌해야 합니까?"

"테베에 있는 모든 어머니들이 나에게 제물을 바쳐야 한다."

"제물이요? 알겠습니다. 여신님이 분노를 푸실 수 있도록 제가 가서 잘 전달하겠습니다."

만토는 그리스 일대에서 용한 점쟁이로 통했다. 그녀는 서둘러 테베로 달려가 여자들을 만날 때마다 말했다.

"레토 여신이 분노하셨습니다. 여신이 벌을 내리시기 전에 빨리 제물을 바쳐야 합니다. 테베의 어머니들은 한 사람도 빠지지 말고 레토 여신에게 감사의 제물을 바치십시오."

여인들은 신의 노여움을 사면 얼마나 큰 불행을 겪게 되는지 알고 있었다. 자신의 자녀에게 혹시나 문제가 생길까 봐 염려하며 여인들은 정성껏 제물을 마련해 레토에게 바쳤다. 만토는 궁전으로 향했다. 왕비를 만난 만토는 레토의 뜻을 전했다.

"왕비님, 제가 신의 목소리를 들었습니다."

만토가 종종 점을 쳐준 적이 있어서 니오베는 그녀의 이야기를 귀 기울여 들었다. 만토는 신에게 들은 이야기를 전해주었다.

"왕비님, 레토 여신께서 테베의 모든 어머니는 자신에게 제물을 바치라고 하셨습니다. 빨리 가서 제물을 바치지 않으시면 재앙이 올 겁니다. 머뭇거릴 시간 없습니다. 다른 여인들은 모두 앞다퉈 달려가 자신의 자식들을 위해 제물을 바치고 있습니다."

오만한 니오베는 여염집 여인처럼 자식을 위해 신에게 제물을 바치는 모습을 남들에게 보이려니 자존심이 상했다.

"왜 쓸데없는 이야기를 하고 있느냐. 나는 왕비다. 누구에게도 고개를 숙일 수 없다. 어디 감히 나에게 제물을 바쳐라 마라 하느냐. 열네 명의 아이들이 나를 보고 있다. 나는 세상에서 가장 훌륭한 어머니다. 나보다 더 훌륭한 어머니가 어디 있다고 함부로 고개를 숙인단 말이냐?"

니오베는 너무 흥분한 나머지 거의 정신이 나간 것 같았다. 유모에 이어 만토까지 와서 자신을 채근하니 참을 수 없었다. 그 모습을 올림포스에서 내려다보고 있던 레토는 결심했다.

"저 정신 나간 여자가 감히 나를 능멸하고 있구나. 아폴론과 아르테미스는 어디 있느냐!"

어머니가 부르자 두 신은 득달같이 달려왔다.

"어머니, 무슨 일이십니까?"

"이곳 올림포스에서 조용히 살고 있는 나를 저 어리석은 것이 능멸하고 있다. 니오베가 벌을 받지 않는다면 인간들이 나를 우습게 볼 것이다. 나의 제단은 무너질 것이고, 다른 신들은 손가락질하며 나를 비웃어댈 것이다. 이러한 모욕과 굴욕을 어찌 참는단 말이냐? 흑흑!"

어머니가 눈물을 흘리며 하소연하자 아폴론과 아르테미스는 분노했다. 그들은 다급하게 울고 있는 어머니를 위로했다.

"어머니, 걱정하지 마십시오. 어찌 인간 따위가 감히 신을 모욕하겠습니까? 게다가 저희들의 어머니이신 레토 여신을 모욕한다는 것은 있을 수 없는 일입니다."

"맞습니다, 어머니. 저희가 가서 처리하겠습니다. 안심하고 계세요."

아르테미스는 같은 여자로서 공감하며 더 흥분했다.

"오빠, 감히 우리 어머니를 능멸했다가는 어떤 일이 벌어지는지 본 보기를 보여줘야겠어요."

아폴론과 아르테미스 두 신은 테베를 향해 떠났다. 일이 어떻게 될지 궁금해하며 레토는 그들을 지켜봤다. 니오베를 혼내주겠다며 화살통에 활을 가득 담고 단단히 무장한 아폴론과 아르테미스가 테베에 도착했다. 테베에서는 흥겨운 운동 경기가 열리고 있었다. 사람들은 운동장이 떠나갈 듯 함성을 지르고 있었다. 아폴론은 몸을 투명하게 만든 채 높은 산 중턱에 걸터앉아 운동장을 내려다봤다. 누가 목표인지 한눈에 찾아낼 수 있었다. 창던지기와 권투, 레슬링 등 각종 경기가 벌어지고 있는데 오만한 어머니를 쏙 빼닮은 니오베의 일곱 아들이 여기저기 뛰어다니며 하나같이 자신들이 최고의 실력자인 양 잘난 체하고 있었다.

"네 녀석들의 영광도 오늘로 끝이다."

아폴론은 화살 하나를 시위에 걸더니 신중하게 겨냥한 뒤 운동하고 있는 사람들 틈으로 보이는 니오베의 아들에게 쏘았다. 화살은 빛의 속도로 날아가 이제 막 투창 시합에 나선 니오베의 큰아들을 정확하게 맞혀 심장을 꿰뚫어버렸다. 순간, 사람들은 깜짝 놀랐다. 신의 화살이라 사람들의 눈에는 아무것도 보이지 않았기 때문이다.

"아니, 어떻게 된 일이야?"

그러나 놀라움은 이제 시작이었다. 권투를 하던 아들, 레슬링을 하던 아들, 잠시 물을 마시던 아들, 휴식을 취하던 아들 등등 일곱 명의 아들들이 연이어 가슴을 부여잡고 나뒹굴다가 그대로 즉사하고 말았다.

"왕자들이 죽었다. 일곱 명이 전부 다 죽었어."

그들은 이것이 신의 벌임을 즉각 알아차렸다.

"신께서 노하셨다. 신이시여, 저희를 용서하소서."

흥겹던 운동장은 갑자기 두려움과 공포의 도가니로 바뀌었다. 자신의 기량을 자랑하던 사람들은 물론 그 모습을 흥겹게 지켜보던 구경꾼들도 모두 두려움에 사로잡혀 땅에 바짝 엎드린 채 벌벌 떨었다. 우승자를 축하해주려고 만들어놓은 월계관은 그 쓸모를 잃었다. 우승자를 축하하려고 마련해놓은 행렬은 순식간에 시체를 나르는 장례식 행렬이 되고 말았다. 사람들은 시체를 떠메고 언덕으로 달려가기 시작했다. 왕에게 이 사실을 알려야 했기 때문이다.

사람들이 언덕을 올라오자 암피온은 창문을 열고 바깥을 내려봤다.

"우리 아들들이 또 우승을 한 모양이로구나. 과연 내 아들들이다."

사실 드러내놓고 말하지 않았을 뿐 암피온도 니오베처럼 자신의 아들들을 자랑스러워하고 있었다. 그건 자식을 둔 모든 아버지들이 마찬가지일 것이다. 그런데 자세히 보니 좀 이상했다. 다가오는 행렬의 사람들이 기뻐서 환호하는 게 아니라 모두 통곡하고 있는 게 아닌가. 암피온은 재앙이 닥쳤다는 것을 알 수 있었다.

'누군가 죽은 모양이다.'

놀란 가슴을 진정시키며 암피온은 황급히 탑을 내려와 성문 앞으로 달려갔다. 사람들이 어깨에 메고 온 시체들을 내려놓는데 일곱 구의 시체는 모두 그가 사랑하고 아끼는 아들들이었다. 이날 아침 볼에 입을 맞추고 경기장으로 떠났던 늠름한 아들들이었다.

"아아, 이게 어찌 된 일이냐?"

하늘을 우러러보며 암피온은 찢어지는 가슴을 부여잡고 외쳤다.

"신이시여, 제가 무엇을 잘못했습니까? 너무하십니다."

암피온은 절망했다. 일곱 아들들이 테베를 나눠서 통치하며 힘을 길러 주변으로 퍼져 나가면 일곱 개의 나라를 만들 수 있을 거라 생각했다. 각자의 역량을 살려 아들들을 훌륭한 지도자로 키우려던 그의 꿈은 산산이 무너져버렸다. 아들들의 시신을 끌어안고 통곡하는 암피온의 모습은 처참하기 짝이 없었다. 자식 하나를 잃어도 평생 지울 수 없는 상처가 남는 법인데, 일곱을 한꺼번에 잃다니 그 처참한 심정은 말로 설명할 수 없었다.

"자식들을 앞세우고 멀쩡하게 살 수는 없습니다. 신이시여, 저도 데려가십시오."

암피온은 차고 있던 칼을 빼내 그대로 자신의 가슴에 대고 앞으로 엎어져버렸다. 시체는 순식간에 여덟 구로 늘어났다.

"아아! 이럴 수가!"

지켜보던 신하들이 말릴 겨를도 없었다. 뒤늦게 소식을 들은 일곱 딸들이 울부짖으며 나타났다.

"오빠들, 어찌 된 일이에요? 오라버니……."

비명을 지르며 달려온 딸들은 눈앞에 펼쳐진 광경에 경악했다. 아버지까지 피를 흘리며 쓰러져 있는 것 아닌가.

"아, 아버지! 오라버니!"

궁전 앞 넓은 광장은 순식간에 통곡의 바다가 돼버렸다. 지켜보고 있던 사람들도 모두 울음을 터뜨렸다. 이 끔찍한 광경을 넋 나간 사람처럼 보고 있는 이가 하나 있었다. 바로 니오베였다. 니오베는 너무 놀라 울음조차 뱉어내지 못했다. 그저 멍하니 선 채 눈물만 흘릴 뿐이었다.

"아, 신들은 어찌하여 나에게 이런 재앙을 주는 겁니까? 나의 사랑스러운 아이들과 나의 행복을 자랑했을 뿐인데, 그것이 이렇게 끔찍한 벌을 받아야 할 만한 일이란 말입니까?"★

니오베는 여전히 자존심을 꺾지 않았다. 자신이 무슨 잘못을 해서 이런 불행을 겪어야 하는지 원망스러울 뿐이었다. 신은 인간을 얼마든지 죽일 수 있고, 인간의 운명을 좌지우지할 수도 있는 법이다. 이때라도 무릎을 꿇고 진심으로 레토에게 사죄했어야 했으나 비뚤어진 마음이 니오베의 자존심을 건드리고 말았다. 이미 일곱이나 되는 아들들을 잃었고 남편까지 잃은 니오베의 마음에 광기가 스며들었다. 피눈물을 흘리며 통곡하던 니오베는 하

여기서 잠깐!!

사실 운명의 잔혹함은 신이 아니어도 우리 인간사에서 뗄 수 없는 부분이야. 지진이 나서 온 가족이 몰살당하기도 하고, 옛날에는 역적모의를 했다며 3대를 멸해버리는 끔찍한 일들이 벌어지곤 했어. 게다가 전쟁이나 질병은 가족이라고 봐주지 않지. 니오베의 이야기는 인간이 운명 앞에서 너무나 나약한 존재라는 걸 보여줘. 이 이야기를 통해 인간은 겸손해야 하고 늘 감사하며 자신에게 주어진 것을 작더라도 소중히 여기라고 경고한 것이지.

늘을 올려다보며 독기를 품고 외쳤다.

"레토, 그래, 속이 시원하냐? 이렇게 다 가져갔어야만 했냐? 즐겁겠구나. 잔인한 여신 같으니라고. 내가 무릎을 꿇을 줄 알았다면 오산이다. 아직 끝나지 않았다. 나에게는 여전히 일곱 명의 딸들이 있다. 일곱명의 사위를 얻어서 반드시 이 땅을 덮을 만큼 많은 후손들을 낳게 할것이다. 두고 봐라, 레토. 내 슬픔은 일곱 명의 딸들이 보듬어줄 것이다. 우리는 똘똘 뭉쳐서 이 나라를 지켜낼 것이다. 나는 신조차 뛰어넘을수 없는 훌륭한 어머니다. 어머니로서 나를 이길 자는 이 세상에 아무도 없다!"

사람들은 모두 끔찍한 느낌이 들었다. 소름이 끼치고 등골이 오싹했다. 신에게 저렇게 분노를 토하는 인간은 처음 보았기 때문이다.

"여왕이시여, 그러시면 안 됩니다. 제발 신께 사죄하세요."

그러나 이미 때는 늦은 뒤였다. 아폴론이 일곱 개의 화살을 다 쏘았지만 아르테미스에게는 여전히 일곱 개의 화살이 남아 있었다. 신들의 응답이 이렇게 빨리 올 줄은 아무도 몰랐다. 니오베가 레토에게 분노의 말을 퍼붓고 격정에 떨며 이를 갈고 있을 때였다. 큰딸의 가슴으로 아르테미스가 쏜 화살이 날아왔다. 뒤이어 딸들이 하나씩 가슴을 부여잡고 그 자리에 쓰러지기 시작했다. 궁전에 잔뜩 모여 있는 사람들 가운데 정확하게 니오베의 딸들에게만 화살이 날아와 여섯 명의 딸들이 죽고 말

았다. 막내딸 클로리스만 살아남아 어머니의 치마폭에 몸을 숨겼다.

"어머니, 살려주세요. 저는 죽고 싶지 않아요."

어린 딸이 어머니 뒤에 숨는 것을 본 아르테미스는 화살 쏘는 것을 멈췄다. 열네 명의 자식 중 딸 하나밖에 남지 않자 니오베는 그제야 깨달았다. 막내딸마저 잃어버릴지 모른다는 두려움에 니오베는 입고 있던 옷을 갈기갈기 찢고 자신의 몸을 피투성이가 되도록 할퀴며 처절하게 울부짖었다.

"강하고 위대한 여신이시여, 당신이 이겼습니다. 제발 어리석은 저를 용서해주십시오. 부디 가엾게 여겨 동정을 베풀어주십시오. 감히 당신에게 맞서려고 한 저의 어리석음을 꾸짖어주십시오. 제발 비옵니다. 하나 남은 제 막내딸만은 살려주십시오. 이 아이마저 잃고 제가 어찌 살아갈 수 있겠습니까?"

옷이 찢겨 드러난 가슴을 쥐어뜯으며 하늘에 손을 뻗은 채 니오베는 절규했다.

"만약에 누군가 죽어야 한다면 저를 죽이십시오. 제 막내딸은 제발 살려주십시오. 모든 인간이 당신의 위대함을 알게 되었을 겁니다. 제발 제 막내딸 대신 저를 죽여주십시오."

그녀의 자존심도, 그녀를 감쌌던 광기도 모두 사라졌다. 레토는 비로소 니오베를 내려다보며 웃었다.

"감히 인간 따위가 여신에게 도전하다니, 꼴좋구나. 하하하."

완전히 굴복한 니오베가 무릎 꿇고 처절하게 빌었지만 레토는 용서해주지 않았다. 신들의 냉혹함은 인간의 그것을 뛰어넘는 법이다. 어머니가 용서하지 않을 것임을 안 아르테미스는 니오베의 치마폭에 숨어 있는 막내딸에게 화살을 날렸다. 클로리스는 화살을 맞고 그대로 쓰러져버렸다.★

"내 딸아! 내 딸아! 이럴 수가……."

니오베는 쓰러진 딸을 끌어안고 다시 한번 통곡했다. 끔찍한 현실을 눈 뜨고 바라볼 수 없었다. 그러면서 행복이란 쌓아서 만들기는 힘들지만 망가뜨리기는 이토록 쉽다는 것을 깨달았다. 니오베는 뜨거운 눈물을 흘리며 외쳤다.

"나를 죽여주시오! 죽여주시오!"

그녀는 미친 듯이 외쳤다. 니오베의 고통과 슬픔은 그 누구도 위로할 수 있는 게 아니었다. 그 목소리를 듣고 신의 이야기를 전달하러 왔던 만토가 나타났다. 높은 곳에 올라간 만토는 레토의 목소리를 그대로 전했다.

"테베의 인간들아, 들어라! 신께서 나를 통해 말씀하신다. 니오베의 자녀들을 땅에 묻지 말라는 명령이시다."

사람들은 모두 놀랐다.

"시체를 묻지 말라고? 너무하시는 것 아닌

여기서 잠깐!!

귀하고 소중한 자녀일수록 숨기고 남들에게 별거 아니라고 겸손하게 말하는 관습이 생긴 것은 이런 이야기 때문이야. 미국의 소설가 펄벅이 중국을 무대로 쓴 소설 《대지》에도 왕룽이 아들을 낳고는 하늘에 대고 자랑하니까 아내가 황급히 아기를 숨기며 이 아기는 아주 보잘것없는 존재라고 외치는 장면이 나와. 우리나라에서도 귀한 아기일수록 개똥이나 소똥이라고 하찮은 아명을 붙이는 건 그 때문이야. 겸손이 중요한 덕목인 건 예나 지금이 마찬가지란다.

가요?"

만토는 말을 이어갔다.

"신께서 이리 하신 것은 허영심 많고 오만하기 짝이 없는 여인에게 벌을 주기 위함이다. 그리고 너희들 또한 신의 위대함을 다시 한번 절감해보라는 뜻이다. 이대로 놔두어라."

"신이시여, 시체를 그냥 놔두면 썩어서 온 세상에 전염병이 돌지도 모릅니다."

신하들은 두려움에 떨며 만토에게 말했다.

"새들이 날아와 뜯어 먹을 것이다. 너희들은 건드리지 말아라. 저주받은 시체들이기 때문에 함부로 손대면 큰 화를 당할 것이다."

그 말이 끝나자마자 푸른 하늘이 새까맣게 보일 정도로 까마귀 떼가 몰려들었다. 까마귀들은 열네 명의 아들딸과 아버지인 왕의 시신을 뜯어 먹어 순식간에 백골로 만들어버렸다. 백골은 이내 말라붙더니 불어오는 바람에 먼지가 되어 사라져버렸다.

"아아, 정말 끔찍하구나."

지켜보고 있던 사람들은 잔인한 신의 저주에 몸서리쳤다. 니오베는 이 모든 광경을 지켜보며 정신을 차릴 수 없었다. 그녀의 온몸이 싸늘하게 식기 시작했다. 너무나 강한 고통이 모든 세포들을 죽게 만든 것이다. 온몸이 딱딱해지더니 니오베는 서서히 돌로 변해갔다. 돌로 변한 니오베의 온몸이 부풀고 커지더니 마침내 거대한 바위산이 되어버리고 말았다. 그 뒤로 사람들은 니오베의 바위산을 보면서 이야기했다.

"신들의 저주는 저렇게 무서운 결과를 초래하지. 항상 신들에게 순

종해야 돼."

다르게 해석하는 이들도 있었다.

"저것이야말로 인간들의 의지야. 신에게 항의하는 모습이지."

거대한 바위산이 된 니오베의 눈에서는 끊임없이 눈물이 흘렀다. 그 눈물은 샘물이 되어 바위틈을 타고 흘러내렸다.★

신들의 복수는 곧 신들의 잔인함을 뜻한다. 이런 일들을 보면서 인간들의 가슴속에선 신들의 존재를 부인하는 마음이 씨앗처럼 싹트기 시작했다. 니오베를 보면서 신들조차 레토의 처사가 너무나 끔찍하다고 생각했다.

"저것은 너무하지 않소? 시체들을 치울 수도 없게 하다니."

신들은 먼지가 되어 흩어진 시신들을 다시 모아 땅에 매장해주었다. 정중하게 묻어주자 가엾은 영혼들은 비로소 타르타로스로 들어갈 수 있었다. 신들은 사람들이 신에게 저항한 니오베의 바위산을 보는 것을 원치 않았다.

"저 바위산을 멀리 치워버리자."

신들은 자신들이 행한 끔찍한 행동을 잊게 하려고 회오리바람을 불러 니오베의 바위산

여기서 잠깐!!

여인이 바위가 되는 이야기는 전 세계적으로 쉽게 찾아볼 수 있어. 《성경》에도 소돔과 고모라 이야기에 돌이 된 여인이 나와. 우리나라에도 부잣집 며느리가 스님의 귀띔으로 홍수가 난 마을을 벗어나 언덕으로 도망치다 돌아봐서 돌이 됐다는 이야기가 있어. 《삼국사기》에는 일본에 사신으로 간 신라 충신 박제상의 아내가 남편을 기다리다 망부석이 되어버렸다는 이야기가 나와. 여인들과 관련해서 공통적으로 이런 이야기가 나오는 걸 보면 자녀를 잃거나 가족을 잃은 슬픔을 여인들이 특히 크게 느낀다는 것을 알 수 있어. 모성애의 지극함을 다시 한번 확인할 수 있는 대목이지.

을 아시아 쪽으로 날려 보냈다. 시킬로스산 뒤에는 지금도 니오베의 얼굴을 닮은 바위산이 자리 잡고 있다. 그 뒤로 사람들은 신이 듣지 못하게 조용히 신들의 잔혹함을 이야기했다.

"아들아, 신들은 잔혹하단다. 정신을 바짝 차리고 신들에게 소원을 빌어도 무작정 믿지는 말아라."

신들에 대한 인간들의 맹목적인 믿음은 서서히 흐려지기 시작했다. 신들은 자신들의 잘못을 숨기려고 노력했지만 인간들의 마음속에서 서서히 불신이 싹트는 것을 막을 순 없었다. 오늘날 그 누구도 신들의 이야기를 사실이라고 믿지 않는 것은 바로 이런 과정을 겪었기 때문이기도 하다.

7

이오의 후손들

《그리스 로마 신화》를 통틀어 가장 억울한 여인을 뽑으라고 하면 이 오를 빼놓을 수 없다. 제우스는 아름다운 이오에게 한눈에 반했다. 그러 나 헤라가 해코지할 것을 걱정한 나머지 이오를 흰 소로 만들어버렸다. 이를 눈치챈 헤라가 보낸 거대한 등에에게 물어뜯겨가며 사방팔방 도 망치던 이오는 마침내 카프카스산맥에 다다라 절벽에 매달려 있는 프 로메테우스에게 자신의 고통이 언제까지 계속될 것 같냐고 물어봤다. 프로메테우스는 희망적인 말을 해주었다. 그 말에 힘을 얻은 이오가 멀 리멀리 도망쳐 이집트까지 가서야 헤라의 저주가 풀렸다. 나일강가에 서 사람의 모습을 되찾은 이오는 제우스와 결합해 에파포스를 낳았다.

이오는 이 모든 것을 자신의 운명으로 받아들였다. 그녀는 에파포스를 사랑으로 키웠다. 에파포스는 이집트의 첫 번째 왕이 됐다.

이집트는 나일강을 따라 풍요와 행복과 기쁨이 넘치는 땅이었다. 그곳에서 이오의 자손들은 번성해서 영웅의 면모를 떨치며 살았다. 에파포스에게는 리비아라는 예쁜 딸이 하나 있었다. 아름다운 리비아를 본 포세이돈은 그녀와 결혼하겠다고 결심했다. 에파포스의 허락을 받아 부부의 연을 맺게 된 둘은 아들 벨로스를 낳았다. 벨로스는 외할아버지 에파포스의 영토 이집트를 물려받았다. 벨로스는 강력한 군주가 되고 싶었다.

"우리 할머니의 고향인 그리스에서는 수없이 많은 왕들이 작은 도시 국가를 다스리고 있는데, 그런 건 싫어. 나는 강력하고 위대한 왕이 되고 싶어. 나 혼자 이집트의 모든 영토를 차지하고 다스리겠어."

그는 그 누구보다 강력한 군주가 되기 위해서 필요한 것은 전쟁과 정복이라고 생각했다. 그래서 끊임없이 국력을 키워 주변 나라를 점령하는 데 나섰다.

이집트 사람들에게 나일강은 어머니 같은 강이다. 끊임없이 흐르면서 이집트의 삼각주 지역에 풍부한 영양분을 공급해 땅을 비옥하게 해주었다. 그래서 무엇을 심든지 풍작을 이뤄 이집트에는 부가 겹겹이 쌓였다. 물론 이는 제우스가 은총을 내려주었기에 가능한 일이었다. 이 같은 풍요로움을 바탕으로 벨로스는 군사들을 길러 주변 영토들을 정복해나갔다. 마침내 이집트 서쪽의 거대한 땅을 차지해 이집트에 복속시키자 에파포스는 기뻐하며 손자인 벨로스에게 말했다.

"벨로스, 정말 잘했다. 네 어머니의 이름을 따서 그 땅의 이름을 리비아라고 짓자."

"알겠습니다."

그리하여 리비아는 그의 어머니를 기리는 땅이 됐다. 벨로스는 자신의 아들을 리비아의 왕으로 앉혀놓았다. 이렇듯 그가 복속시킨 주변 국가마다 아들들을 왕으로 앉혔다. 리비아의 왕이 된 것은 다나오스다. 반대편에 있는 아라비아를 차지한 뒤에는 아이깁토스를 왕으로 앉혔다. 모두 이오의 후손으로 같은 조상의 피를 받은 다나오스와 아이깁토스는 이집트를 중심으로 서로 반대편으로 떨어져 나라를 다스렸는데, 공교롭게도 둘 다 쉰 명의 자녀를 두었다. 아이깁토스는 쉰 명의 아들을 두었고, 다나오스는 쉰 명의 딸을 두었다.

"하하하. 쉰 명의 아들들이 50개의 나라를 만들면 이 세상은 전부 나의 것이 되겠군."

아이깁토스의 야망은 날로 커졌다. 다나오스는 자식들이 모두 딸이어서 아이깁토스가 쉰 명의 아들들을 내세워 날로 힘을 쌓아가는 것을 보며 두려울 수밖에 없었다. 이들이 그래도 사이좋게 지낼 수 있었던 건 아버지 덕분이었다.

"너희들이 이렇게 번성한 것은 정말로 기쁜 일이다. 앞으로도 계속 사이좋게 지내거라."

벨로스는 애써 걱정을 감추며 말했다. 하지만 벨로스도 인간이다 보니 세월의 힘을 이겨낼 수 없었다. 그가 수명을 다해 죽고 나자 아이깁토스는 마침내 군사들을 모아 쉰 명의 아들들을 각각 대장으로 임명하며 말했다.

"이제 때가 왔다. 모조리 우리 땅으로, 우리 것으로 만들자."

그들은 나일강 쪽으로 쳐들어갔다. 닥치는 대로 물리치고 짓밟으며 나일강 주변을 거의 다 정복해 큰 나라를 만들었다. 그러다 결국 리비아와 국경이 맞닿게 되자 이참에 리비아마저도 자신의 영토로 만들고 싶었다.

"전쟁이다. 리비아를 우리 것으로 만들어야겠다."

리비아는 바람 앞의 등불 신세가 됐다. 다나오스는 한탄했다.

"아, 이를 어찌하면 좋으냐. 우리에게는 저들과 맞서 싸울 아들과 장군들이 변변히 없지 않으냐?"

그러나 위기가 닥치면 돌파구 또한 생기는 법이다. 어느 날 다나오스 앞에 아테나 여신이 나타났다.

"여신께서는 어찌하여 이곳에 오셨습니까? 혹시 제가 위기에 빠진 것을 알고 도와주시려는 겁니까?"

"그렇다. 너는 아이깁토스와 싸워봐야 이길 수 없다. 이긴다 한들 혈육지간의 전쟁은 상처가 될 뿐이다."

"그러니 어찌하면 좋겠습니까? 도와주십시오."

"쉰 명의 딸들을 다 데리고 떠나라."

"어디로 가란 말입니까?"

"너희들이 어디서 왔느냐? 이나코스와 이오의 땅인 아르고스로 도망쳐라. 그곳에서는 너희들을 반겨줄 것이다."

"아, 할머니의 땅으로 가란 말씀이시군요."

다나오스는 좋은 방법이라고 생각했다. 그는 아르고스를 향해 머나먼 길을 떠나기로 결심했다. 쉰 명의 용맹한 아들을 둔 아이깁토스와 싸워봤자 이길 수 없었기 때문이다. 다나오스가 그나마 잘한 것이 있었다. 비록 딸들이지만 그는 자신의 자식들을 나약하게 키우지 않았다. 군사훈련은 물론 남자들이 하는 일이라면 무엇이든 시켜 아들 못지않게 키웠다. 쉰 명의 공주들은 쉰 명의 장수나 다름없었다.

"너희들은 딸이지만 아들과 비교해도 전혀 부족하지 않게 키웠다. 그러나 아이깁토스의 용맹한 아들들을 당해낼 순 없구나. 안타깝지만 우리는 리비아를 떠날 수밖에 없다. 이제 우리는 신의 계시를 따라 전쟁을 피해 아르고스로 갈 것이다."

"아버지의 뜻에 따르겠습니다. 무슨 일이든 하겠습니다."

"배를 만들어라. 우리 가족들이 떠나면 새로운 왕을 맞이해 살면 될 테니 백성들이 곤경에 빠질 일은 없을 것이다."

다나오스와 쉰 명의 딸들은 모두 힘을 합쳐 재빨리 튼튼한 배를 만들었다. 쉰 명이 노를 저을 수 있는 커다란 배로, 그 누구도 보지 못한 장대한 규모였다. 배가 완성되자 다나오스는 신들에게 제사를 올렸다.

"신이시여, 저희들은 왔던 곳으로 돌아가려 합니다. 신들의 뜻이 이러하니 따를 수밖에 없습니다."

먹을 것을 잔뜩 준비한 뒤 갑옷으로 단단히 무장한 다나오스는 쉰 명의 딸들이 노를 잡고 있는 배에 올라 출발을 명령했다.

"우리를 버리고 대체 어디로 가십니까?"

"대왕이시여, 이제 가면 언제 오십니까?"

사람들은 항구에 몰려나와 모두 슬퍼하며 그들을 배웅해주었다. 하지만 동시에 그들은 전쟁 없이 새로운 왕을 맞이할 수 있게 된 것을 내심 큰 다행이라 여겼다.

배는 아르고스를 향해 출발했다. 그들은 거친 파도를 헤치며 지중해를 항해했다. 낮에는 뙤약볕을 이겨내야 하고 밤에는 추위를 견뎌내야 했다. 다행히도 배는 튼튼해서 지중해를 잘 헤쳐 나가며 북쪽으로 움직였다.

"아버지, 땅이 보입니다. 육지가 보여요."

"저곳에 가서 쉬면서 물을 보충하자."

배는 육지로 향했다. 육지에 도착하니 사람들이 모여 있었다.

"이 섬은 어디요?"

"로도스섬입니다."

"로도스? 아, 이름은 들어보았소."

로도스섬에 상륙한 다나오스와 공주들은 휴식을 취할 수 있었다.

"이곳까지 무사히 인도해주신 아테나 여신께 감사를 드리자."

그들은 구리를 녹여 그곳에 아테나 여신의 동상을 세우고 제물을 바치며 아르고스까지 안전하게 갈 수 있도록 해달라고 정성껏 제사를 올렸다. 그들의 기원은 아테나에게 전달됐다. 아테나는 제우스를 찾아갔다.

"다나오스의 배를 돌봐주십시오. 아버지의 혈육들 아닙니까?"

"알겠다. 내 사랑하는 자손들이니 기꺼이 보살펴주고 도와주겠다. 고향 땅으로 무사히 갈 수 있도록 해주마. 포세이돈에게 바람을 일으키거나 파도가 치게 하지 말라고 전해라."

포세이돈은 기꺼이 바다를 잠잠하게 해주었다. 그 역시 이 집안의 혈육들이 번성하는 데 한몫했기 때문이다. 며칠 뒤 모두들 지쳐 더 이상 노를 젓기 어려워졌을 무렵, 그들은 겨우 조상들의 땅인 아르고스에 도착했다.

"이곳이 바로 아르고스로구나."

그들은 땅에 내리자마자 대지에 입을 맞추고 궁전으로 향했다. 당시 아르고스의 통치자는 겔라노르였다. 다나오스는 예물을 바친 뒤 그에게 정중하게 말했다.

"저희들을 지켜주십시오."

"무슨 일이 있기에 그대들을 도와달라는 것입니까?"

"저희들은 아프리카 리비아에서 왔습니다. 나의 형제인 아이깁토스는 욕심이 사나운 자입니다. 그가 쉰 명의 아들들을 이끌고 저희들을 죽이려고 해 몸을 피해 왔습니다. 아이깁토스의 아들들이 이곳까지 추적해 올까 두렵군요."

겔라노르는 걱정이 많은 사람이었다. 이들을 받아들였다가 자칫 잘못하면 골치 아픈 일에 휘말리는 게 아닌가 싶었다.

"그대들이 이곳에서 잠시 쉬는 것은 괜찮지만, 계속 여기 머무는 것은 한번 생각해봐야겠습니다."

그러자 공주들이 나섰다.

"저희는 제우스 신의 후손입니다. 이나코스와 이오가 이곳에서 아프리카로 와서 우리 가족이 번성하게 되었지요. 우리는 같은 뿌리에서 나온 혈육입니다. 제발 도와주십시오. 저희가 무탈하게 살아갈 수 있도록 친절을 베풀어주세요."

그들의 절절한 부탁에 겔라노르는 망설여졌다. 하지만 막강한 위세를 떨치고 있는 아이깁토스와 쉰 명의 아들들에게 등을 돌렸다가 무슨 일이 생길지 두려웠다.

"그대들을 돕고 싶지만 자칫 잘못해서 아이깁토스에게 미운털이 박히면 우리도 온전하기 어렵지 않겠습니까? 아르고스를 책임지는 사람으로서 쉽게 결정할 수 없는 문제입니다."

"물론 그런 마음이 드는 것은 충분히 이해합니다. 하지만 제우스 신은 손님들에게 피난처를 제공하라고 가르치지 않으셨습니까? 제우스 신은 목마르고 배고픈 나그네를 돌봐줘야 한다고 우리 인간들에게 말씀하셨지요."

"내가 그것을 몰라서 하는 말이 아닙니다. 당연히 성스러운 가르침은 지켜야 하지요. 하지만 위험이 닥쳐올까 봐 두려운 건 어쩔 수 없군요. 일단 머물 곳과 잠자리를 마련해줄 테니 그곳에 가서 지내시지요. 결정을 내리는 대로 연락하겠습니다."

공주들과 다나오스는 궁전에서 멀리 떨어지지 않은 곳에 있는 거처를 빌려 그곳에서 기거하게 됐다. 아름다운 공주들이 전쟁을 피해 이곳까지 왔다는 소문이 퍼지자 사람들은 앞다퉈 먹을 것과 필요한 물건들을 이것저것 챙겨주었다. 어떤 사람들은 과일을 가져다주고, 어떤 사람들은 가축을 가져다주었다. 그러면서 그들을 안타까운 마음을 감추지 못했다.

"이토록 아름다운 공주들이 거친 바다를 헤치고 이곳까지 도망쳐 오다니, 너무나 불쌍한걸."

"그러게 말이야. 아이깁토스는 너무나 탐욕스러워."

"게다가 이들은 우리 동족 아닌가?"

"맞아. 우리 동족이야. 우리가 이들을 돕지 않으면 누가 돕겠나? 5000명도 아니고 5만 명도 아니고 고작 쉰 명인데……."

그들은 이오의 후손인 다나오스와 쉰 명의 딸들을 도우려고 애썼다. 그러던 중 지혜로운 자가 나서서 말했다.

"이오가 얼마나 고통받았는가. 그 누구도 도와주지 않아서 소가 된 뒤 갖은 고생을 하며 아프리카까지 쫓겨 오지 않았던가. 그때 누가 이오를 맞아주었는가. 그런 일이 다시 생겨선 안 돼. 이오의 후손인 이들을 잘 돌봐주자고."

"맞아. 맞아. 똑같은 일이 반복되면 안 되지. 이들이 더 이상 떠돌아다니는 걸 볼 순 없어."

이처럼 사람들의 관심이 쏟아졌지만 다나오스 일행은 안심할 수 없었다. 아르고스에서 계속 머무를 수 있을지 왕의 결정을 기다리며 걱정을 떨치지 못했다. 겔라노르는 우유부단한 태도를 보이며 다나오스 일행을 머물도록 할지 말지 결정 내리지 못한 채 시간만 흘려보내고 있었다. 그때 신의 뜻을 짐작하게 하는 조짐이 하나 있었다. 어느 날 아침 목장에 있던 목동이 달려왔다.

"대왕이시여, 밤새 늑대가 황소들을 공격해서 대왕의 황소가 죽어버렸습니다."

"뭐라고? 내 황소가?"

목장의 소들 중 가장 잘생기고 아름다운 황소는 겔라노르의 황소로, 소 떼의 우두머리였다. 그런데 하필 그 소가 늑대에게 물려 갈가리 찢긴 채 내장이 파먹혀 땅바닥에 나뒹구는 것을 목동들이 발견한 거였다. 사람들은 그 모습을 보고 모두 깜짝 놀랐다.

"저것은 신들이 왕에게 보내는 신호가 아닐까?"

"맞아. 잘못하면 왕이 죽을 수도 있다는 뜻 아닐까?"

"늑대는 이곳에 새롭게 온 다나오스를, 황소는 겔라노르를 상징하는 것 같아."

"맞아. 왕이 저 황소를 얼마나 애지중지했는지 다들 알잖아."

"멀쩡하던 황소가 갑자기 왜 죽었을까?"

사람들의 입에서 입으로 불안이 마구 퍼져 나갔다. 소문은 말보다 빠른 법이다. 이런 민심을 읽은 신하가 와서 말했다.

"이상한 소문이 돌고 있습니다. 대왕의 황소가 죽은 것을 사람들이 대왕과 엮어 해석하고 있습니다."

좋지 않은 징조였다. 겔라노르는 두려워졌다.

'아니, 나도 정말 황소처럼 죽는 거 아냐? 신들이 나를 더 이상 도와주지 않으려는 걸까?'

한번 불안감을 느끼자 우유부단한 겔라노르는 점점 두려움이 커져 방 안에 틀어박혀버렸다. 강하고 결단력 있고 영웅다운 자였다면 다나오스와 그 일행을 즉시 받아들여 힘을 합치자고 말했을 것이다. 그러나 겔라노르는 나약하고 소심한 자였다. 그는 그 누구에게도 의논하지 않고 혼자 망상을 키웠다.

'이대로 죽을 순 없지 않은가. 내 목숨보다 왕궁이 중요한 건 아니지. 어쩌면 좋을까? 내가 어떻게 해야 하지?'

비겁하고 졸렬한 겔라노르는 밤새 고민하고 걱정하다가 귀금속과 보석들을 바리바리 챙겨서 자기 가족들을 데리고 궁전에서 도망쳐버리고 말았다. 다음 날 아침, 왕과 그의 가족들이 모두 사라졌다는 것을 알게 된 신하들은 자연스럽게 다나오스에게 달려갔다.

"다나오스 왕이시여, 겔라노르가 도망쳤습니다."

"뭐라고?"

"신의 뜻을 알아채고 두려움에 사로잡혀 밤새 도망친 것 같습니다."

"어쩌면 좋겠소?"

"다나오스 왕께서 우리를 맡아주십시오. 아르고스의 새로운 왕이 되어주십시오. 왕께서는 우리의 혈족 아닙니까?"

생각지도 못한 행운이었다. 아테나가 자신을 이곳을 인도한 것은 바로 이 일을 위해서라는 생각이 들었다. 다나오스는 기뻤다.

"다들 그리 원한다면 받아들이겠소."

그리하여 그는 피 한 방울 흘리지 않고 아르고스를 차지하게 되었다. 새로운 터전으로 와서 나라를 가꾸게 됐지만, 좋은 일은 항상 불행한 일과 함께 오는 법이다. 아니나 다를까 바다에 나갔던 군함들이 소식을 전해 왔다.

"큰일입니다. 아이깁토스의 아들들이 배를 끌고 이곳으로 쳐들어오고 있습니다."

다나오스는 결연히 일어섰다.

"여러분이 돕는다면 나는 기꺼이 저자들과 맞서 싸우겠소. 나와 함께 싸울 사람은 누구요?"

궁전 밖에서 사람들이 함성을 질렀다.

"싸우자!"

"싸우자! 아이깁토스를 무찌르자."

위기 앞에서 사람들은 똘똘 뭉쳤다. 온 백성이 단결해 전쟁을 준비했다. 다나오스 편에 서서 기꺼이 싸우겠다고 나선 것이다. 남자들은 모두 삽과 곡괭이를 내려놓고 집에 있던 칼과 창을 들고 나섰다. 직접 나서기 어려운 사람들은 곡식과 가축을 내놓았다. 쉰 명의 공주들은 그 누구보다 앞에 서서 사람들을 이끌었다. 그녀들은 여자이지만 결코 연약하지 않았다. 제2의 아마조네스라고 불러도 모자라지 않을 정도로 강력한 전사들이었다. 무기도 잘 다루고 리더십도 뛰어났다. 아름다운 여전사들이 앞장서자 사람들은 그 어느 때보다도 강력히 단결해 전쟁을 대비했다.

이들을 단번에 짓밟기 위해 배를 타고 몰려온 아이깁토스의 아들들은 번쩍이는 창과 투구와 방패로 무장한 쉰 명의 여신 같은 전사들과 그 뒤에 늘어선 수많은 사람들이 해안가를 가득 채운 것을 보고 당황했다.

"아니, 이게 어떻게 된 일이야? 저자들이 언제 이 나라를 차지했지?"

"이거 쉽지 않겠는걸. 쉰 명의 여자만 처리하면 될 줄 알았는데, 50만 명하고 싸우게 생겼잖아."

아이깁토스의 아들들은 이러지도 저러지도 못했다.

"꼭 전쟁을 해야만 할까?"

쉰 명의 왕자들은 의견이 분분했다.

"평화적으로 해결할 방법은 없을까?"

그들은 밤새 회의를 한 뒤 전령을 보냈다. 대표로 나선 몇몇 왕자가 다나오스에게 인사를 갖춘 뒤 말했다.

"우리는 그대들과 싸워야 할지 말아야 할지 판단하기 위해 이곳에 왔습니다. 이제라도 늦지 않았으니 항복하시지요."

다나오스는 버럭 소리를 질렀다.

"너희들은 우리를 죽이러 온 자들 아니냐? 사촌끼리 피를 보겠다고 바다를 건너 이곳까지 온 너희는 신들의 처벌을 받을 것이다."

무서운 말이었다. 하지만 부인할 수 없는 사실이기도 했다.

"다짜고짜 전쟁을 벌이자는 것이 아닙니다."

"나는 너희들과 싸우기 싫어 나라를 넘기고 이곳까지 왔는데 새로운 터전까지 강탈하겠다는 것이냐? 그렇다면 우리는 죽음을 각오하고 싸울 수밖에 없다."

자신들의 큰아버지인 다나오스 앞에서 왕자들은 한참 동안 생각하다가 조심스럽게 말했다.

"그래서 생각한 끝에 좋은 방법을 가지고 왔습니다."

"무엇이냐?"

"이 방법을 받아들이지 않으면 우리 모두에게는 죽음밖에 남지 않을 겁니다."

"말해봐라."

"이쪽에는 왕자가 쉰 명이고 대왕께는 공주가 쉰 명 있습니다. 이 쉰 명이 싸워서 서로 죽이고 죽을 필요 없이 각자 짝을 찾아서 결혼하면 어떻겠습니까?"

"뭐야? 결혼을 해?"

놀라운 발상이었다.

"그렇습니다. 각자 배필을 찾아 결혼한다면 싸울 필요도 없고 우리들의 힘은 더욱 강성해질 것입니다. 이것이 마지막 제안입니다. 비록 당신이 우리 큰아버지이긴 하지만 우리는 아버지의 명을 받고 이곳까지 왔습니다. 그 명령을 어길 수 없으니 싸워야 한다면 목숨 걸고 끝까지 싸울 겁니다. 아르고스를 모두 불질러버리겠습니다."

다나오스는 당황했다. 전쟁을 한다면 자신을 돕겠다고 나선 무고한 사람들까지 모조리 희생당할 수 있다. 아르고스 사람들은 다나오스가 명령을 내리면 언제라도 목숨 걸고 싸울 준비가 되어 있었다.

"배로 돌아가 있어라. 곧 답을 주겠다."

쉰 명의 왕자들이 물러가자 다나오스는 공주들과 이야기를 나누었다. 물론 새롭게 신하가 된 아르고스의 지혜로운 귀족들과도 이 문제를 토론했다.

"대왕이시여, 왕께서 결심만 하신다면 이 문제는 평화롭게 해결할 수 있습니다. 쉰 명의 왕자와 쉰 명의 공주가 결혼하는 멋진 장면을 보게 될 것 같지 않습니까?"

"그렇습니다. 대왕께서 명령만 내리신다면 우리 모두 목숨을 아끼지 않고 싸울 테지만, 평화롭게 해결하는 것보다 더 좋은 게 어디 있겠습니까?"

그러나 다나오스의 얼굴은 밝지 않았다. 그는 쉰 명의 조카들을 오래 전부터 두려워하고 미워했기 때문이다. 다나오스는 그들이 어떻게 자라고 있는지 자세히 들었다. 그랬기에 그들이 언젠가 자신의 나라로 쳐들어올 것이라 예측했고, 딸들을 훈련시켜 무사로 만든 것이다.

"나는 저자들의 아버지를 잘 알고 있소. 간교한 자이지요. 쉰 명의 왕자들이 결혼해서 이곳에서 산다 한들 어떤 흉계를 꾸밀지 알 수 없소. 분명히 음모가 있을 거요."

다나오스는 쉰 명의 공주들은 물론 신하들과 함께 밤새 회의를 했다. 마침내 해가 뜰 무렵 결론이 났다. 다나오스는 궁전에서 나와 사람들에게 말했다.

"우리는 저들이 제안한 대로 쉰 명의 왕자를 쉰 명의 공주와 결혼시키기로 했소."

아르고스 사람들은 모두 만세를 불렀다.

"만세! 평화다! 만세!"

배 위에서 그 모습을 지켜본 쉰 명의 왕자들과 군사들은 다나오스가 제의를 받아들였음을 알게 됐다. 그리하여 전쟁터는 결혼식장으로 변했다. 쉰 명의 왕자들과 군사들은 모두 육지로 내려와 잔치를 즐겼다. 결혼식 날짜는 보름 뒤로 잡았다. 보름 동안 그들은 서로 이야기를 나누고 먹고 마시며 즐겁게 놀았다. 쉰 명의 공주들이 입을 옷을 만들고 잔치 음식을 만드는 데 전쟁으로 소모될 양곡과 물자들이 모두 사용됐다. 모두 기뻐하며 잔치 음식을 준비했다. 잔치 분위기는 점점 더 고조

됐다.

얼마 뒤 50쌍의 신랑 신부가 결혼하는 진풍경이 연출됐다. 주변 나라들에서도 하객들이 찾아왔다. 하루 종일 음악이 연주되는 가운데 모든 이가 먹고 마시고 즐겼다. 깊은 밤이 되자 쉰 명의 신부들은 쉰 명의 신랑들과 함께 각자 자신의 방으로 들어갔다. 아이깁토스의 아들들은 객지에 와서 아내를 얻게 된 것이다. 사촌과 결혼한 그들은 아내와 자신들의 나라를 만들어갈 생각이었다.★

밤이 깊어져 모두들 잠들었을 무렵, 갑자기 여기저기서 비명 소리가 들리기 시작했다.

"윽!"

"악!"

각각의 신방에서는 놀라운 사건이 벌어지고 있었다. 공주들이 각자 품고 들어간 날카로운 단도로 옷을 벗은 채 곯아떨어진 신랑들을 전부 찔러 죽인 것이다. 다나오스는 결혼을 허락할 때 딸들에게 쉰 명의 왕자들을 죽이라고 명령했다.

"나는 도저히 저자들을 믿을 수 없다. 너희들은 가짜 결혼식을 올린 후 그날 밤 저들을 싹 다 죽여버려라."

그래서 딸들은 자신의 신랑을 죽이게 된 것이다. 그러나 모든 일에는 항상 예외가 있는 법이다. 왕자들 중 가장 잘생기고 가장 용감한 린케우스는 그날 밤 신부 옆에 눕지 않았다. 린케우스의 배우자는 다나오스의 딸들 중 가장 아름다운 장녀 히페름네스트라였다. 그녀는 베개 밑에 칼을 숨겨놓고 린케우스가 옆에 누우면 그를 찔러 죽일 계획이었다.

"어서 오세요, 린케우스. 오늘부터 우린 부부군요."

달콤한 목소리로 유혹했지만, 린케우스는 옷도 벗지 않은 채 의자에 앉았다.

"당신은 정말 아름다운 여인이오. 뿐만 아니라 그대가 평생 함께할 만한 지혜로운 여인인 것을 잘 알고 있소."

"그런데 뭘 망설이세요? 어서 이리 가까이 오세요."

"이 결혼은 잘못됐소. 우리 형제 중 대다수가 주장하는 바람에 일이 이렇게 됐지만, 결혼은 중요한 일이오. 이렇게 억지로 할 순 없소."

"그게 무슨 말씀이세요? 당신들이 제안했고, 아버지가 받아들이신 데다 사람들도 모두 좋아했잖아요."

히페름네스트라는 초조했다. 자칫하면 임무를 수행하지 못할 것만 같았기 때문이다. 약속한 시간이 다가오는데 린케우스는 좀처럼 다가오지 않았다.

"이리 오세요. 당신은 내가 마음에 들지 않으시나요?"

"그런 뜻이 아니오. 당신과 이렇게 결혼할

여기서 잠깐!!

여러 명의 여자와 여러 명의 남자가 동시에 결혼하는 것을 '집단혼'이라고 해. 인류 역사 초기에는 이런 집단혼이 성행했어. 완전한 방종이지. 한마디로 여러 명의 남편과 여러 명의 아내가 서로 어울리는 것인데, 이런 결혼이 일부다처제나 일처다부제를 거쳐 일부일처제에 이른 거야. 요즘처럼 한 사람의 남자와 한 사람의 여자가 결혼하게 되기까지는 이런 과정이 있었던 거지. 이 이야기 속에서 50쌍의 남녀가 결혼한 것은 집단혼이라기보다는 지금도 그 흔적이 남아 있는 합동 결혼식이라고 보는 게 맞아. 남의 아내나 남편을 탐하는 것은 신화 시대에도 이미 죄악시됐기 때문이야.

순 없소. 나는 다른 곳에 가서 자겠소. 무엇보다 당신은 나를 잘 모르지 않소? 서로 잘 모르는 상태에서 강제로 부부가 되면 둘 다 불행해질 뿐이오. 게다가 여자가 원하지 않는데 잠자리를 함께할 순 없소. 여자들도 자신의 의사가 있고 선택할 권리가 있기 때문이오."

참으로 멋진 남자였다. 그는 자신의 의사를 분명하게 밝히고는 이불을 들고 방 한쪽으로 가서 등을 돌리고 누워 잠을 청했다. 많은 일이 있었던 하루라 피곤했는지 린케우스는 금세 코를 골며 잠들었다. 히페름네스트라는 당황했다. 약속한 시간이 되자 왕자들의 신음 소리와 공주들의 기뻐하는 소리가 들려왔다. 린케우스를 얼른 죽여야 하는데 히페름네스트라는 차마 그를 죽일 수 없었다.

'저토록 멋있는 남자가 세상에 또 있을까? 이렇게 죽이기엔 너무나 아깝구나.'

남편을 죽이지 못하겠다는 생각이 들자 히페름네스트라는 갑자기 바깥이 걱정됐다. 일이 마무리된 뒤 다른 공주들이 확인하러 왔을 때 린케우스를 죽이지 않았다고 하면 자신도 위험해질 게 분명했기 때문이다. 히페름네스트라는 밖을 망보며 초조한 마음으로 그날 밤을 지새웠다. 거사가 성공해서 모든 왕자들을 죽이고 공주들이 편안한 마음으로 긴장을 풀고 모두 깊은 잠에 빠졌는지 사방이 고요해졌다. 살육의 밤은 이렇게 마무리됐다. 마흔아홉 구의 시체가 각 방에 놓인 채 사람들은 아침 해를 맞이할 거였다. 동이 트기 직전, 히페름네스트라는 결심했다. 그녀는 서둘러 잠자는 린케우스를 깨웠다.

"린케우스, 어서 일어나세요."

"왜 그러시오? 무슨 일 있소?"

"빨리 도망치세요."

"무슨 소리요?"

히페름네스트라는 자초지종을 이야기해주었다. 모든 이야기를 들은 린케우스는 크게 당황했다. 그는 와들와들 떨면서 황급히 칼과 창으로 무장했다.

"도와주시오, 히페름네스트라. 제발 내가 안전한 곳으로 도망갈 수 있게 도와주시오."

"걱정하지 마세요. 당신은 이미 나의 남자예요. 당신같이 멋진 남자를 죽게 놔둘 순 없어요. 어서 나를 따라오세요."

히페름네스트라는 그가 도망칠 수 있도록 비밀 통로로 안내해 궁전 밖으로 내보내주었다. 린케우스는 그 길로 황급히 도망쳤다.

마침내 아침이 되자 궁전은 분주해졌다. 병사들은 지난밤 신랑 신부가 들어간 방마다 찾아가 시체들을 끄집어내기 시작했다. 마당에 내놓은 시체는 모두 마흔아홉 구였다. 한 구가 빠진 것을 알자 다나오스는 불같이 화를 냈다.

"린케우스가 사라졌다. 어디 갔느냐? 이자를 놓친 히페름네스트라를 어서 잡아와라."

히페름네스트라는 스스로 모습을 드러냈다.

"아버지, 저 여기 있어요."

"네가 나의 명을 어기다니……. 왕의 명을 어기면 죽음으로 대가를 치러야 한다는 것을 아느냐 모르느냐?"

"저는 이미 죽을 각오를 했습니다."

"히페름네스트라를 당장 지하 감옥에 처넣어라. 아비의 명령을 듣지 않는 딸 따위는 필요 없다. 곧 처단하겠다."

히페름네스트라는 감옥에 갇힌 채 왕의 처분을 기다렸다. 궁전을 정리하고 시체들을 모두 파묻은 뒤 재판이 열렸다. 신하들이 앉아 있는 가운데 공주들과 사람들이 모여들었다. 히페름네스트라는 쇠사슬에 묶인 채 피고석에 섰다. 사람들은 모두 그녀를 맹렬히 비난했다.

"쥐도 새도 모르게 쉰 명의 왕자를 다 죽였어야 했는데 린케우스를 도망치게 해주다니, 이럴 수 있어?"

다나오스는 물론 49명의 공주들과 사람들이 비난하는 가운데 히페름네스트라는 고개를 푹 숙이고 있었다. 국가의 입장에서 보면 그녀는 대역죄인이었다. 법관들은 냉혹하게 판결을 내렸다.

"히페름네스트라는 유죄입니다. 사형에 처해야 합니다."

히페름네스트라는 아무 말도 하지 않고 눈물을 뚝뚝 흘리며 장작더미 위로 올라갔다. 여기저기서 적을 도운 마녀라는 비난이 쏟아졌다. 사람들이 장작에 불을 붙이려는데, 갑자기 하늘에서 빛이 내려오더니 아프로디테 여신이 나타났다. 미와 사랑의 여신은 히페름네스트라를 보호하며 천상의 목소리로 사람들을 꾸짖었다.

"너희들은 왜 이 착한 여인을 죽이려는 것이냐? 다들 제정신이냐?"

그러자 다나오스가 말했다.

"아버지이자 이 나라를 다스리는 왕의 명령을 어겼습니다. 국법을 어겼기 때문에 죽일 수밖에 없습니다. 이것은 왕의 명령이기도 하지만 아비의 명령이기도 합니다."

"너희들은 왜 명령과 상하 관계만 이야기하느냐? 히페름네스트라에게는 너희들에게 없는 것이 있다. 바로 사랑이다. 사랑이 없다면 이 세상이 어떻게 굴러가겠느냐? 가이아 여신이 너희를 사랑해 대지에 비를 내려주고 바람이 적당히 불도록 해주었기 때문에 농작물이 자라 너희들이 먹고살 수 있는 것 아니냐? 딱딱한 명령으로 씨앗이 싹트고 열매를 맺는 것이 아니란 말이다. 사랑 없이는 살 수 없다. 너희들 역시 사랑하기 때문에 자녀들을 낳아 기르는 것이고, 아이들이 또 그 사랑을 배워서 이 땅을 채워 나가는 것이다. 히페름네스트라는 너희들에게 없는 사랑을 가진 귀한 여인이다. 그런 여인이 죽어야 한다고? 사랑 없이는 이 세상에 나올 수도 없었던 너희가 아니더냐? 사랑이 없다면 이 세상은 사막이 되어 모두 사라지고 말 것이다. 사랑의 아름다움을 모르는 너희들이야말로 법정에 서야 할 자들이다."

그 이야기를 듣자 모두 깨달음을 얻었다. 모두들 부끄러워하며 고개를 숙였다. 집단 광기에 빠져 히페름네스트라를 죽이라고 소리치던 아르고스 사람들은 꿀 먹은 벙어리가 됐다. 다나오스까지도 권력에 정신이 팔려 자기 딸을 죽이겠다고 한 자신을 반성했다.

"여신이시여, 어리석은 저희들을 깨우쳐주셔서 감사합니다. 딸아, 너를 풀어주겠다. 네가 가진 따뜻한 사랑의 마음을 내가 미처 몰라봤구나. 정말 미안하다."

사람들은 모두 박수를 쳤다. 히페름네스트라는 곧 쇠사슬에서 풀려났다. 하지만 왕의 명령을 어긴 죄까지 용서해줄 순 없었다.

"이제 너는 자유다. 다만 계속 여기서 살 순 없다. 네가 가고 싶은 곳으로 가거라."

"감사합니다."

히페름네스트라는 아크로폴리스 언덕을 향해 달려가기 시작했다. 그녀는 있는 힘껏 언덕을 올라갔다. 사실 전날 밤 약속한 게 있었다. 린케우스를 보내주면서 숨어 있을 곳을 알려주었는데, 이제 모든 일이 해결됐으니 괜찮다는 신호를 보내야 했다. 아크로폴리스 언덕에 올라간 히페름네스트라는 나뭇조각을 긁어모아 불을 붙여 연기를 피워 올렸다. 장작더미에 옷을 덮었다 뗐다 하니 연기가 뭉클뭉클 올라갔다. 그녀는 높은 언덕에서 사방을 둘러봤다. 마침내 맞은편 언덕에서 약속한 연기 신호가 올라왔다. 숨어 있던 린케우스가 신호를 보고 자기도 무사히 있다는 신호를 보낸 것이다. 그 모습을 본 사람들은 모두 감동했다.

"아, 린케우스가 도망치지 않고 자신을 구해준 여인을 기다리고 있었구나."

"이렇게 아름다운 사랑이 있단 말인가."

다나오스와 공주들은 물론 아르고스 사람들은 모두 감동받아 그들의 사랑을 축복해주었다.

"저들을 용서하겠다. 돌아와도 좋다고 전하라!"

왕이 명령을 내려 린케우스는 궁전으로 돌아올 수 있었다. 그의 곁에는 사랑하는 여인 히페름네스트라가 있었다. 다나오스는 아프로디테 여신에게 사랑에 대한 이야기를 들으면서 자신의 조카 린케우스를 죽이고 싶은 생각이 사라져버렸다. 오히려 그가 살아 있어 다행이라는 생각이 들었다.

"내 조카 린케우스야, 너는 내 딸과 결혼할 것이냐?"

"예. 대왕이시여, 저를 살려주시고 결혼을 허락해주신다면 더 이상 바랄 게 없겠습니다."

"그러면 결혼식을 올린 후 네 고향으로 돌아갈 것이냐?"

"돌아가봐야 명령을 수행하지 못한 저는 죄인일 뿐입니다. 허락하신다면 이곳에서 생명의 은인이자 사랑스러운 여인인 히페름네스트라와 행복하게 살고 싶습니다."

"그렇다면 너희들의 결혼을 허락한다."

린케우스는 히페름네스트라와 결혼했다. 쉰 명의 왕자가 결혼하러 왔지만 한 명만 살아남아 결혼하게 된 것이다.

히페름네스트라와 린케우스는 행복하게 살다가 다나오스가 나이 들어 죽은 뒤 왕위를 물려받았다. 이들이 낳은 자손들 가운데 페르세우스와 헤라클레스가 있다. 그리스 최고의 영웅 가문은 이렇게 탄생했다. 이오가 헤라의 저주를 받아 아프리카까지 쫓겨 가는 등 고생했지만 이렇게 위대한 가문의 시조가 될 수 있었던 데는 다 신들의 뜻이 있었다.

하지만 모두가 행복했던 것은 아니다. 나머지 49명의 공주들은 괴로움에 빠졌다. 결혼하고 첫날밤에 죽여버린 남자들을 생각하니 큰 죄를 지었다는 생각을 지울 수 없었다.

"아아, 우리들의 손은 피로 더러워졌어."

"이 죄를 어떻게 씻는단 말이야?"

그들은 죄책감에 괴로워했다. 게다가 린케우스와 히페름네스트라가

늘 붙어 다니며 사랑하는 모습을 보면 부럽기 짝이 없었다. 제우스는 올림포스에서 그 모습을 내려다보더니 명령을 내렸다.

"저 딸들은 죄가 없다. 아버지의 명령을 받들 나라를 지키느라 그리 행동했을 뿐이니 죄를 씻어주어라."

아테나와 헤르메스는 그들의 죄를 씻어주었다. 전날까지 죄의식에 사로잡혀 괴로워하던 49명의 공주들은 비로소 미소를 띨 수 있었다. 이들의 새로운 남편을 찾기 위해 그리스 전역에 초대장이 날아갔다.

> 아르고스에는 49명의 아름다운 공주들이 있다.
> 이들에게 걸맞은 영웅과 배필을 맺어주고 싶다.
> 모두들 와서 능력을 보여주기 바란다.
> 신이 허락하는 자는 아름다운 여인을 배필로 삼게 될 것이다.

그리스 전역에 신랑을 구한다는 내용의 벽보가 붙자 혈기왕성한 청년들이 하나둘 아르고스로 몰려왔다. 다나오스의 딸들과 결혼하기 위해 청년들은 전차 경주를 벌였다. 경주에서 우승한 자는 49명의 아름다운 공주들 중 마음에 드는 여인에게 다가가 꽃을 바치면서 청혼했다. 청혼을 수락하면 그들은 곧 부부가 됐다. 그렇게 49명의 영웅들이 짝을 찾아서 결혼하게 됐다. 다나오스의 딸들은 엄청나게 많은 후손들을 퍼뜨렸다. 그리스 전체 사람들을 '다나오스인'이라고 부르게 된 것은 이런 이유 때문이다.

그렇다고 해서 49명의 공주들이 지은 죄가 완전히 씻긴 것은 아니었다. 남편을 만나 행복하게 살았지만 죽은 뒤 그들은 하데스 앞에서 준엄한 판결을 받아야만 했다.

"너희들은 결혼하고 첫날밤 남편을 죽인 크나큰 죄를 저질렀다. 그들은 너희들을 믿고 사랑하는 마음으로 결혼한 뒤 행복한 마음으로 잠자리에 들었건만 무참히 죽고 말았지. 너희들은 끊임없이 노력해 죄를 씻도록 해라."

그들에게 내려진 처벌은 커다란 항아리에 물을 가득 채우는 것이었다.

"이 항아리에 물을 다 채워야 너희들의 처벌이 끝날 것이다."

그 항아리는 구멍이 뚫려 있어서 물을 부어도 계속 빠져나가기 때문에 49명의 공주들은 지금도 저승에서 항아리에 물을 채우는 고된 일을 하고 있다.★ 이런 이유로 아무런 희망도 없이 밑 빠진 독에 물을 붓는 것을 그리스에서는 '다나이스의 항아리'라고 부른다.

여기서 잠깐!!

우리나라에도 '밑 빠진 독에 물 붓기'라는 속담이 있어. 해도 해도 소용없는 일을 뜻하는 속담이야. 〈콩쥐팥쥐〉 이야기에서도 이런 부분을 찾아볼 수 있어. 계모가 콩쥐에게 밑 빠진 독에 물을 채우라는 명령을 내리지. 이 밖에도 여러 가지 어려운 일을 겪어내고 콩쥐가 나중에 진정한 사랑을 만나는 것은 서양의 신데렐라 이야기와 너무나도 비슷해. 이런 것을 보면 동서양이 과거엔 하나였고 같은 이야기를 들으며 성장했음을 알 수 있어.

8

신을 속인 시시포스

두 대륙이 연결되는 좁은 땅을 보고 있는 사나이가 있었다. 그는 그 땅에 눈독을 들이고 있었다.

"이 땅을 잘 연결하면 도시를 두 개 건설할 수 있을 거야."

대륙과 대륙이 연결되는 땅에 도시를 건설해 양쪽 대륙 사람들이 오가며 물물교환을 하는 등 교류가 일어나면 엄청난 부를 쌓을 수 있을 터였다. 그것을 노리는 자는 바로 시시포스였다.

시시포스의 아버지는 아이올로스다. 코린토스를 개국한 시시포스는 강력한 카리스마와 지혜를 가진 자였다. 새로운 나라를 연다는 것은 강력한 힘과 교활한 여우의 지혜를 갖춰야 가능한 법이다. 인간에게는 기본적으로 악한 면과 선한 면이 있는데, 시시포스 역시 마찬가지였다. 다만 통치자가 되어 새로운 나라를 건설하려다 보니 악한 면이 좀 더 발달한 게 사실이다.

시시포스는 두 개의 항구를 가질 수 있고 두 개의 도시에서 세금을 거둘 수 있다는 생각에 욕심이 샘솟았다. 코린토스만에 도시를 하나 세우고 에게해로 나아갈 수 있는 사로니코스만에 도시를 또 하나 세운다면 어마어마한 번영을 누릴 수 있을 것 같았다. 게다가 그 부근에는 높은 산들이 자리하고 있어서 산꼭대기에 성을 쌓는다면 도시의 풍요로움을 누리고 적들이 쳐들어왔을 때 대비하기도 쉬울 것 같았다. 동서고금을 막론하고 외적이 쳐들어왔을 때 성에 들어가 버티는 것은 중요한 전쟁 방법 가운데 하나다.★ 도시를 노리고 왔지만 도시에는 사람이 없고 가져온 먹을 것이 없어지면 적들은 결국 성을 공격해야 한다. 그러니 성은 높고 공격하기 힘든 곳에 자리 잡게 마련이다.

시시포스는 성을 쌓을 만한 산에도 올라가 보았다. 그런데 산꼭대기라 그런지 물을 구할

여기서 잠깐!!

들판의 곡식을 불태워 먹을 것을 다 없애고 성에 들어가 굶주린 적들이 후퇴할 때까지 버티는 전법을 '청야 (淸野) 작전'이라고 해. 들판이 깨 끗이 청소한 것처럼 변한다는 뜻이 야. 동서고금을 막론하고 쉽게 찾아 볼 수 있는 전법이지. 《삼국지》에서 도 이런 장면을 여럿 찾아볼 수 있 어. 이때 필수적인 게 샘물이야. 물 이 없는 곳에서는 이런 전법을 쓸 수 없거든. 무작정 높은 곳에 있다고 해 서 유리한 건 아니야. 《삼국지》의 마 속은 높은 곳을 차지했다가 수십만 명의 적들에게 포위되어 결국 패배 하고 말았어. 이 세상의 모든 문제엔 정답이 하나만 있는 게 아니라는 것 을 다시 한번 알 수 있는 대목이야.

곳이 없었다. 요새로서는 완벽하지만 물이 없다는 큰 문제가 있었다.

"아, 샘물만 있으면 수많은 사람들이 이곳에서 몇 년이고 버티면서 적들을 물리칠 수 있을 텐데."

시시포스는 아쉬웠다. 이렇게 부족함을 느낄 때 기대게 되는 존재가 바로 신이다. 시시포스는 아소포스강으로 내려가 강의 신에게 정중하게 제물을 바치며 애원했다.

"아소포스 신이시여, 제게 물을 주십시오. 제가 성을 쌓으려는 저 높은 산에 샘물이 펑펑 솟아나게 해주시면 무엇이든 해드리겠습니다."

시시포스는 자기 왕국을 위해 간절한 마음으로 제물을 올렸다. 그러자 아소포스가 나타나 그에게 물었다.

"성실한 왕 시시포스여, 너의 기도가 나에게 와닿았다. 내가 너를 돕는다면 너는 나에게 어떻게 보답할 것이냐?"

시시포스는 당황했다. 고작 인간이 신에게 줄 수 있는 것은 아무것도 없었다. 신은 인간이 갖고 있는 것을 언제든지 뺏을 수 있는 전능한 존재였기 때문이다.

"신이시여, 무엇을 드리면 좋겠습니까? 제가 갖고 있는 것은 무엇이든 드리고 싶지만, 그게 신에게 무슨 소용 있겠습니까? 차라리 저는 새로운 약속을 하겠습니다."

"무엇이냐?"

"신들도 어려움에 처하는 경우가 있다고 들었습니다. 신께서 어려움에 처하시면 기꺼이 제 모든 것을 바쳐 돕겠습니다. 의리를 지키겠습니다. 언제든지 저를 불러주십시오."

그 말을 듣자 아소포스는 만족했다. 신이라 할지라도 인간 가운데 강력한 협조자가 있는 게 나쁠 리 없었기 때문이다.

"좋다. 어디 한번 올라가보자."

순식간에 산꼭대기로 올라간 아소포스는 주위를 둘러보더니 뭉툭한 바위 사이에 자신의 지팡이를 대며 말했다.

"이곳에서 샘이 솟을 것이다."

지팡이가 바위에 닿자마자 초고압 전류가 흐른 듯 바위가 쪼개지고 땅이 갈라지더니 흙탕물이 치솟기 시작했다.

"아, 감사합니다, 신이시여! 이곳에서 샘물이 나오는군요."

어느새 아소포스는 사라져버렸다. 흙탕물은 점점 가라앉더니 이내 맑은 샘물이 되었다. 시시포스는 물을 떠 마셨다. 더없이 맑고 깨끗한 샘은 물맛이 시원하고 좋았다. 샘물이 흘러 흘러 밑으로 내려가기 시작하자 계곡이 만들어지고, 계곡물이 고이는 곳마다 맑은 웅덩이들이 생겨났다. 이 정도 물이라면 도시 하나를 감당하고도 남을 것 같았다.

"아, 이곳에 나의 도시를 건설해야겠다. 백성들아, 모두 이곳에 와서 살도록 해라."

산꼭대기에서 흘러나오는 샘물을 중심으로 사람들이 모여 살기 시작하면서 강력한 힘을 가진 도시 코린토스가 생겨났다. 코린토스에 도시가 건설된 뒤 산 위에 요새를 쌓았으니, 그곳이 바로 아크로 코린토스였다. 사람들은 외적이 와도 얼마든지 막아낼 수 있을 거라는 자신감을 갖고 생업에 종사했다. 시시포스는 신의 가호 아래 부강한 나라를 만들어갔다.

얼마 뒤 제우스가 아소포스의 딸 아이기나를 유혹해 이곳을 지나갔다. 제우스는 이렇게 끊임없이 아름다운 여인들을 자신의 것으로 만들어 여러 민족을 생산하고 있었다. 아버지 몰래 빠져나와 사랑의 도피에 나선 아이기나의 손을 잡고 바삐 가던 제우스가 자신의 성에 들르자 시시포스는 생각했다.

'제우스의 환심을 사놓으면 더욱 좋은 일이 생기겠지. 강의 신 아소포스의 도움을 받았는데, 제우스까지 도와준다면 금상첨화지 뭐야.'

머릿속으로 계산을 끝낸 시시포스는 환한 얼굴로 기쁘게 제우스를 맞이했다.

"제우스 신이시여, 어서 오십시오. 아름다운 아이기나 님, 환영합니다. 기꺼이 머무실 곳을 제공하겠습니다."

아름다운 아이기나와 사랑을 나눠야 하는데 마땅한 곳을 찾을 수 없어 고민하던 제우스는 흐뭇했다.

"그대가 나를 돕겠다니 고마울 뿐이다. 그러면 이곳에서 하루 정도 신세를 질까 하는데 괜찮겠는가?"

"영광입니다. 부디 제 궁전에서 쉬었다가 가십시오."

시시포스는 아이기나가 누구의 딸인지 알지 못했다. 그는 아이기나가 아이를 낳은 뒤 이곳에서 살게 되면 제우스가 자신의 나라를 지켜줄 거라고 생각했다.

'저 아름다운 여인이 아이를 낳는다면 신의 자손이 살고 있는 나라가 되는 것 아닌가. 그러면 내 권력은 더욱 강해질 거야.'

시시포스의 생각은 아무리 제우스라도 남의 집 귀한 딸을 함부로 빼

돌려서 자신의 것으로 만드는 것이 옳지 않다는 데까지는 미치지 못했다. 제우스는 그날 밤 아이기나와 사랑을 나눈 뒤 아침 일찍 그녀의 손을 잡고 궁전을 떠났다.

"시시포스, 그대의 친절과 배려를 잊지 않겠다."

"감사합니다. 제우스 신이시여, 저를 항상 기억해주십시오."

제우스가 흐뭇한 얼굴로 떠난 뒤 궁전으로 돌아온 시시포스는 기절할 뻔했다. 방 한구석에 자신을 도와주었던 강의 신 아소포스가 잔뜩 굳은 얼굴로 서 있는 것 아닌가.

"신이시여, 무슨 일로 오셨습니까? 보십시오. 당신 덕분에 이 나라가 번성하고 저는 강력한 왕이 됐습니다. 감사할 따름입니다."

"시시포스, 괴이한 소문을 듣고 이곳에 왔다."

"어떤 소문 말씀입니까?"

"내 사랑하는 딸이 제우스에게 유혹당해 집을 나갔다. 그런데 이곳에 와 있다고 하는구나. 그대의 궁을 살펴봐야겠다."

순간, 시시포스는 가슴이 덜컥 내려앉았다. 제우스와 함께 왔던 아름다운 여인이 아소포스의 딸인 것은 미처 몰랐기 때문이다.

"아, 그런 일이 있으셨군요. 정말 심려되시겠습니다. 마음대로 살펴보십시오."

아소포스는 바람처럼 온 궁전을 휘젓고 다녔다. 그러나 어디에도 딸의 흔적은 보이지 않았다. 다시 나타난 아소포스는 말했다.

"궁전에서 일하는 사람들이 지난밤에 손님이 왔다 갔다고 하는데, 혹시 내 딸을 보았느냐?"

아소포스와 의리를 지키려면 모든 것을 사실대로 말해줘야 했다. 샘물을 내줘 도시의 번영을 꿈꿀 수 있게 해준 은혜를 갚으려면 그렇게 해야만 했다. 입을 열고 솔직하게 말하려는 순간, 시시포스는 갑자기 머릿속이 복잡해졌다.

'사실대로 말하면 제우스가 분노할 텐데 어떡하지? 하지만 나는 아소포스에게 의리를 지키기로 하지 않았는가? 아소포스가 없었다면 이 코린토스는 없었을 거야.'

당황해서 머리를 굴리느라 대답을 하지 못하자 아소포스가 물었다.

"시시포스, 그대는 뭔가를 알고 있군. 내 딸과 제우스가 이곳을 지나갔느냐? 어서 답하라."

시시포스는 곰곰이 생각해본 뒤, 의리를 지키는 게 마땅하다고 생각했다. 신들도 의리를 지키는 자는 보호해주는 법이기 때문이다. 제우스 역시 의리를 지키는 자를 칭찬해주지 않았던가. 먼 훗날을 내다보면 제우스를 도와야 했지만 당장 눈앞에 있는 신에 대한 의리를 무시할 순 없었다.

"아소포스 신이시여, 죄송합니다. 제우스 신께서 따님을 데리고 이곳에서 하룻밤 머물다 떠나셨습니다. 저는 그분이 따님인지도 모르고 손님으로 환대했습니다. 용서하십시오."

"이럴 수가……!"

아소포스가 분노하자 갑자기 강물이 범람하기 시작했다. 샘물이 터져 나오고 강물들이 들끓자 사람들은 모두 비명을 질렀다.

"홍수다! 홍수다!"

아소포스는 잠시 뒤 흥분을 가라앉혔다.

"시시포스, 제우스는 분명히 그대에게 자신이 내 딸을 데리고 간다는 것을 비밀로 해달라고 했을 텐데."

"맞습니다. 비밀로 해달라고 했습니다."

"그런데 왜 나에게 진실을 말하는 건가?"

"의리를 지켜야 하지 않겠습니까?"

순간, 아소포스는 감동받았다. 시시포스는 목숨을 걸고 진실을 밝힌 것이다.

"고맙다. 시시포스."

말을 마친 아소포스는 제우스를 쫓아가서 멱살을 붙잡았다.

"내 딸을 내놓으시오!"

그러나 때는 이미 늦은 뒤였다. 아소포스의 딸은 벌써 제우스의 여인이 되어 아이를 가진 상태였다.

"미안하오, 아소포스!"

"신들의 왕이라는 당신이 어떻게 이럴 수 있소?"

아소포스는 제우스에게 거세게 항의했다. 제우스는 할 말이 없었다. 그저 용서를 구할 뿐이었다.

"이미 일은 벌어졌소. 용서하시오. 다시는 당신의 딸들을 넘보지 않겠소!"

제우스는 정중하게 사과했다. 아소포스는 화가 났지만 달리 할 수 있는 일이 없었다. 사과를 받은 뒤 돌아갈 수밖에……. 어차피 딸의 운명은 결정된 터였다. 제우스는 진땀을 흘리며 아소포스를 돌려보낸 뒤 곰

곰이 생각했다.

'시시포스가 괘씸하구나. 나를 환대하며 비밀을 지키겠다고 하더니 바로 아소포스에게 일러바쳐?'

옆에 있던 지혜의 신 아테나와 다른 신들이 말했다.

"시시포스는 아소포스와의 의리를 지킨 것뿐입니다. 큰 벌을 내리시면 안 됩니다."

"맞습니다. 먼저 한 약속이 중요하지 않습니까?"

그러나 제우스는 화를 참을 수 없었다. 자기보다 서열이 낮은 강의 신 아소포스 따위에게 고개 숙여야 했던 것을 참을 수 없었던 것이다.

'두고 보자, 시시포스.'

제우스는 시시포스에게 분풀이하기로 결심했다. 그는 즉시 저승으로 내려가 카론을 불렀다.

"카론, 서둘러 오라!"

뱃사공 카론은 제우스가 갑자기 자신을 부르자 깜짝 놀랐다.

"위대한 신들의 왕 제우스시여, 어찌하여 이곳까지 오셔서 저를 찾으십니까?"

"너는 만날 배를 띄우고 삿대를 움직이고 있지 않느냐?"

"그렇습니다. 매일 죽은 자들을 나르고 있지요. 매일매일 똑같은 하루에 정말 지겹습니다."

"내가 잠시나마 이곳을 벗어나게 해주마. 코린토스로 가서 당장 시시포스의 영혼을 끌고 와라."

"아, 그는 살아 있는 자가 아닙니까?"

"그렇다. 내가 허락했으니 네 재주껏 그자를 이곳으로 끌고 오거라."

"알겠습니다."

카론은 배를 묶어놓고 오랜만에 지상 세계로 나왔다. 한참 동안 밝은 태양 빛을 만끽하던 그는 제우스의 명령을 따르기 위해 시시포스를 잡으러 그의 궁전으로 갔다. 그러나 시시포스는 지혜로운 자였다. 제우스가 자기를 잡아갈 저승사자를 보내리라는 것을 짐작하고 있었다.

'분명히 저승사자가 올 거야. 준비하고 있다가 맞아야겠군. 그대로 끌려갈 순 없지. 나는 신을 대접하고 신에게 의리를 지켰을 뿐이야. 대체 내가 뭘 잘못했다는 거지?'

해 질 무렵, 붉은 저녁노을을 등지고 시커먼 옷을 뒤집어쓴 카론이 나타났다. 대리석을 깔아놓은 시시포스의 궁전에 그의 몸을 적신 스틱스★ 강물이 뚝뚝 떨어져 내렸다. 카론은 소리 없이 미끄러져 오더니 음침한 목소리로 말했다.

"시시포스, 너는 제우스 신을 분노하게 했다. 나와 함께 저승으로 가야겠다."

여기서 잠깐!!

스틱스는 저승에 흐르는 강의 이름이야. 뱃사공 카론이 영혼들을 배에 태우는 곳이지. 이 강을 건너면 영혼은 비로소 하데스의 백성이 되는 거야. 그러고 나서 영혼은 저승의 입구에서 미노스, 라다만티스, 아이아코스 세 판관의 심판을 받은 뒤 죄의 경중에 따라 선한 이는 엘리시온으로, 악한 이는 타르타로스로 가게돼. 엘리시온은 바로 극락이야. 덥지도 춥지도 않고 늘 행복한 곳이지. 미국의 SF영화 〈엘리시움〉에도 폐허가 된 지구에 대비되는 완벽한 낙원 같은 세상으로 엘리시움이 등장해. 엘리시움은 바로 엘리시온의 로마식 표현이야.

그러나 시시포스는 전혀 겁먹지 않은 얼굴로 태연하게 말했다.

"어서 오시지요. 기다리고 있었습니다."

카론은 당황했다. 자기를 보면 죽은 영혼조차 두려움에 벌벌 떠는데 시시포스는 너무나 당당하게 자신을 맞이했기 때문이다.

"이왕 이렇게 된 거 가까이 와보시지요."

"나에게 왜 가까이 오라는 것이냐?"

"나는 제우스 신도 봤고 강의 신 아소포스도 봤습니다. 저승사자는 아직 못 봤으니 가까이에서 얼굴을 봐두고 싶습니다."

카론은 자신이 얼마나 무섭게 생겼는지 보여주리라 생각하고 가까이 다가갔다. 이제껏 자신의 얼굴을 제대로 본 사람은 아무도 없었기에 시시포스가 보자마자 기절할 거라고 생각했다. 그러면 그를 그대로 저 승으로 끌고 갈 작정이었다. 두 손으로 두건을 잡고 벗으려는 순간, 시 시포스는 기다렸다는 듯이 그를 덮쳐 두 손을 잡더니 밧줄로 동여맸다. 그러고는 그를 기둥에다 꽁꽁 묶은 뒤 부하들을 불렀다.

"이 괴물을 가둬라."

"예."

병사들은 카론을 붙잡아 지하 감옥에 가둬버렸다.

"시시포스, 멈춰라! 넌 지금 큰 실수를 저지르고 있는 거야!"

카론은 어처구니없는 상황에 당황하며 밧줄에서 벗어나려고 몸부림 쳤다. 그러나 그 밧줄은 헤파이스토스가 만든 것이었다. 헤파이스토스 가 자신에게 제물을 잘 바치는 선원들에게 선물한 것의 일부를 잘라 만 든 밧줄이어서 불멸의 존재인 카론조차 그 밧줄에서 벗어날 수 없었다.

그 뒤로 오랜 세월이 흘렀다. 시시포스는 자기를 지켜주는 강의 신 아소포스 덕분에 번영을 누리며 장수하고 있었다. 한편, 제우스는 이 사실을 까맣게 모르고 있었다. 카론을 보냈기에 시시포스가 당연히 저승에 있을 것이라 생각하고 머릿속에서 지운 것이다. 그러던 어느 날, 올림포스에서 신들의 연회가 열렸다. 1년에 한 번씩 열리는 큰 연례행사로 모든 신들이 모여 먹고 마시며 즐겁게 시간을 보냈다. 올림포스의 황금 궁전에서 신들이 음악에 취해 춤을 추고 노래하며 거나하게 포도주를 마시고 있을 때였다. 타르타로스의 신 하데스가 조심스럽게 입을 열었다.

"제우스, 질문이 하나 있습니다."

"무슨 질문이오?"

"인간은 죽은 뒤 누구나 그 영혼이 나에게 와서 영원히 지하 세계에서 살게 되어 있지요."

"그건 그렇지요."

"신들이 명령한 자들도 죽은 뒤에는 저승으로 와 나의 지배를 받게 되어 있어요. 그런데 당신이 명령을 내린 자 하나가 아직도 저승에 오지 않고 있습니다."

"그럴 리가 있나. 내가 명령을 내린 자는 모두 다 지하 세계로 가게 되어 있소. 도대체 그자가 누구요?"

"바로 시시포스입니다. 왜 아직도 시시포스를 나에게 보내지 않는 겁니까?"

제우스는 어안이 벙벙했다.

"무슨 소리요? 그자는 이미 죽었소. 카론을 시켜서 잡아가라고 한 지 오래요. 그게 언제 적 이야기인데 엉뚱한 소리를 하는 거요?"

"시시포스는 오지 않았습니다. 아직 살아 있단 말이에요. 그것도 아주 잘……."

"대체 무슨 말이오? 무슨 헛소릴 하는 거요? 나의 명령은 한 번도 어겨진 적이 없소이다."

"저곳을 보시오."

구름 사이를 헤치고 하데스가 손가락으로 가리켰다. 코린토스가 확대되어 보이는데, 그곳에서 시시포스가 신하들과 함께 즐거운 시간을 보내며 분주하게 나라를 다스리고 있었다. 하데스는 말했다.

"아직 저렇게 살아 있지 않습니까?"

제우스는 깜짝 놀랐다.

"이럴 리가……. 내가 분명히 카론을 보냈는데……."

"지하 감옥을 보세요."

카론이 밧줄에 꽁꽁 묶인 채 지하 감옥에 갇혀 창밖을 내다보고 있는 게 보였다.

"아니, 인간인 저자가 카론을 잡아 묶어놓았다는 거요?"

"그렇습니다. 그래서 지금 저승에선 난리가 났어요. 사람이 죽으면 그 영혼을 카론이 배에 태워서 저승으로 데려와야 비로소 나의 지배를 받게 되는데, 아무도 오고 있지 않습니다. 카론이 저렇게 붙잡혀 있으니 지금 수천수만 명의 영혼들이 강 건너에서 떠돌고 있단 말입니다."★

이 말을 들은 제우스는 머리끝까지 화가 치밀었다. 올림포스산 주변에서 마른번개가 울려 퍼지기 시작했다.

"이자를 도저히 그냥 놔둘 수 없구나. 나의 가장 강력한 수족 아레스를 불러라."

전쟁의 신 아레스가 갑옷을 번쩍이며 즉시 나타났다.

"저를 부르셨습니까?"

"보이느냐? 지금 당장 시시포스의 궁전으로 가라. 저기 지하 감옥에 카론이 밧줄과 쇠사슬에 묶여 있는 것이 보일 것이다. 당장 풀어주고 카론이 시시포스를 하데스의 왕국으로 끌고 가는 것을 도와라. 그리고 카론이 없어져 제 갈 길을 찾지 못하고 헤매고 있는 영혼들이 스틱스강을 건너 하데스에게 갈 수 있도록 조처해라."

"알겠습니다. 그런데 카론은 지금까지 누구의 도움도 받지 않고 자기 일을 잘 해왔습니다. 그를 도와주라니 어떻게 된 것인지 모르겠습니다."

"시시포스가 신을 묶을 수 있는 밧줄과 사슬로 카론을 묶어놓아 꼼짝도 할 수 없게 되었으니 도와줘야 한다."

아레스는 번개같이 시시포스의 궁전으로

여기서 잠깐!!

시시포스는 제우스에게만 죄를 지은 게 아니야. 카론을 지상에 잡아두었기 때문에 이 세상에서 죽음이 사라졌어. 그러니까 당연히 하데스는 제 할 일을 하지 못하게 되었어. 아레스는 전쟁이 벌어져도 사람들이 죽지 않으니 임무를 다할 수 없었어. 운명의 세 여신도 그들의 의무를 수행하지 못했어. 시시포스의 꾀로 여러 신들이 농락당한 거지. 그래서 더 큰 벌을 받은 건지도 몰라. 시시포스가 자신의 꾀로 여러 신을 속였을 뿐만 아니라 자신의 운명을 거부했으니 신들이 보기엔 정말 괘씸했을 거야.

달려갔다. 아무리 시시포스가 지혜롭다 해도 아레스를 이길 순 없는 법이다. 아레스는 도착하자마자 단칼에 시시포스를 죽여버렸다. 시시포스의 영혼은 그 자리에서 허공에 떠올랐다. 시시포스의 영혼을 단단히 붙잡은 채 아레스는 지하 감옥을 부숴버리고 카론을 묶어놓은 밧줄을 끊었다.

"감사합니다. 오랫동안 못 했던 임무를 이제야 수행할 수 있게 됐습니다."

카론은 시시포스를 끌고 순식간에 저승으로 내려갔다. 그러나 영혼이 된 시시포스는 슬퍼하지 않았다.

"하하하! 올 것이 왔구나. 카론을 잡아둔 덕분에 나는 지금까지 덤으로 잘 살았다."

하데스는 분노해서 소리쳤다.

"네 이놈, 감히 신들을 농락하고 카론을 붙잡아놔? 어디 눈이 있으면 저 무리를 보아라."

카론은 시시포스를 하데스 앞에 꿇어 엎드리게 한 뒤 부지런히 자기 배로 달려갔다. 수많은 영혼들이 스틱스강을 건너지 못하고 헤매는 것을 본 카론은 크게 당황했다.

"어쩐다. 이들을 하나씩 태워서 강을 건너게 하려면 시간이 너무 걸릴 것 같은데……."

고민하던 카론은 이내 좋은 생각을 해냈다. 주문을 걸어 그들을 모두 작은 벌레로 변신시켜 자신의 나룻배에 한꺼번에 태워버린 것이다. 벌레들이 배에 가득 실리자 카론은 강바닥에 상앗대를 박아 힘차게 밀었다. 카론의 배가 스틱스강을 한 번 건널 때마다 수천수만 명의 영혼들이 옮겨졌다. 몇 번 왔다 갔다 하자 카론이 자리를 비운 사이 기다리고 있던 모든 영혼들이 저승 세계에서 제자리를 찾았다. 카론은 드디어 땀을 닦으며 쉴 수 있었다.

이때 시시포스는 하데스에게 죄를 추궁당하고 있었다.

"신을 속인 죄로 네놈은 이곳 저승에서도 아주 무거운 벌을 받고 지하 감옥에 갇히게 될 것이다."

"하하하. 그것 아시오? 이 세상엔 공짜가 없는 법이지. 신들이 나에게 얼마나 잔인하게 보복할지 충분히 짐작할 수 있었다오."

"대체 무슨 말을 지껄이는 거냐? 이미 죽은 인간 따위가 무슨 말을 한들 내가 꿈쩍할 것 같으냐?"

"나의 장례 제물은 바쳐지지 않을 거요. 아내에게 바치지 말라고 당부했거든."

"뭐야?"

신들의 세계가 대개 그렇듯 하데스의 지하 세계는 죽은 영혼을 위로하는 장례 제물을 받아 운영되고 있었다.

"감히 제물을 안 바치겠다고?"

"하데스 신이시여, 우리 코린토스가 얼마나 부유하고 풍족한 곳인지 당신도 잘 알 거요. 나는 그 누구보다 풍성한 제물을 바칠 수 있소. 매년 살찐 황소 수십 마리에 토실토실한 양 수백 마리를 태워서 바칠 수 있지요. 내가 제물을 바치기만 하면 당신은 어느 신보다 풍성한 제물을 받게 될 거요."

그 말을 듣자 하데스는 군침이 돌았다. 시시포스가 제물을 하나도 바치지 말라고 했다니 너무도 아쉬웠다. 그 모습을 보고 협상의 귀재인 시시포스는 웃으며 말했다.

"좋은 방법이 있습니다."

"무슨 말을 하려는 거냐?"

"내가 다시 지상으로 올라가면 됩니다."

"뭐야?"

"지금 내 아내는 제물을 바치지 않고 있지요. 내가 아내 앞에 나타나 아무리 그런 말을 했기로서니 제물을 바치지 않으면 되겠느냐고 꾸짖고 오겠습니다. 그러면 내 아내가 제물을 바칠 겁니다."

시시포스의 말은 그럴듯하게 들렸다.

"좋다. 그러면 너를 다시 지상으로 보내줄 테니 제물을 바치라고 말하고 오거라."

"알겠습니다."

시시포스는 다른 속셈이 있었다. 하데스는 자기와 함께 넘어온 수많은 영혼들을 하나하나 심사해야만 했다. 정신이 없어 자신에게 신경 쓰지 못할 것이 뻔했다. 시시포스는 재빨리 스틱스강으로 갔다. 하데스의 명령을 전하자 카론은 입맛을 다셨다.

"네놈이 돌아오지 않으려고 수를 쓸 것을 나는 알고 있다."

"무슨 말을 하는 거요? 풍성한 제물을 바치게 한 뒤 나는 분명히 돌아올 거요. 카론 당신에게도 따로 제물을 바치겠소."

"그게 정말이냐?"

시시포스

코린토스의 왕 시시포스는 《그리스 로마 신화》에 나오는 교활한 인간의 대표격이야. 자신의 이익을 위해 신들에게 속임수를 쓴 것으로 유명하지. 그러다 결국 신들의 벌을 받아 하데스의 지하 세계에서 끝없는 고통을 겪게 돼. 시시포스의 벌은 커다란 바위를 산꼭대기까지 밀어 올리는 거였어. 그런데 바위가 산 정상에 다다를 만하면 굴러떨어져서 다시 처음부터 바위를 밀어 올려야 했지. 끝없이 반복되는 시시포스의 벌은 헛된 노력과 무의미한 노동의 상징이 되었어. 인간은 먹고살기 위해 죽도록 일해야 한다는 것을 상징적으로 보여주는 것 같아.

"대체 왜 그렇게 의심이 많소? 이미 죽은 자가 대체 무슨 일을 할 수 있다고 거짓말을 하겠소?"

카론은 그 말에 속아 시시포스가 스틱스강을 건너 다시 산 자들의 세상으로 갈 수 있도록 해주었다. 시시포스는 기쁜 마음으로 궁전으로 돌아갔다. 궁전에서는 아레스에 의해 죽은 뒤 관에 누워 있는 시시포스의 시신을 보며 왕비가 눈물을 흘리고 있었다.

"불쌍한 당신, 이제 잘 가세요. 흑흑!"

막 관 뚜껑을 덮으려는데 시시포스의 영혼이 몸으로 들어갔다. 곧 관 속에서 말소리가 났다.

"여보, 어서 관 뚜껑을 여시오."

"어머, 이게 무슨 일이야?"

깜짝 놀란 아내가 관 뚜껑을 열자 놀랍게도 죽었던 시시포스가 옷을 툭툭 털며 일어섰다.

"당신, 어떻게 살아서 돌아오셨어요?"

"어리석은 신들이 나의 말에 넘어갔다오."

"그럼 다시 저승으로 돌아가야 하나요?"

"그럴 리 있소? 지금 하데스는 정신이 없어서 나에게 신경 쓰지 못할 거요. 당신과 나는 오래도록 행복하게 살 수 있소."

시시포스는 다시 아내와 함께 행복한 삶을 즐길 수 있게 되었다.

한편, 하데스는 몰려든 영혼들을 다 처리한 뒤에야 그때까지도 시시포스가 돌아오지 않은 것을 깨달았다. 뒤늦게 속은 것을 눈치챈 하데스는 참을 수 없을 정도로 화가 났다.

"시시포스 이자가 끝끝내 나를 속이려 드는구나. 도저히 용서할 수 없다."

제우스에게도 이 사실을 알렸다. 그러자 제우스는 말했다.

"시시포스는 이미 타고난 수명을 다했다. 곧 그대에게 갈 테니 알아서 하라."

늙은 시시포스는 마침내 죽음을 맞았다. 그는 아내의 품에 안겨 유언을 남겼다.

"여보, 이제 진짜 떠나야 하오. 나중에 저승에서 만납시다."

그의 아내는 눈물을 흘리며 말했다.

"당신같이 지혜로운 사람을 만나서 오랫동안 행복했습니다. 코린토스의 백성들도 당신의 죽음을 진정으로 슬퍼할 겁니다."

마침내 시시포스의 장례식이 치러졌다. 시시포스의 영혼은 지하 세계로 돌아왔다. 하데스는 자신의 왕국으로 돌아온 시시포스를 만나자 웃으며 말했다.

"네 이놈, 너처럼 간교한 인간은 처음 보았다. 너는 원래 지하 감옥에 갇히는 벌을 받을 참이었는데, 이제 그것으로는 너의 죄를 씻을 수 없게 되었구나."

시시포스도 물러서지 않았다.

"나는 백성들을 위로하고 사랑하는 아내와 조금이라도 더 오래 살기 위해 최선을 다했을 뿐이오. 살아오면서 나는 왕으로서 나라를 지키기 위해, 또한 나의 백성들을 지키기 위해 수단과 방법을 가리지 않았을 뿐이오. 후회하지는 않소이다."

그는 성실하게 임무를 다한 자신의 삶에 당당했다.

"지엄한 저승의 율법을 어기고 뭐가 그렇게 당당하단 말이냐. 좋다. 네놈이 그렇게 일하기를 좋아한다니 그에 걸맞은 벌을 주마."

시시포스는 순식간에 거대한 돌산 아래 서게 됐다. 둥글게 깎인 집채만한 바윗돌이 보였다.

"이제부터 이 바위를 저 산꼭대기까지 밀어 올려야 한다. 산꼭대기에 바위를 올려놓는 순간, 너는 이곳 저승에서 편안하게 머물 수 있을 것이다."

시시포스는 바윗돌을 밀어 올리기 시작했다. 그런데 완만하던 산은 갈수록 경사가 급해질 뿐만 아니라 바윗돌이 점점 커지는 것이었다. 시시포스는 커지는 바위를 있는 힘을 다해 밀어 올렸다.

"응차! 영차!"

죽을힘을 다해 간신히 산 중턱에 걸쳐놓자 바위는 더 커지고 경사는 더 급해졌다. 잠시 쉴 틈도 없었다. 바위를 밀지 않으면 굴러떨어져 금방이라도 깔려 죽을 것만 같았다. 죽을힘을 다해 다시 한번 밀어 정상 부근까지 올려놓았다. 그러나 잠깐 숨을 돌리는 사이 바위는 허무하게도 그대로 미끄러져 산비탈 아래로 떨어져버렸다.

"아, 이럴 수가……!"

시시포스는 땀을 닦으며 터덜터덜 내려갔다. 바위를 또 밀어 올려야 했기 때문이다. 그는 온몸을 던져 바위를 굴려 올렸다. 그런데 꼭대기까지 올라가기만 하면 바위가 마치 살아 있는 생물처럼 굴러떨어졌다. 시시포스는 이렇게 굴러떨어진 바위를 올리고, 다시 떨어지면 또 밀어 올렀다. 그의 벌은 지금까지도 계속되고 있다. 영원히 끝나지 않을 벌이었다. 너무나 가혹한 형벌이지만 신들은 시시포스를 용서하지 않았다. 그가 이렇게 가혹한 형벌을 받는 이유는 바로 신들을 속였기 때문이다. 운명을 거부하고 신들을 속여 모욕감을 주었기 때문에 시시포스는 지금도 끊임없이 바윗돌을 굴려 올리고 있다.

9

영웅 벨레로폰

시시포스가 죽은 뒤 코린토스는 그의 아들 글라우코스가 이어받아 통치했다. 글라우코스는 전설적인 영웅 벨레로폰을 낳는다. 벨레로폰의 원래 이름은 히포누스인데 위대한 업적을 이루자 사람들은 그의 이름을 바꾸어 부르기 시작했다.

코린토스에는 벨레로스라는 유명한 산적이 있었다. 지나가는 사람들을 죽이고 물건을 빼앗는 것으로 악명 높았다. 히포누스는 아버지에게 말했다.

"아버지, 저런 산적을 그냥 놔두고 제가 어찌 나라를 물려받는단 말입니까?"

"하지만 아들아, 그자는 깊은 산속에 숨어 있기에 군대를 보내도 잡을 수 없구나."

"제가 가서 그자를 죽이고 말겠습니다."

용감한 히포누스는 산속으로 찾아가 마침내 벨레로스를 죽여버렸다. 그의 목을 베어 들고 돌아오자 모두들 환호하며 반겼다.

"히포누스 만세."

그러나 시간이 흐르자 사람들은 헷갈리기 시작했다.

"히포누스가 누구야?"

"벨레로스를 죽인 자야."

"그럼 벨레로스를 죽인 자 만세, 라고 해야 되는 거 아냐? 벨레로스를 죽인 자 만세."

그리하여 그는 '벨레로스를 죽인 자', 즉 '벨레로폰'이라 불리기 시작했다. 사람들은 모두 벨레로폰을 좋아했지만 올림포스의 신 중 하나는 그를 미워했다. 바로 벨레로스를 산속에 있게 한 전쟁의 신 아레스였다. 산적을 심어놓아 사람들끼리 서로 죽고 죽이다 보면 어느 순간 오해로 인해 전쟁이 일어나게 마련이다. 그런데 벨레로폰 때문에 모든 계획이 어그러진 것이다. 아레스는 올림포스에 나가서 말했다.

"위대한 신들의 아버지시여, 저의 임무는 사람들 사이에서 전쟁을 일으키는 것인데 그 도화선이 될 산적을 코린토스의 왕자라는 자가 죽였습니다. 저자는 벌을 받아야 마땅합니다."

신들이 맡은 역할은 다 존엄한 것이어서 다른 신들이 함부로 관여할 수 없었다. 게다가 아레스의 말에도 일리가 있었다. 자신의 의무를 다하기 위해 노력하고 있는데 방해를 받았으니 분노하는 게 당연했다. 제우스는 어쩔 수 없이 고개를 끄덕이고 말았다. 몇 주 뒤 코린토스에서 글라우코스가 제사를 올리는데 신탁이 내려왔다.

"벨레로폰은 이곳에서 살 수 없다. 당장 이 나라를 떠나라. 이것은 신들의 뜻이다."

무시무시한 신탁에 글라우코스는 상심하지 않을 수 없었다.

"아들아, 신들이 너를 미워하는구나. 어찌하면 좋으냐."

용감한 벨레로폰은 고개를 저었다.

"코린토스의 백성들을 위해 산적을 죽일 때 이미 신들이 보복할 거라고 예상하고 있었습니다. 그토록 잔인한 산적이 제 마음대로 사람들을 휘두르는 것을 보면서 분명히 뒤에서 그를 봐주는 신들이 있을 거라고 짐작했기 때문입니다. 저는 당장 이 나라를 떠나겠습니다."

"어디로 가겠다는 것이냐?"

"티린스로 가겠습니다."

티린스는 프로이토스가 다스리고 있는 이웃 나라였다. 글라우코스는 눈물을 흘리며 사랑하는 아들을 보내주었다. 벨레로폰은 당당하게 자신의 나라를 떠나 이웃 티린스 왕궁에 가서 예를 갖춰 인사를 했다.

"신탁에 의해 고향에서 살 수 없게 되어 이곳으로 왔습니다."

"오, 젊고 용맹한 왕자가 우리나라로 와주다니, 이것은 나의 큰 복이오. 편히 지내시오."

벨레로폰은 귀한 손님이 되어 티린스에 머물게 됐다.

프로이토스는 어려운 일이 생길 때마다 용맹한 벨레로폰에게 부탁했다. 괴물이 나타나면 처치해달라고 하고, 산적이 나타나면 토벌해달라고 했다. 벨레로폰은 영웅답게 기꺼이 나서서 어려운 일들을 모두 해결해냈다. 게다가 벨레로폰은 외모도 너무나 아름다웠다. 그를 본 여인들이 모두 홀딱 반할 정도로 잘생긴 청년이었다. 신들은 벨레로폰의 미모를 이용해 그에게 다시 한번 벌을 주려고 결심했다. 에로스가 조용히 날아와 티린스의 왕비 스테네보이아에게 사랑의 화살을 쏜 것이다. 젊은 청년이 열심히 일하는 것을 대견스럽게 보던 왕비는 에로스의 화살을 맞자 그 순간부터 그를 사랑하게 됐다.

프로이토스는 신하들을 이끌고 나라를 둘러보러 나가고 벨레로폰이 홀로 남아 궁전을 지키고 있을 때였다. 남편이 자리를 비운 틈을 타 사랑에 눈이 먼 스테네보이아는 벨레로폰에게 살며시 다가갔다. 봄바람이 부는 꽃나무 밑에서 만나자고 한 왕비는 순수한 청년 벨레로폰에게 사랑을 고백했다.

"벨레로폰, 당신을 만난 뒤로 머릿속에서 당신의 이름을 지울 수 없어요. 늙은 왕과 사는 것도 지겨워요. 나와 같이 도망갑시다. 나의 사랑을 받아주세요."

벨레로폰은 당황했다. 갈 곳 없는 자신을 받아준 고마운 왕의 아내가 자신에게 사랑을 고백하니 입장이 난처해진 것이다.

"왕비님, 이러시면 안 됩니다. 저는 이곳에 손님으로 왔습니다. 저희 아버지의 친구 분께 도움을 드리러 왔을 뿐입니다. 저는 사랑의 대상이 아닙니다. 부디 저에 대한 마음을 접어주십시오."

스테네보이아가 아무리 요염하게 다가가도 벨레로폰은 뒷걸음치며 물러났다. 스테네보이아는 이를 악물고 그를 노려봤다. 여자가 한을 품으면 오뉴월에도 서리가 내리는 법이다.

'네놈이 나의 사랑을 거부해? 가만히 둘 수 없다. 네놈이 죽는 꼴을 꼭 보고야 말겠다.'

자신의 방에 돌아온 스테네보이아는 어떻게 하면 벨레로폰을 죽일 수 있을까 고민하기 시작했다. 사랑의 감정은 한번 뒤집어지면 증오의 감정으로 쉽게 변하는 법이다. 자나 깨나 보복할 생각만 하던 스테네보이아에게 마침내 좋은 꾀가 떠올랐다.

'저자를 쫓아내야겠다. 남편의 질투심을 이용해야겠어.'

프로이토스와 단둘이 있게 되자 스테네보이아는 큰일이 있었던 것처럼 억울한 표정으로 말했다.

"여보, 할 말이 있어요. 이 말을 꺼낼까 말까 정말 많이 고민했어요."

"어서 말해보시오. 당신의 문제는 곧 나의 문제 아니겠소?"

스테네보이아가 거짓 울음을 흘리자 프로이토스는 당황했다.

"내가 없는 사이에 무슨 일이 있었던 거요? 어서 말해보시오."

"말을 꺼내기도 힘들군요. 우리 궁에 몹쓸 사람이 있어요."

"그게 누구요?"

스테네보이아는 있지도 않은 이야기를 마구 지어내기 시작했다. 조용히 시간을 보내고 있는데 벨레로폰이 다가와 자신을 욕보였다고 말하자 프로이토스의 입이 떡 벌어졌다.

"그럴 리 없소. 나는 그렇게 바르고 정직한 청년을 본 적 없소."

그러자 스테네보이아는 이를 악물었다.

"그자가 제 옷을 찢었단 말이에요."

스테네보이아는 제 손으로 찢은 옷과 자신이 긁어서 만든 상처를 보여주며 소리쳤다.

"제가 저항하자 이렇게 상처를 냈어요. 이것을 보고도 증거가 없다는 거예요?"

프로이토스는 그제야 불같이 화를 냈다.

"이런 말종 같은 놈이 있나. 내가 가만두지 않겠소."

그러자 더욱 부채질하려는 듯 스테네보이아가 한마디 덧붙였다.

"그자를 죽이든지 우리가 죽든지 결정해야 해요."

그러나 프로이토스는 금세 냉정해졌다. 그리스 법은 손님을 벌주는 것을 금하기 때문이다. 이를 어기면 그 누구도 티린스에 찾아오지 않을 게 불 보듯 뻔했다. 한참 고민하던 프로이토스는 마침내 좋은 생각을 떠올렸다.

'그래, 내가 아니라 장인인 리키아 왕이 죽이면 될 것 아닌가. 그러면 나도 벌을 받지 않을 거고, 딸을 욕보인 자를 처치한 거니 장인 어른의 행위도 비난받지 않을 거야.'

이른바 남의 칼로 적을 죽이는 전법이었다.★

여기서 잠깐!!

이는 《손자병법》에도 나오는 전법이야. 사자성어로는 '차도살인(借刀殺人)'이라고 해. 내 칼로 적을 치지 않고 남을 부추겨 그의 칼로 죽게 만든다는 뜻이야. 행위의 책임을 직접 지지 않고 목적을 이룰 수 있다는 점에서 언뜻 좋은 방법 같아 보이지? 하지만 정말로 그런지는 한번 생각해봐야 하지 않을까. 애꿎은 사람을 끌어들여 내 적을 없애고 책임을 떠넘긴다는 건 좀 비겁하다는 생각이 들어. 물론 전쟁은 수단과 방법을 가리지 않긴 하지만 말이야.

프로이토스는 간교한 꾀를 실행하기 위해 편지를 썼다.

> 장인어른, 그동안 잘 지내셨습니까?
> 저는 장인어른의 염려 덕분에 아내와 행복하게 지내고 있습니다.
> 그런데 저희에게 문제가 생겼습니다.

프로이토스는 아내가 외간 남자에게 욕보였다며 분노를 토해낸 후 다음과 같은 말로 편지를 마무리 지었다.

> 범인이 누구일까요? 범인은 이 편지를 가지고 가는 자입니다.
> 그런데 제가 이자를 죽인다면 법을 어기는 셈이 됩니다. 그리스에는 나라에서 맞은 손님을 죽여서는 안 된다는 법이 있기 때문입니다.
> 그러니 수고로우시겠지만, 장인어른께서 이자를 처단해주십시오.

편지를 다 쓴 뒤 보여주자 스테네보이아는 고개를 끄덕였다. 그들은 편지를 봉한 뒤 다음 날 벨레로폰을 불렀다. 벨레로폰은 어려운 일이 생길 때마다 프로이토스를 도와왔기에 이번에도 그의 부탁을 기꺼이 들어줄 것이 분명했다.

"벨레로폰, 이번에 부탁할 일은 그리 어렵지 않을 거요. 리키아로 가서 장인어른에게 이 편지를 전해주시오."★

"기꺼이 명령을 수행하겠습니다."

"우리 장인어른은 정말 좋은 분이라오. 그분과 친교를 맺어두면 당신에게도 나쁠 게 없을 거요."

벨레로폰은 곧 리키아를 향해 마차를 끌고 달려갔다. 리키아의 왕은 귀한 손님을 맞으러 한달음에 달려왔다.

"이토록 용맹한 청년이 우리나라를 방문하다니 정말 반갑소."

"환대해주셔서 감사합니다. 저는 사위이신 프로이토스 왕의 서신을 전하러 왔습니다. 어서 열어보시지요."

"서신은 차차 봅시다. 소개장 정도겠지요. 그대의 이야기는 많이 들었소. 그대를 위해 잔치를 열겠습니다. 그대의 모험담을 자세히 듣고 싶군요."

아흐레 동안 벨레로폰을 위한 환영 잔치가 계속됐다. 그의 이야기를 들으며 리키아의 귀족들은 잘생긴 영웅 벨레로폰에게 홀딱 빠져들었다. 마침내 잔치가 끝난 뒤 리키아의 왕은 편지가 생각났다.

'아, 벨레로폰이 편지를 가지고 왔었지. 어서 읽어봐야겠군.'

편지를 읽던 리키아의 왕은 표정이 점점 굳더니 얼굴이 시커멓게 변했다.

여기서 잠깐!!

《그리스 로마 신화》에서 비롯된 관용구 중 '벨레로폰의 편지(Bellero-phonic Letter)'라는 게 있어. 벨레로폰은 자신을 죽이라는 내용인지도 모르고 프로이토스의 편지를 들고 리키아로 갔어. 어딘가에서 많이 들어본 이야기 같지 않아? 이렇게 자신을 죽이라는 내용의 편지를 들고 떠나는 인물의 이야기는 동서고금 여러 이야기에서 쉽게 찾아볼 수 있어. 셰익스피어의 《햄릿》이나 《성경》의 다윗왕 이야기에서도 비슷한 에피소드를 찾을 수 있어. 《삼국지》는 물론 우리나라 민담에도 이런 이야기가 많아. 그렇게 멀리 떨어져 있는데도 동서양에 비슷한 이야기가 전해져오는 것을 보면 정말 인간의 생각은 거의 비슷한 것 같아.

"아니, 이럴 수가."

자신의 딸을 범하려고 한 파렴치한을 아흐레 동안이나 잔치를 열어 대접했다는 사실에 너무도 화가 났다.

'아, 이게 거짓말이라면 얼마나 좋을까.'

벨레로폰과 시간을 보내며 그가 허튼짓을 할 사람이 아니라는 생각이 들었지만 딸과 사위의 말을 무시할 수도 없었다. 리키아의 왕은 꾀를 냈다.

'그래. 무시무시한 괴물에게 보내 죽을 수밖에 없게 하는 거야. 그러면 내가 죽인 게 아닌 게 되지.'

다음 날 그는 벨레로폰을 불러 말했다.

"우리 사위의 나라에서 그대가 많은 일을 해주었다고 들었소."

"별것 아닙니다. 작은 도움을 드렸을 뿐입니다."

"그래서 하는 말인데, 내 부탁도 들어줄 수 있겠소?"

"말씀만 하십시오."

"그대는 용맹해서 그 어떤 산적이나 괴물도 처치했다고 하니 부탁드리겠소. 우리나라에도 골치 아픈 괴물이 있소."

그 얘기를 듣자 벨레로폰은 칼자루를 꼭 쥐었다. 그동안 후하게 대접받았는데 보답할 수 있겠다는 생각에 그의 얼굴을 밝아졌다.

"제가 처리하겠습니다. 그 괴물에 대해 자세히 말씀해주십시오."

"그 괴물은 바로 키마이라★요. 그 괴물을 죽이려고 많은 사람들이 갔지만, 아무도 죽이지 못하고 모두 희생당하고 말았소. 그대가 가서 그 괴물을 처리해주면 좋겠소. 젊고 용맹한 그대가 그 괴물을 죽여 나의 분함과 백성들의 고통을 꼭 해결해줄 것이라 믿소."

"제가 반드시 없애버리겠습니다."

리키아의 왕은 기분이 좋았다. 사위의 부탁을 해결하면서 자신의 손에는 피를 묻히지 않을 수 있을 것이기 때문이었다.

궁 밖으로 나온 벨레로폰은 주변 사람들에게 물어보았다.

"도대체 키마이라가 어떤 괴물입니까?"

"아, 키마이라는 정말 무서운 괴물입니다."

사람들이 서로 나서서 괴물에 대해 설명해주었다. 사람들의 말에 의하면, 키마이라는 머리가 셋 달린 괴물인데, 앞에 사자의 머리가 있어서 보기만 해도 오금이 저렸다. 뒤에는 뱀의 머리, 가운데에는 염소 머리가 있었다. 뱀과 사자는 누구나 두려워하는 존재인데, 여기 갑자기 염소가 끼어들어 의아할 수도 있다. 그러나 사람들은 말했다.

"가장 위험한 게 염소 머리입니다."

"아니, 염소 머리가 가장 위험하다고요?"

"입에서 불꽃을 뿜어내기 때문이지요."

"키마이라가 도대체 무슨 일을 저질렀기에

여기서 잠깐!!

키마이라는 사자와 염소의 모습을 가졌대. 거기에 뱀의 꼬리까지 달린 괴물이지. 하나는 사자, 하나는 염소 두 개의 머리를 가진 괴물이라는 이야기도 있어. 입에서 불을 내뿜는 무서운 괴물이지. '키메라'라고도 불리기도 해. 우리나라 성악가 중 유럽 무대에서 키마이라 분장을 하고 활동해서 유명해진 분도 있어.

다들 그렇게 두려워하는 겁니까?"

"키마이라는 사람이건 짐승이건 보기만 하면 달려들어 갈기갈기 찢어서 잡아먹었습니다. 뿐만 아니라 염소 입에서 불꽃을 내뿜어 주변에 있는 나무와 풀과 숲과 사람들이 사는 집을 모두 다 불태워버렸지요."

그 말을 들은 벨레로폰은 긴장됐다. 자신이 제법 강하다고 하지만 그런 괴물을 물리칠 수 있을지 걱정됐다. 그 모습을 본 한 사람이 벨레로폰이 안쓰러웠는지 말해주었다.

"점쟁이 폴리이도스를 찾아가보시지요."

"폴리이도스요?"

"폴리이도스가 당신의 운명을 말해줄 겁니다."

폴리이도스를 찾아가자 그는 기다리고 있었다는 듯이 벨레로폰을 맞았다.

"영웅이 오셨군요."

"키마이라를 처단하려는데 도와주십시오."

점괘를 뽑아보더니 폴리이도스가 말했다.

"키마이라를 죽이려면 먼저 해야 될 일이 있습니다."

"무슨 일을 말하는 거요?"

"페가수스를 이겨야만 키마이라를 꺾을 수 있습니다."

"페가수스?"

"그렇습니다. 페가수스는 날개 달린 말이지요."

"무슨 이야기인지 알겠소. 그 괴물 역시 내가 잡아보겠소. 페가수스는 어디에 가면 있소?"

벨레로폰

벨레로폰은 페가수스를 타고 다니며 많은 업적을 이룬 위대한 영웅이야. 그는 키마이라를 물리친 것으로 유명해. 하지만 많은 영웅들이 그렇듯 벨레로폰은 자만이라는 함정에 빠졌어. 자신이 신에게 견줄 만하다고 생각한 그는 신들의 영역인 올림포스에 올라가려는 무모한 시도를 했어. 그 때문에 제우스의 노여움을 사서 페가수스에서 떨어져 죽고 말았지. 벨레로폰 이야기는 교만의 위험성을 경고하는 가르침으로 아직까지 전해지고 있어.

폴리이도스가 말했다.

"저도 잘 모릅니다."

"하지만 누군가 봤기 때문에 페가수스에 대해 알려진 것 아니오."

"페가수스는 날개가 달렸기 때문에 그리스 방방곡곡을 돌아다닌다고 합니다. 사람을 보면 피해서 모습을 드러내지 않기 때문에 찾기가 어렵지요."

벨레로폰은 실망하지 않았다. 그는 페가수스가 그리스에 있다는 말만 듣고 그리스로 출발했다. 그리스로 떠나는 벨레로폰의 운명은 어찌 될 것인가.

10

페가수스를 찾아서

그리스로 가는 길목, 한 나그네가 사람들을 붙잡고 물어봤다.

"페가수스가 어디 있는지 아십니까?"

"페가수스 말입니까? 당신, 제정신이오?"

"왜 그렇게 말씀하십니까?"

"그런 괴물이 있다는 소문은 돌고 있지만 그 괴물을 직접 봤다는 사람의 이야기는 들어본 적 없습니다. 아마 헛소문일 겁니다."

그리스 사람들은 나그네를 보고 고개를 절레절레 흔들더니 제 갈 길을 갔다. 눈에 보이는 사람마다 붙잡고 이런 질문을 하는 자는 다름 아닌 벨레로폰이었다. 어떻게든 페가수스를 찾아야 했기 때문이다. 닥치는 대로 페가수스가 있는 곳을 물어보고 다녔지만 다들 정신 나간 사람으로 취급할 뿐이었다. 보다 못한 지혜로운 노인이 다가와서 말했다.

"여보게 젊은이, 페가수스가 있다는 소문은 들었지만 그 괴물이 어디 있는지는 아무도 모른다네. 분명히 말하기 좋아하는 자들이 꾸며낸 이야기일 걸세. 사람들의 입을 거치면서 빠른 말이 있다는 소문이 날개 달린 말이 있다는 것으로 과장된 것 아니겠나. 그런 허황된 이야기에 속지 말게나."

만나는 사람마다 붙잡고 물어봤지만 부정적인 이야기만 듣자 벨레로폰은 지쳐서 숲 한 귀퉁이에 몸을 눕혔다. 살짝 잠이 들었는데, 숲속의 요정들과 뮤즈들이 떠드는 소리가 얼핏 들렸다.*

"저자가 페가수스를 찾는대."

"호호호호, 인간 중에서 페가수스를 찾은 자는 없었는데……."

"그러게 말이야. 어리석은 짓이지 뭐야."

그 순간, 잠에서 깨어난 벨레로폰은 주변을 둘러보았다. 요정들이 보이지 않았지만 그들의 말소리는 메아리처럼 귓가에 남아 있었다.

'그래, 사람들은 몰라도 요정이나 신들은 페가수스가 어디 있는지 알고 있을지도 몰라. 요정들에게 물어봐야겠다.'

어디에 가면 요정들이 있는지는 사람들도 알고 있었다.

"헬리콘산으로 가보세요."

"헬리콘산에 가면 요정들이 많습니까?"

"헬리콘산은 숲이 울창해서 사람들이 좀처럼 발걸음하지 않는 곳이지요. 인적이 드문 곳이라 그런지 요정들이 많이 숨어 있다고 해요."

벨레로폰은 기대에 차서 요정들을 찾아 길을 떠났다. 잘생긴 용모 덕분에 가는 곳마다 사람들이 먹을 것을 내주고 쉴 곳을 마련해주어서 힘들지 않게 목적지에 도착할 수 있었다. 산세는 점점 험해졌다. 계곡을 지나고 숲을 헤매다가 벨레로폰은 마침내 헬리콘산에 도착했다.

깜깜한 숲속을 헤매다 보니 벨레로폰은 목이 말랐다. 숲 한쪽에서 은밀하게 흐르는 맑은 물을 보고 따라 올라가니 작은 샘에서 수정 같은 물이 샘솟고 있었다. 물을 손으로 떠서 정신없이 들이켜고 나자 정신이 들었다. 사방을 둘러보자 사람의 발길이 닿은 적 없는 것 같은 옹달샘이었다. 새소리와 벌레 소리가 아름답게 어우러져 마치 신들의 세계에 와 있는 것만 같았다.

'아, 이곳이야말로 요정들이 살 만한 곳 같은데, 왜 요정들이 안 나타나는 거지? 어디로 가야 요정들을 만날 수 있을까? 꼭 물어봐야 되는데……'

그 순간이었다. 거짓말처럼 아름다운 요정 셋이 그의 앞에 나타났다. 그들은 바로 뮤즈

여기서 잠깐!!

신화나 전설에서 동물들이나 귀신의 말을 듣는다는 이야기는 너무나도 쉽게 찾아볼 수 있어. 《그리스 로마 신화》는 말할 것도 없고, 《아라비안나이트》에도 그런 이야기가 있어. 우리나라 전설 가운데도 동물의 이야기를 듣고 재난을 피하는 모티브가 많이 나와. 이건 아마도 과거 인간들이 가진 물아일체(物我一體) 사상을 보여주는 게 아닌가 싶어. 바로 나와 사물이 하나라는 생각이지. 옛날 사람들은 동물이나 식물에도 영혼이 있어서 인간과 소통할 수 있다고 믿었어. 이런 생각 때문인지 생명을 소중히 여기고, 자연을 훼손하지 않도록 노력하며 살았지.

였다. 뮤즈를 본 벨레로폰은 조심스럽게 다가가 그들 앞에 무릎을 꿇고 고개를 숙인 뒤 말했다.

"놀라지 마십시오. 저는 이곳에 당신들을 해치러 온 것이 아닙니다. 당신들의 지혜가 필요해서 왔습니다."

놀란 뮤즈는 도망가려다가 잘생긴 청년이 자신들에게 진심으로 도움을 요청하자 조심스럽게 다가갔다.

"무슨 일로 이 깊은 산속까지 왔습니까? 이곳은 사람이 올 만한 곳이 아닙니다."

"알고 있습니다. 부탁드립니다. 부디 저에게 지혜를 주십시오."

"무엇을 알고 싶습니까? 보아하니 귀한 분 같은데, 우리가 도울 수 있다면 기꺼이 돕겠습니다."

"먼저 그대들이 누구인지 알고 싶습니다."

"호호호, 우리들은 제우스 신의 딸인 뮤즈예요. 이곳에서 사람들을 기쁘게 해주려고 생각하며 아름다운 음악을 만들고 있었지요."

"아, 뮤즈셨군요. 당신들이라면 나를 도와줄 수 있을 겁니다. 저는 페가수스를 찾고 있습니다."

"페가수스요?"

뮤즈는 깜짝 놀랐다.

"페가수스가 정말 존재하는 거죠? 그것만이라도 말해주십시오."

"물론 있지요. 그런데 당신은 운이 없군요. 이 샘물은 바로 페가수스가 판 것이랍니다."

"페가수스가 이 샘물을 만들었다고요?"

"그래요. 말굽으로 치자 바위가 깨지면서 맑은 물이 솟구쳐 나와 이곳을 '말샘'이라고 부르기도 하고 '마천'이라고 부르기도 하지요."

"아, 그렇군요. 그러면 페가수스는 이 부근 어딘가에 있겠군요."

"페가수스는 이 샘을 만들고 난 뒤 이곳저곳 다니면서 샘을 만들고 있답니다. 샘이 새로 만들어지는 곳을 쫓아가보세요."

"감사합니다."

"사람들에게 물어보면 샘이 있는 곳을 알 수 있을 겁니다. 하지만 페가수스를 만나면 조심해야 합니다."

"왜요?"

"페가수스는 사나운 짐승이에요. 사람이 가까이 오는 것을 극도로 싫어하지요. 섣불리 길들이려 하다가는 죽음을 면치 못할 겁니다."

벨레로폰은 두려웠지만 페가수스를 꼭 찾아야 한다고 마음을 다잡았다.

"그렇게 말씀하시니 더욱 도전해보고 싶군요. 이야기해주셔서 감사합니다."

뮤즈가 겁을 주었지만 벨레로폰의 의지는 더욱 굳건해졌다. 벨레로폰은 뮤즈에게 인사한 뒤 이곳저곳 다니며 새로 샘이 생겨난 곳이 있는지 물어봤다. 샘이 생겨난 곳에 가보면 모두들 여지없이 페가수스가 팠다는 말을 해주어서 페가수스의 흔적을 계속 쫓을 수 있었다. 벨레로폰은 마침내 아크로 코린토스에 도착했다. 아크로 코린토스로 가는 도중, 그는 아테나 여신의 신전에 올라가 기도를 했다.

"신이시여, 저는 무서운 괴물인 키마이라를 반드시 처치하고 싶습니다. 그러려면 저에게 페가수스가 있어야만 합니다. 저를 도와주십시오."

간절하게 기도를 올리는데 그의 눈앞에 갑자기 아테나가 나타났다.★

"포세이돈의 아들, 벨레로폰이여."

벨레로폰은 당황했다.

"저는 포세이돈 신의 아들이 아닙니다."

"아니다. 너는 포세이돈의 아들이 맞다. 벨레로폰은 들어라. 혈연으로 따지면 페가수스는 너의 동생뻘이 된다."

벨레로폰은 깜짝 놀랐다. 페르세우스에게 목이 베일 때 메두사는 이미 포세이돈의 자식들을 임신하고 있었다. 메두사의 목이 잘리면서 날개 달린 백마 페가수스와 게리오네우스의 아버지 크리사오르가 태어났다. 벨레로폰은 자신이 포세이돈의 자식이라는 사실에 놀라움을 감출 수 없었다.

"그런데 페가수스는 아무리 혈연이어도 사람을 태우지 않는다."

"어찌하면 좋겠습니까?"

"신의 힘으로 제어하지 않으면 안 된다."

"도와주십시오. 저는 페가수스를 타고 하늘로 올라가 키마이라를 죽여야 합니다."

"방법은 하나뿐이다. 내가 가져온 선물로 해결할 수 있을 것이다."

아테나는 말을 길들일 때 주둥이를 묶는 굴레를 건네주었다. 황금으로 만든 굴레를 주며 아테나는 말했다.

"이것을 머리와 입에 씌우기만 하면 페가수스를 길들일 수 있을 것이다."

"감사합니다."

아테나에게 황금 굴레를 받자 벨레로폰은 갑자기 없던 용기가 생겨나는 것만 같았다.

"다만 주의할 점이 하나 있다. 절대로 페가수스가 겁먹게 해서는 안 된다. 먼저 부드럽게 쓰다듬어 안심시킨 뒤 굴레를 부드럽게 씌운 다음에야 너의 말이 될 것이다."

"알겠습니다."

황금 굴레를 받은 벨레로폰은 곧바로 사람들에게 물었다.

"이곳에 최근 샘이 만들어졌다고 들었습니다. 혹시 페가수스를 보셨습니까?"

"샘을 만들더니 저 숲속에 들어가서 나오지 않고 있습니다. 숲으로 가보시지요."

벨레로폰이 기쁜 마음에 숲으로 달려가자 샘가에서 엎드려 있는 날개 달린 백마 페가수스가 보였다. 조심스럽게 다가가자 페가수스는 벌떡 일어나더니 이글거리는 눈으로 벨레로폰을 노려봤다.

그러나 벨레로폰은 도망가거나 소리 지르지 않았다. 그저 조용히 오른손으로 황금 굴레를 들어 올렸다. 황금 굴레를 본 페가수스는

여기서 잠깐!!

벨레로폰은 실제가 아닌 꿈에서 신을 만났다고 해. 꿈속에서 아테나 여신이 갸륵하다며 황금 굴레를 주었는데 꿈에서 깨어보니 정말 굴레가 곁에 있어서 놀랐다는 거야. 이건 무슨 의미일까? 인간의 두뇌는 잠잘 때도 계속 활동해. 그래서 간혹 꿈에서 기막힌 아이디어를 얻기도 하지. 위대한 발명의 단서를 꿈에서 얻었다는 이들도 많아. 그러니 꿈을 쓸데없다고 생각하지만 말고 잘 기억하거나 기록하는 습관을 들이면 어떨까. 자나 깨나 꿈을 향해 나아가는 자들이 그 꿈을 이루는 법이거든.

차분해졌다. 금방이라도 달려와 벨레로폰을 죽일 것만 같았는데, 어느새 온순해진 것이다. 벨레로폰이 다가서는데도 페가수스는 가만히 앉아 있었다.

'조금만 더 가면 되겠구나.'

급한 마음에 벨레로폰의 걸음이 조금 빨라지자 페가수스는 순식간에 태풍처럼 강한 바람을 일으키며 하늘 높이 날아올랐다. 격한 날갯짓에 바람이 불고 먼지가 날렸다. 벨레로폰은 쓰러질 것만 같았다. 하늘 위로 훨훨 날아오른 페가수스는 금방이라도 멀리 가버릴 것만 같았다.

"거기 서! 이렇게 도망가게 놔둘 순 없어."

벨레로폰은 사람들에게 페가수스의 행방을 물어보며 페가수스가 도망간 쪽으로 달려갔다. 그날 해가 떨어질 때까지 벨레로폰은 계속 달렸다. 날아가는 말을 인간이 쫓아가는 것은 불가능한 일이지만 벨레로폰은 인간 중 영웅이고 그에게는 아테나 여신이 준 황금 굴레가 있었다. 그는 두려울 게 없었다. 있는 힘을 다해 달렸다. 계속 달렸다.

이윽고 해가 저물고 서쪽 숲에서 하얀 기운이 솟아오르는 것이 보였다. 페가수스가 깃들어 잠을 자려는 것 같았다. 벨레로폰은 숨소리를 죽이고 숲으로 살금살금 걸어 들어갔다. 하루 종일 도망치느라 지쳤는지 페가수스는 물가에서 물을 마시고 있었다. 이번에는 직접 얼굴을 마주치지 말아야겠다고 생각하며 벨레로폰은 작은 돌멩이를 하나 집어 들어 반대편으로 던졌다. 돌멩이 떨어지는 소리가 나자 페가수스는 고개를 획 돌렸다. 그런데 아무것도 보이지 않자 잔뜩 경계하며 그쪽만 바라보고 있었다. 그 순간, 벨레로폰은 있는 힘껏 달려가 고개를 돌리려는

페가수스의 얼굴과 주둥이에 굴레를 씌워버
렸다. 순식간에 굴레를 씌우고 단단히 붙잡은
것이 벨레로폰이라는 것을 알았지만 페가수
스는 움찔할 뿐, 더 이상 반항하지 않았다.

"히히히힝!"

순종하듯 부드러운 울음소리를 내며 페가
수스는 마침내 벨레로폰에게 고개를 숙였다.
벨레로폰은 굴레를 씌운 페가수스를 끌고 가
서 물을 먹이고 신선한 풀을 뜯게 해주었다.
안심한 페가수스가 등을 내주자 벨레로폰은
재빨리 말 등에 올라탔다. 가볍게 고삐를 당기
며 옆구리를 발로 차자 힘차게 날갯짓하며 페
가수스는 순식간에 하늘로 날아올랐다. 그러
곤 엄청난 속도로 하늘을 가로질렀다. 오르고
내리고 좌우로 선회하는 것이 마치 거대한 독
수리 같았다.★

"아, 정말 행복하구나. 세상이 모두 내 것인
것만 같아."

벨레로폰은 너무 기뻐서 소리쳤다. 온 세상
이 눈 아래 있었다. 바다와 강, 그리고 산이 보
였다. 사람들이 사는 집과 성과 왕궁이 점점이
박혀 있는 것이 보였다. 구름과 햇살 사이를

여기서
잠깐!!

유명한 영화 〈아바타〉는 페가수스
이야기에서 모티브를 따왔다고 해.
하늘을 나는 괴수를 잡아타서 소통
하면 그 괴물이 자신의 등에 올라탄
자의 뜻대로 하늘을 나는 장면이 바
로 그거야. 과거의 이야기들은 이렇
게 오늘날에도 그 형태를 바꾸면서
끝없이 재생산되고 있어. 콘텐츠의
힘이 얼마나 큰지 알 수 있는 대목
이지.

뚫고 높이 올라가니 밤하늘에 떠오르는 별들과 친구가 될 수 있을 것만 같았다.

"가자. 이제 목적을 달성할 때가 됐다."

벨레로폰은 페가수스의 옆구리를 걷어찼다. 페가수스는 기다렸다는 듯이 있는 힘껏 날아올랐다.

11

키마이라와의 전투

페가수스에 올라타자 벨레로폰은 원하는 곳은 어디든 빠르고 편리하게 날아갈 수 있었다. 리키아에 도착한 벨레로폰은 키마이라가 어디에 있는지 사람들에게 수소문했다. 그러나 누구도 키마이라가 어디에 있는지 알지 못했다. 키마이라가 나타나 사람이나 짐승을 잡아먹고 사라졌다는 이야기만 여기저기서 들릴 뿐이었다.

"할 수 없군. 샅샅이 찾아봐야겠어."

페가수스를 찾아다녀본 경험으로 벨레로폰은 괴물들이 숨어 사는 곳의 특성을 잘 알고 있었다. 괴물들은 사람들과 너무 멀리 떨어져 있지 않지만 또 너무 가깝지도 않은 곳에 살았다. 가축이나 사람을 잡아

먹이로 삼아야 하기 때문이다. 벨레로폰은 그런 곳들을 매일 수색하고 다녔다. 하늘을 날아다니다가 괴물이 살 만한 곳에 내려가보면 사나운 짐승이나 요정들이 살고 있기 일쑤였다. 그렇게 번번이 허탕을 쳤지만 벨레로폰은 결코 포기하지 않았다. 이는 다 페가수스 덕분이었다. 벨레로폰은 오래지 않아 수상한 장소를 발견했다. 마을에서는 제법 거리가 있지만 황량하게 메마른 곳으로, 산속에 동굴들이 많은 곳이었다.

"이런 곳이야말로 괴물들이 살기 좋은 곳이지. 어디 한번 내려가봐야겠다."

벨레로폰이 고삐를 당기자 페가수스는 날갯짓하며 계곡 사이로 내려가기 시작했다. 계곡에선 짐승이 한 마리도 보이지 않았다. 순간, 벨레로폰은 긴장했다. 괴물이 주변의 짐승들을 다 잡아먹은 것 같았기 때문이다. 이 정도로 흉포한 괴물이라면 키마이라가 틀림없었다.

"이곳 어디쯤에 있겠구나."

드디어 동물 뼈가 땅 위에 나뒹구는 것이 보였다. 더러 사람의 뼈와 이런저런 물건들도 보였다.

계곡 사이를 한 바퀴 돌아본 뒤 자세히 살펴보려고 낮게 날고 있을 때였다. 갑자기 오른쪽에서 뜨거운 불길이 치솟는 게 아닌가. 페가수스는 재빨리 날개를 펄럭이며 하늘 높이 올라갔다. 바위틈에서 불꽃이 뿜어져 나오고 있었다. 자세히 바라보니 키마이라가 그곳에 서 있었다. 가운데 있는 염소 머리에서 뜨거운 불꽃이 뿜어져 나오는데, 다행히 거리가 멀어서 그 불에 데이거나 타지 않고 빠져나올 수 있었다. 벨레로폰은 다시 한번 낮게 날며 키마이라를 유혹했다. 또다시 불꽃이 치솟자 하늘 높이 날아올랐다. 잡힐락 말락 하는 벨레로폰을 보며 키마이라는 화가 치밀어 오른 나머지 모습을 드러내고 말았다. 들던 대로 머리가 세 개인 괴물이었다. 벨레로폰은 당황하지 않고 불꽃이 어디까지 닿는지 시험해봤다. 불꽃은 무려 100미터 가까이 뻗어 나올 정도로 놀라운 위력을 보였다. 적당한 거리를 두고 키마이라 주위를 날아다니던 벨레로폰은 활을 꺼냈다.

"이쯤이면 안전하겠군."

활을 꺼내 화살을 먹인 뒤 불꽃을 날리는 염소 머리를 향해 날래게 화살을 쏘았다. 하늘에서 내려 쏘다 보니 가속이 붙어 화살은 엄청나게 빠른 속도로 날아갔다. 순식간에 날아간 화살이 염소 머리를 정통으로 맞혔다. 염소 머리가 축 처지자 뱀 머리와 사자 머리가 요동을 쳤다. 그 모습을 본 벨레로폰은 좀 더 낮게 날아갔다. 더 이상 불꽃으로 공격하지 않는 것을 보니 염소 머리가 제거된 것 같았기 때문이다. 벨레로폰은 다시 화살을 쏘아댔다. 몸집이 워낙 거대하다 보니 화살 한두 방 정도는 위협이 되지 않았지만, 화살을 끊임없이 쏘아대자 키마이라는 비명을 지르기 시작했다. 이윽고 뱀 머리와 사자 머리에도 화살이 꽂히기 시작했다.

키마이라는 몸부림치다 땅바닥에 나뒹굴었다. 키마이라가 울부짖는 소리가 계곡 가득 울렸다. 벨레로폰은 그 모습을 하늘 위에서 내려다봤다. 마침내 키마이라가 더 이상 움직이지 않자 벨레로폰은 페가수스를 아래로 몰아 땅에 내려섰다. 가까이 다가가 보니 키마이라는 정말 무시무시한 괴물이었다. 키마이라의 몸에는 엄청나게 많은 화살이 고슴도

치처럼 박혀 있었다. 벨레로폰은 화살을 다 뽑아낸 뒤 키마이라의 가죽을 벗겼다.

"키마이라는 더 이상 그 누구도 잡아먹지 못할 겁니다. 키마이라는 죽었소. 모두 산에 가서 마음껏 나무도 심고 농사도 지으시오."

산 아래 마을에 다다른 벨레로폰은 크게 외쳤다. 키마이라 가죽을 본 사람들은 모두 엎드려 절을 했다.

"감사합니다. 이 괴물 때문에 그동안 살기 힘들었는데 이렇게 도와 주시다니, 당신은 진정 영웅이십니다. 고맙습니다."

벨레로폰은 페가수스를 타고 단숨에 리키아로 돌아갔다. 리키아의 왕은 벨레로폰이 페가수스를 타고 돌아오자 크게 좌절했다.

'아, 그렇게 무시무시한 괴물을 처치하고 돌아오다니. 저자는 아무래도 신이 돌봐주는 모양이다. 이를 어쩌면 좋지?'

그러나 자신의 속마음을 드러낼 순 없었다. 그는 환한 얼굴로 벨레로폰을 맞이했다.

"어서 오게, 벨레로폰. 당신은 진정한 영웅이오."

왕은 큰 연회를 열고 사람들에게 기쁜 소식을 전했다. 궁전 앞에 걸어놓은 키마이라 가죽을 보고 놀라지 않는 사람이 없었다. 사람들은 입을 모아 벨레로폰을 영웅이라고 칭송했다. 그때 왕에게 또 다른 꾀가 떠올랐다.

'그렇다면 더 어려운 임무를 주어서 죽게 만들어야겠다.'

연회가 끝날 무렵, 왕은 벨레로폰에게 넌지시 말했다.

"벨레로폰, 우리나라를 위해 엄청난 일을 해주어서 정말 고맙소. 그대의 용맹함은 아무리 칭찬해도 부족할 거요. 그대에게 많은 상과 보물을 내리겠소. 그런데 그전에 나의 골칫거리를 하나 더 해결해주면 고맙겠구려."

"무엇입니까? 말씀만 하십시오."

"우리나라에는 험악하기로 유명한 프롤로스산이 있소. 그곳에 산적들이 몰려 사는데, 산적들은 날쌔고 산은 험악해 아무리 많은 군사를 보내도 도무지 잡을 수 없구려. 기세등등해진 산적들은 아주 오랫동안 우리 백성들을 죽이고 재물을 빼앗고 있소. 가서 그들을 물리쳐주지 않겠소?"

한껏 의기양양해진 벨레로폰은 자신 있게 말했다.

"걱정하지 마십시오. 제가 반드시 해결해드리겠습니다."

산적을 해치우러 갈 준비를 하는 벨레로폰을 보며 왕은 남몰래 웃었다.

'이자가 이번에는 반드시 죽겠지? 그 많은 산적들을 혼자서 전부 없앨 수는 없을 테니.'

벨레로폰은 산적에 대해 자세히 알아보지도 않고 무기만 챙겨 든 채 페가수스의 등에 올라타 바로 프롤로스산으로 날아갔다. 산 위를 날아다니며 돌아보던 벨레로폰은 당황하지 않을 수 없었다. 산적들은 계곡마다 마을을 만들고 체계를 갖춰 훈련하는 등 작은 나라처럼 세력을 키우고 있었다. 게다가 하나같이 거칠고 사납기 이를 데 없어 보였다. 리키아의 군사들이 왔다가 그들과 대적하지 못하고 물러난 이유를 알 것 같았다.

'어떡하면 좋지? 나 혼자 힘으로 저들을 다 없애버려야 하는데.'

고민에 고민을 거듭하던 벨레로폰은 페가수스가 길게 우는 소리를 듣고는 좋은 생각이 떠올랐다.

'맞아. 키마이라를 잡았을 때처럼 해야겠다. 나에게는 페가수스가 있잖아.'

다음 날 아침, 벨레로폰은 페가수스를 타고 산적들의 마을 곳곳을 돌아다니며 외쳤다.

"지금이라도 늦지 않았다. 모두 항복하고 산을 내려가라. 그러면 죽이지는 않겠다.”

갑자기 하늘에 날개 달린 말을 탄 사람이 나타나 이리저리 날아다니며 항복하라고 소리치자 산적들은 모두 화가 났다. 산적들은 활을 쏘고 창을 집어 던졌다. 그러나 인간이 던지는 활과 창은 높이 올라가봐야 페가수스의 발치에도 닿지 않았다.

“대체 넌 누구냐? 내려와라. 내려와서 우리와 붙자. 네놈도 남자라면 당당하게 덤벼라.”

산적들은 마구 소리를 질렀다. 그러나 바보가 아닌 다음에야 하늘에서 땅으로 내려와 불리한 싸움을 할 리 없었다.

“경고한다. 내일 아침까지 마을을 비우고 내려가라.”

벨레로폰은 마지막 통첩을 한 뒤 은신처로 돌아왔다. 다음 날 아침 벨레로폰은 화살을 잔뜩 가지고 페가수스의 등에 올라탔다. 벨레로폰은 산적들이 쉽게 물러나지 않으리라는 것을 너무나 잘 알고 있었다. 아침 해와 함께 페가수스가 날아오르자 산적들은 기다렸다는 듯이 나타났다. 페가수스를 잡기 위해 밤새 망루를 설치해놓은 것이다.

“높은 곳에 올라가서 활을 쏴라. 저자가 하늘을 날고 있지만 높은 곳에 올라가서 화살을 쏘면 맞힐 수 있을 것이다.”

나름대로 머리를 썼지만 소용없었다. 페가수스는 단번에 올림포스까지도 올라갈 수 있는 존재였다. 벨레로폰은 더 높은 곳으로 날아오르며 말했다.

“아직도 물러날 생각을 하지 않다니, 더 이상 봐줄 수 없구나.”

“무슨 개소리냐?”

망루에 올라간 산적들이 마구 화살을 쏘았지만 아무런 소용없었다. 마침내 벨레로폰이 화살을 하나 뽑아 들더니 천막 앞에 나와 지휘봉을 휘두르고 있는 산적 두목을 겨눴다. 산적 두목은 고래고래 소리를 지르다가 벨레로폰의 화살을 맞고 그 자리에 쓰러졌다. 깜짝 놀란 부하들이 흩어지기 시작하자 또 다른 자가 지휘봉을 들고 나섰다.

"도망가지 마라! 우리는 저자를 죽일 수 있다. 도망가지 마라."

그렇게 외치는 순간, 그의 입에도 화살이 날아가 꽂혔다. 앞에 나서는 산적들을 계속 화살로 쏴 맞히자 산적들은 모두 뿔뿔이 흩어져버렸다. 서둘러 숲속에 숨는 산적들을 보며 벨레로폰이 외쳤다.

"산 위로 올라가는 자는 죽일 것이고, 산 아래로 내려가 마을로 가서 항복하는 자는 살려주겠다."

그 말을 듣자 산적들은 무기와 갑옷을 버리고 허둥지둥 산 아래로 내려갔다.

"사람 살려!"

"아이고 나 죽네!"

머리 위에서 화살이 비처럼 쏟아지니 당해낼 방법이 없었다. 이렇게 산적들이 몰려 있는 곳마다 쫓아가 우두머리부터 제거하기 시작하자 산적 무리는 금세 흩어졌다. 산 밑으로 내려온 산적들은 기다리던 병사들에게 순순히 항복했다. 항복하면 최소한 죽이지는 않으니 병사들에게 살려줘서 고맙다는 인사까지 했다. 마침내 산적들이 모두 항복하자 프롤로스산 일대에는 평화가 찾아왔다.

산적들을 소탕한 벨레로폰이 궁전으로 돌아오자 왕은 사색이 됐다.

어려운 임무를 주었지만 무사히 해내고 돌아왔기 때문이다.

"임무를 완수했습니다."

"어서 오시오. 그대 덕분에 내 근심 걱정이 모두 사라졌소."

왕은 또다시 잔치를 열어주며 어려운 일을 부탁했다.

"우리나라 인근에 여자들만 사는 나라가 있소. 그곳의 여전사들을 아마조네스라고 부르지. 그들은 남자들을 보면 다 죽여버린다오. 그곳에 간 용사들 중 하나도 살아남은 자가 없을 정도로 그곳의 여전사들은 용맹하지. 부디 그들을 정벌해주시오."

벨레로폰은 고개를 숙이고 대답했다.

"제가 해결하겠습니다."

처음에 벨레로폰은 아마조네스 여전사들과 대화를 시도했다. 자신이 그간 어떤 일을 해왔는지 설명하고 화평을 요구한 것이다. 그의 화려한 말솜씨와 뛰어난 외모를 보며 사나운 여전사들은 벨레로폰의 남자다움에 반하고 말았다.

"저렇게 멋진 영웅과 싸울 필요는 없지."

"맞아. 평화롭게 지내는 게 좋겠어."

순조롭게 평화협정이 이뤄졌다. 벨레로폰은 힘들이지 않고 다시 승리를 거뒀다. 이제 왕은 악에 받쳤다.

"도대체 어떻게 해야 벨레로폰을 죽일 수 있단 말이냐?"

고심하던 그는 좋은 방법을 떠올렸다. 크산토스는 리키아에서 가장 난폭한 전사들이 모여 사는 곳이었다. 그곳 전사들의 힘과 용맹함은 그 누구도 당해낼 자가 없었다. 왕은 크산토스의 전사들에게 비밀리에 서

신을 보냈다.

"벨레로폰이라는 자가 그곳을 지나갈 테니 숨어 있다가 급습해 죽여
버려라."

평화롭게 임무를 수행하고 돌아오던 벨레로폰이 크산토스강에서 쉬
고 있을 때였다. 강가를 산책하며 새소리를 듣고 있는데, 크산토스의 전
사들이 벌떼처럼 그를 덮쳤다. 아무리 용맹한 벨레로폰이라고 해도 맨
몸으로 그들에게 맞서 싸우기에는 역부족이었다. 금방이라도 죽을 것
만 같았다. 그때 아테나 여신이 자신을 포세이돈의 아들이라고 불렀던
것이 떠올랐다.

"포세이돈 신이시여, 제가 정말 당신의 아들이라면, 저를 도와주십시
오. 아무 죄도 없는 저는 이 크산토스강에서 죽게 됐습니다."

그 순간, 강물이 미친 듯이 들고 일어났다. 전사들은 그것도 모르고
포위망을 좁혀왔다.

"뒤를 봐!"

누군가의 외침에 고개를 돌리는데 강물이 야수처럼 그들을 덮쳤다.
강물이 휩쓸고 지나가자 전사들이 마구 떠내려갔다. 일부는 도망치고
일부는 물속에 잠겼다. 벨레로폰이 문제가 아니었다. 전사들은 자신의
목숨을 구하느라 정신이 없었다. 벨레로폰은 산적들과 전사들을 손쉽
게 무찌르고 궁전으로 향했다. 그러나 포세이돈의 진노는 가라앉지 않
았다.

"이참에 내 아들을 해치려는 자들의 씨를 말려버리겠다!"

포세이돈은 머리끝까지 화가 치밀었다. 벨레로폰의 발뒤꿈치를 따라

물이 밀려왔다. 리키아 사람들은 갑자기 거세게 밀려오는 물살을 보고는 크게 놀랐다.

"아, 저게 어찌 된 일이야? 물이 쳐들어오는 것만 같아."

"아이고 망했다. 우리 농사는 어떻게 해? 우리 집! 우리 가축!"

여기저기에서 사람들이 높은 곳으로 도망치기 바빴다. 물은 온 도시와 들판을 메워버릴 것처럼 밀려왔다. 대재앙이었다. 궁전에서 이 모습을 본 왕은 크게 놀라 호위병들에게 명령을 내렸다.

"가서 막아라! 저놈을 막아라! 이러다가 모두 물에 빠져 죽겠구나!"

그러나 적을 막는 것도 자기 안전이 보장될 때나 할 수 있는 일이다. 호위병들은 모두 저 살겠다고 흩어져버렸고, 전사들도 도망가버린 지 오래였다. 그러나 이런 가운데도 도망가지 않고 끝까지 왕과 함께 있는 이들이 있었다. 바로 그의 아내와 딸들이었다. 공주들은 아버지를 지키기 위해 용감하게 나섰다. 여자의 몸이지만 나서야겠다고 생각한 것이다. 공주들의 뒤를 여인들이 쫓았다. 사내들이 도망친 뒤 마을에는 여인들만 남아 조금이라도 피해를 줄이기 위해 애쓰고 있었다.

"우리 모두 나서자!"

"맞아. 우리라도 나서서 우리의 명예를 지키자. 강물 따위를 두려워하지 말자."

그들은 벨레로폰이 원한을 품고 자신들을 해치기 위해 강물을 이끌고 오는 것이라고 오해했다. 여인들은 부지깽이와 나무 작대기, 냄비 등 손에 잡히는 것을 들고 마구 달려갔다.

"물을 막아라!"

"벨레로폰을 때려잡아라!"

벨레로폰은 영문을 알 수 없었다. 강물이 자기를 따라오는 것도 이해할 수 없었지만, 따뜻하게 맞아줄 줄 알았던 리키아의 여인들이 모두 치마가 벗겨지고 옷이 찢어지는 줄도 모르고 광분해서 소리를 지르며 자신을 향해 달려오고 있었기 때문이다.

"대체 무슨 일이오? 내게 왜 이러시오? 나는 아무 죄도 짓지 않았소."

벨레로폰은 두려워하며 뒤로 물러서려 했다. 그때 아테나 여신이 나타나서 말했다.

"벨레로폰, 두려워하지 말고 저들과 맞서거라. 저들에게 물러나는 모습을 보이면 안 된다."

벨레로폰은 여인들과 싸우고 싶은 마음이 추호도 없었지만, 신의 명령에 따라 계속 앞으로 나아갔다. 그들은 마침내 마주 보게 됐다. 여인들은 모두 성난 얼굴로 숨을 가쁘게 몰아쉬고 있었다. 금방이라도 벨레로폰을 죽이려고 몰려들 것만 같았다. 벨레로폰은 당황했다. 하지만 아테나 여신이 물러서지 말라고 하니 어쩔 수 없었다. 그때 한 지혜로운 여인이 말했다.

"자, 다들 흥분하지 말고 진정해봐. 벨레로폰은 우리를 해치려는 게 아닌 것 같아. 아름다운 배필을 찾으려는 게 아닐까?"

정말 여자들다운 생각이었다.

"정말 그럴까?"

"그렇지. 그래서 급한 마음에 저렇게 달려온 것 아닐까?"

"그러면 맘에 드는 여자를 내주면 해결되는 거 아냐?"

"그래, 그의 배필을 정해주고 우린 안정과 평화를 얻자."

벨레로폰은 잘생기고 늠름했다. 많은 여인들이 그를 흠모하고 있던 차에 다들 가슴 설레하며 혹시 자신이 벨레로폰의 배필이 될 수 있을지도 모르겠다고 생각했다. 지혜로운 여인이 나서서 말했다.

"벨레로폰, 우리와 화해하려면 여기에서 멈추세요. 당신 뒤에 있는 저 물을 돌려보내세요."

그제야 벨레로폰은 뒤를 돌아보았다. 발뒤꿈치까지 물이 쫓아와 넘실거리고 있었다. 그가 지나온 곳은 온통 물바다가 돼 있었다. 벨레로폰은 깜짝 놀라 외쳤다.

"내가 물을 몰고 온 게 아닙니다."

"그렇다면 왜 이렇게 우리나라에 물난리가 난 건가요? 여인이 필요하다면 우리들 가운데 한 명을 고르세요. 마음에 드는 여인을 데리고 가면 될 거 아니에요? 나머지 여인들은 살려주세요. 저 도시에 우리 가족은 물론 많은 사람들이 있단 말이에요."

"그래요. 맞아요. 흑흑!"

여인들이 여기저기에서 통곡하며 아우성치자 벨레로폰은 당황했다. 그가 원하는 것은 여인이 아니었기 때문이다.

"내 말을 들어보세요. 뭔가 오해가 있는 것 같습니다. 나도 물이 왜 이렇게 차오르는 건지 모른단 말이에요."

그러면서 벨레로폰이 그들에게 다가가자 물이 여인들의 발치를 적시기 시작했다.

"어머, 물이 여기까지 밀려왔어. 어떡하지?"

"물러나지 마. 물러나면 우리는 지는 거야. 그럼 우린 다 죽는다고."

벨레로폰이 다가올수록 점점 수위가 높아졌다. 물이 종아리까지 차올라 여인들은 허벅지까지 치마를 걷어 올려야만 했다. 여인들이 모두 치마를 걷어 올려 흰 다리와 허벅지와 엉덩이가 드러나자 벨레로폰의 얼굴이 붉어졌다. 여인들의 속살을 태어나서 한 번도 본 적 없었기 때문이다. 그는 부끄러워 고개를 돌리고 어쩔 줄 몰라 했다. 그 모습을 본 포세이돈은 웃음을 머금었다. 벨레로폰의 순진한 모습을 보며 더 이상 여인들을 위협하고 괴롭힐 필요가 없겠다는 생각이 들었다. 물은 순식간에 크산토스강으로 돌아갔다. 남아 있는 것은 물에 젖은 땅뿐이었다.

"어머, 이게 어찌 된 일이야? 물이 빠졌어. 벨레로폰이 우리와의 약속을 지키려는 모양이야."

"정말 잘됐어! 신난다! 살았어!"

여인들은 기뻐서 마구 춤을 추었다.★ 그러면서 그들은 모두 함께 궁전으로 돌아왔다. 왕역시 그 소식을 들었다.

여기서 잠깐!!

여인들이 나라를 구한 이야기는 우리나라에서도 찾아볼 수 있어. 임진왜란 때 적군이 진주성을 공격하자 논개라는 여인이 나라를 지키기 위해 나섰어. 논개는 적장을 속이기 위해 연회를 열고 그를 강가로 데려갔지. 술 취한 적장을 끌어안은 논개는 함께 강물에 뛰어들었어. 적장을 없애 적군의 힘을 약하게 만든 논개는 나라를 위해 목숨을 바친 거야. 지금도 우리는 논개의 용기를 기억하며 존경하고 있지.

"그래서 어찌 됐느냐?"

충실한 신하가 나서서 대답했다.

"벨레로폰이 여인들과 이야기하는데 물이 저절로 빠져나갔습니다."

"물이 빠져나갔다고?"

"예. 여인들이 젖을까 봐 모두 치마를 걷어 올리자 그 모습을 본 벨레로폰은 부끄러워서 어쩔 줄 몰라 했습니다. 그렇게 순진한 자가 여인을 탐냈을 리 없습니다."

그 순간, 왕도 모든 것을 알 수 있었다.

'저렇게 순진한 것을 보니 벨레로폰이 모함받은 게 분명하다.'

"여봐라! 나에게 온 편지를 다시 가지고 와봐라."

그때 환호하는 여인들과 함께 벨레로폰이 궁전으로 들어왔다. 그는 어리둥절한 표정이었다. 임무를 완수하고 기쁜 마음에 돌아오던 자신을 갑자기 전사들이 공격하고, 궁전으로 돌아오는데 갑자기 물난리가 날 뻔한 게 모두 꿈만 같았다.

"대왕이시여, 오늘 대체 무슨 일이 벌어진 건지 저는 알 수 없습니다. 저는 절대 물을 몰고 오지도 않았고, 여인들을 죽일 마음도 없었습니다. 오해하지 마시기 바랍니다. 저도 이 상황이 이해되지 않습니다."

왕은 시종이 가져온 편지를 벨레로폰에게 내밀었다.

"벨레로폰, 뭔가 오해가 있는 것 같소. 이 편지를 한번 보시오."

"이 편지는 제가 가지고 온 것 아닙니까?"

"맞소. 그대가 가져온 편지요. 읽어보시오."

벨레로폰은 편지를 읽어보았다. 프로이토스의 친필로 쓰인 편지의 내용은 경악할 만한 것이었다.

"아, 어쩜 이럴 수가……."

자기를 죽이라는 편지를 들고 이곳까지 왔다는 생각을 하자 벨레로
폰은 당황했다.

"내가 그대에게 어려운 임무를 주어서 죽을 위기로 내몬 것은 바로
이 때문이었소. 사실 나는 어려운 임무를 해결해내는 모습을 보며 그대
에게 호감을 갖게 되었소. 그러나 사위의 부탁에 어쩔 수 없었다오."

"프로이토스 왕은 왜 이런 편지를 썼을까요?"

"나도 알 수 없소."

벨레로폰은 지혜로운 자였다. 과거의 일을 밝히려고 하다 보면 누군
가는 희생당할 게 분명했다. 그러면 일이 커질 뿐이다. 다행히 리키아의
왕과는 오해를 풀었다. 그는 이 상태에서 자신의 억울함을 눌러 참는
것이 현명한 방법이라는 생각이 들었다. 때에 따라 문제를 덮어두는 것
이 좋은 해결책이 될 수도 있는 법이다.

"어째서 이런 일이 생겼는지 밝히고 싶은 마음은 추호도 없습니다.
다만 저는 프로이토스 왕이 이런 편지를 써 보내야 할 만한 죄를 짓지
않았다는 말씀을 드리고 싶습니다. 이것만은 진실입니다. 그저 모든 게
신의 뜻이겠지요."

리키아의 왕은 생각했다.

'젊은이가 상당히 지혜롭군. 나의 오해만 풀면 더 이상 문제를 일으
키지 않겠다는 뜻이야. 이 정도 판단력을 가진 자는 보기 드물어. 다른
자 같았으면 억울해서 길길이 날뛰었을 텐데.'

생각을 마친 왕은 환한 미소를 지으며 벨레로폰을 끌어안았다.

"그대는 이제 진짜 나의 손님이오! 부디 나의 실수를 용서해주시오."

리키아의 왕은 벨레로폰을 더욱더 좋아하게 됐다. 왕의 귀빈으로 지내던 벨레로폰은 얼마 뒤 공주와 사랑에 빠졌다.

"내 딸을 사랑하게 되었다니 나도 기쁘군. 내 막내딸과 결혼해 나의 후계자가 되는 게 어떻겠나?"

"부족한 저를 후계자로 여겨주시다니 영광입니다."

왕은 자신의 딸과 결혼한 벨레로폰을 후계자로 삼기로 결정했으나 또 하나 해결해야 할 문제가 있었다. 강물이 밀려 들어올 때 모든 사내들이 도망쳐버린 것이다. 나라를 구할 생각은 하지 않고 제 한 몸 돌보기 위해 뒤도 돌아보지 않고 도망쳐버린 비겁한 자들을 생각하면 열불이 났다.

"이런 자들이 나라를 지키는 전사이고 한 가정의 가장이라니 한심하구나. 오히려 여인들이 더 훌륭하다. 여인들은 죽기를 각오하고 밀려드는 강물에 맞서 싸웠다. 왕명을 어긴 자들을 그냥 둘 순 없다!"

남자들에게 모두 엄벌을 내려야 했지만, 그들을 모두 처벌했다가는 이웃 나라에서 쳐들어올 수도 있었다. 고민 끝에 왕에게 좋은 생각이 떠올랐다.

"나라가 위급해진 상황에서 남자들은 모두 도망가는 등 무책임한 모습을 보였다. 그들을 모두 처벌해야 마땅하지만 남자들이 있어야 나라를 지키고 가정에서 아이를 낳을 수 있으니 그 벌을 유예하겠다. 각자 성실하게 자신의 임무를 다하라. 그러나 이대로 그냥 넘어갈 수는 없다.

용서한다는 뜻도 절대 아니다."

"대왕이시여, 부디 화를 푸시옵소서!"

도망쳤던 남자들은 모두 부끄러워 고개를 푹 숙이고 어쩔 줄 몰라 했다. 하지만 그래 봐야 왕이 자신들을 모두 버리지 못할 거라고 내심 생각했다. 그런데 이들의 교만한 마음을 짓밟는 기상천외한 명령이 떨어졌다.

"오늘부터 크산토스강 부근과 그 일대에서 도망갔던 남자들이 낳는 아이들은 아버지가 아니라 용감한 어머니의 성을 따르도록 하라."

여인들은 으쓱해졌다.

"왕께서 현명한 판단을 하셨어. 내가 낳은 아이들이 우리 집안의 이름을 따르게 되다니 정말 감격스러워."

그때부터 이 지역에선 아이들이 태어나면 아버지의 자식이 아니라 어머니의 자식으로서 세상에 자신의 존재를 드러내게 됐다. 남자로선 이보다 더 큰 치욕이 있을 수 없었다. 하지만 모든 가족을 버리고 도망쳤다는 부끄러운 사실을 부정하긴 어려웠기에 이를 받아들일 수밖에 없었다. 이렇듯 큰 명예가 주어지자 여인들은 그때부터 더욱더 나라를 사랑하며 아이들을 많이 낳아 잘 길렀다.

세월이 흘러 리키아의 왕은 자신의 수명이 다한 것 같자 벨레로폰과 막내딸을 불러 손을 잡고 말했다.

"너희들이 이 나라를 지켜다오. 벨레로폰, 그대를 죽이려고 했던 나의 잘못에 다시 한번 용서를 비네."

"왕이시여, 옛날 일은 다 잊었습니다. 왕께서 남겨주신 나라를 잘 통치하겠습니다."

리키아의 왕이 죽고 벨레로폰은 새로운 왕이 됐다. 벨레로폰 부부는 아들 셋과 딸 하나를 낳았다. 그중에서도 딸의 미모가 출중하다는 소문이 그리스 전역에 퍼졌다.

"벨레로폰의 딸 라오다메이아가 그렇게 아름답다지? 내 여자로 삼아야겠다."

아름다운 여인을 제우스가 가만히 둘 리 없었다. 제우스는 순식간에 라오다메이아를 유혹해 아기를 갖게 했다. 그렇게 태어난 아이가 바로 훗날 트로이아 전쟁에서 영광스럽게 싸운 사르페돈이다.

벨레로폰은 페가수스 덕분에 인간의 힘으로는 해결하기 어려운 힘든 일들을 쉽게 해결해냈다. 그는 영웅으로서, 한 사람의 남자로서, 위엄 있는 왕으로서 부와 명예를 누리며 명성을 떨쳤다. 그러나 그런 그도 노후에는 겸손함을 잃어버리고 말았다. 사람은 나이 들수록 현명하고 겸손해지기도 하지만, 고집 세고 오만해지기도 한다. 모든 사람이 자기에게 아부하고 고개를 숙이며 충성을 다할 뿐만 아니라 칭송하니 벨레로폰은 점점 오만해졌다.

"왕이시여, 대왕이 계시기에 저희들이 행복하게 살고 있습니다."

신하들이나 백성들이나 모든 사람이 그를 칭송했다. 가끔 페가수스를 타고 하늘을 날 때면 농부들이나 장사꾼들이나 다들 손을 흔들며 환호했다. 구름을 헤치고 바다 위를 날 때면 상쾌하기가 이를 데 없었다.

"으하하하! 사나이로 태어났으면 이런 영광과 이런 장쾌함을 맛봐야 하지 않겠느냐. 게다가 나는 포세이돈 신의 아들이기도 하다. 으하하하! 이 세상에 나를 당해낼 자가 그 누구냐?"

그는 날이 갈수록 더욱 오만해졌다. 어느새 그는 자신이 신에게 견줄 만한 존재라고 생각하게 되었다.

'이 정도면 나는 신이나 마찬가지야.'

그렇게 우월감에 찬 시선으로 모든 것을 내려다보니 궁전에 가봐야 재미가 없었다. 아름답던 아내는 어느새 늙어버렸고, 아버지를 절대적으로 따르던 아들딸들은 제각기 짝을 찾은 뒤 독립해서 행복하게 살고 있었다. 인간 세상에서 더 이상 재미를 느낄 수 없었던 그는 올림포스 쪽을 바라보며 생각했다.

'내가 가야 할 곳은 저곳이 아닐까? 신들과 어울려야 하는 내가 어째서 인간으로 살다 죽어야 한단 말인가? 그래, 맞아. 인간들은 올림포스에 갈 수 없지만 나에게는 페가수스가 있지 않은가. 페가수스를 타고 올림포스에 올라가봐야겠다. 그곳에서 신들의 음식을 먹어보고 싶군.'

벨레로폰은 페가수스를 타고 올림포스를 향해 여행을 떠났다.★

'올림포스에 가면 신들이 분명히 나를 반겨

여기서 잠깐!!

인간이 걸려들 수 있는 가장 뼈아픈 함정은 모든 것을 이룬 뒤 오만에 빠지는 것 아닐까. 이 땅에서는 더 이상 이룰 게 없고 자신의 수중에 하늘을 나는 페가수스까지 있었던 벨레로폰은 영웅들의 함정에 빠지고 말았어. 그는 자신이 신에게 견줄 만한 존재라고 생각하고 스스로 신이 되겠다며 오만하게 행동했지. 이런 면에서 벼는 익을수록 고개를 숙인다는 말은 선인들의 지혜를 담고 있는 것 같아. 벨레로폰 이야기는 분수를 알고 겸허한 마음으로 살아야 한다는 교훈을 우리에게 전해주고 있어.

줄 거야. 내가 누구야? 바로 벨레로폰이라고. 무시무시한 괴물들을 무찌르고 엄청나게 많은 산적들을 물리친 위대한 왕이지.'

그는 자기만의 생각에 빠진 채 점점 하늘 높이 올라갔다. 올림포스에 가면 신들이 자신을 반기며 넥타르와 암브로시아를 대접할 거라는 확신이 들었다. 신들의 음식을 먹기만 하면 진짜 신이 될 수 있을 거라고 생각하자 점점 마음이 조급해졌다. 그는 구름을 뚫고 점점 더 높이 올라갔다. 마지막 구름을 통과하자 마침내 구름의 바다 위에 황금 궁전이 얹혀 있는 올림포스가 보였다. 어마어마한 광경이었다. 올림포스 궁은 햇살을 받아 찬란한 빛을 뿜어내고 있었다.

"가자!"

페가수스는 힘차게 날갯짓하며 올림포스 궁으로 날아가 계단 가까이 앉았다. 황금 계단을 올라가자 바로 거대한 신들의 홀이 나타났다. 벨레로폰은 쩌렁쩌렁한 목소리로 외쳤다.

"계십니까?"

벨레로폰의 목소리를 듣자 높은 황금 의자에 앉아 있던 제우스가 위용을 드러냈다. 제우스가 뿜어내는 휘황찬란한 빛에 벨레로폰은 눈이 부셨지만 꼿꼿하게 허리를 편 채 외쳤다.

"나는 벨레로폰입니다. 신들을 만나러 왔습니다."

제우스는 오만방자한 벨레로폰이 올림포스에 찾아오리라는 것을 이미 짐작하고 있었다.

"인간 따위가 어찌하여 이곳까지 왔느냐?"

"제우스 신이시여, 나는 신과 다름없는 사람입니다. 페가수스를 타고 여기까지 올 수 있는 자가 나 말고 또 누가 있단 말입니까? 신들과 친교를 맺으러 왔습니다. 나를 귀한 손님으로 맞아주시지요."

엎드려 빌며 이제껏 자신을 지켜준 아테나를 통해 간청해도 봐줄까 말까 한데 벨레로폰은 신들의 왕 제우스 앞에서도 건방진 태도를 보였다. 순간, 제우스는 화가 치밀었다. 그는 엄격한 통치자이며 동시에 분노의 신이었다.

"건방진 녀석 같으니라고. 네 녀석에게는 번개도 아깝고 벼락도 아깝다. 파리 한 마리면 너는 끝날 것이다."

"아무리 제우스 신이라고 해도 나를 모욕할 순 없소. 나에게는 수만 명의 백성이 있고 드넓은 영토가 있소. 나는 충분히 대접받을 만한 사람이란 말입니다. 존중해주시오."

"그래? 내가 대접해주마. 어디 한번 받아봐라."

제우스가 손가락질하자 허공에서 독침을 가진 날파리 한 마리가 윙윙거리며 쏜살같이 날아와 제우스 앞에서 빳빳하게 고개를 들고 있는 벨레로폰의 뒷덜미를 쏘았다. 침이 독화살처럼 꽂히자 벨레로폰은 그 자리에서 펄쩍 뛰었다.

"어이쿠!"

독이 퍼지자 벨레로폰은 비명을 질렀다. 그것으로 끝나지 않았다. 날파리는 그의 몸에서 살이 드러난 곳은 모두 다 찌르기 시작했다. 놀란 벨레로폰은 허둥지둥 달려가 페가수스에 올라탔다.

"달려라, 달려! 빨리 돌아가자!"

날파리가 윙윙거리며 쫓아오자 페가수스는 날갯짓하기 시작했다. 그때부터 날파리의 목표는 페가수스가 되었다. 날파리는 페가수스의 엉덩이에 독침을 한 방 쏘았다.

"히히힝!"

페가수스는 뒷발질하며 미친 듯이 날갯짓을 해댔다. 허공에서 빙글빙글 돌자 벨레로폰은 더 이상 버티지 못하고 높은 구름 위에서 땅으로 떨어지고 말았다.

"으아악!"

뒤늦게 벨레로폰이 올림포스에 왔다는 소식을 들은 아테나가 제우스에게 달려갔을 땐 페가수스가 허공에서 난동을 부리고 있었다.★

"벨레로폰!"

자신이 보호해온 인간을 위해 아테나가 달려갔지만 이미 때는 늦은 뒤였다. 저만치 까만 점이 되어 떨어지는 벨레로폰을 보며 제우스가 말했다.

"아테나, 네가 도와줬던 순수한 청년 벨레로폰은 이미 이 세상에 없다. 늙어서 오만방자해져 신의 자리를 넘보던 늙은 영감 하나가 죽게 된 것이니 안타까워할 필요 없다."

아테나는 포기할 수밖에 없었다.

"아, 안타깝구나. 순수하고 맑은 청년도 권력과 부를 쥐니 저렇게 타락하는구나. 권력을 가진 자일수록 겸손해야 더 큰 존경을 받는 법인데, 저자는 그것을 몰랐구나. 훌륭했던 벨레로폰이 저렇게 망가지다니. 자기가 어떤 일을 저질렀는지도 모른 채 죽겠구나. 애석하다. 영웅의 말로가 이렇다니……."

한편, 벨레로폰은 하늘에서 무서운 속도로 떨어졌다. 구름 사이로 떨어져 그대로 땅바닥에 내리꽂힌 벨레로폰의 시신은 그 형체를 알아보기 힘들 정도였다. 그 처참한 모습을 보며 아무도 그가 자신들의 왕이라고는 생각하지 못했다. 다행히 그를 찾으러 온 자들이 있었다. 바로 뮤즈였다. 페가수스가 하늘에서 떠도는 것을 보고 무슨 일이 생겼다는 것을 알아차린 것이다. 그들은 벨레로폰의 시체를 보더니 오열했다.

"아, 불쌍한 벨레로폰. 어찌하여 이렇게 비참하게 죽은 거죠?"

뮤즈는 모든 것을 알고 있었다. 그들은 벨레로폰의 시신을 깨끗이 씻기고 수의를 입힌 뒤 올림포스 산기슭 양지바른 곳에 조용히 묻어주었다. 그들은 기억했다. 벨레로폰이 얼마나 훌륭한 청년이었고, 얼마나 순수한 영웅이었는지를. 그들은 음악가나 시인들이 벨레로폰 이야기를 노래할 수 있도록 영감을 주었다. 덕분에 키마이라 전설과 페가수스 이야기를 널리 알려져 사람들이 지금까지도 벨레로폰의 위대한 영웅담을 기억할 수 있는 것이다.

여기서 잠깐!!

벨레로폰이 죽은 뒤 페가수스는 제우스에게 바로 새로운 임무를 받았어. 제우스의 벼락을 등에 짊어지고 따라다니는 임무였지. 신들의 명령을 들어야 할 존재가 인간을 섬겼으니 이런 일을 겪게 된 거야. 그러니 우리도 과분한 능력이나 물건이 생기면 항상 조심해야 돼.

위대한 영웅도 한때일 뿐이고, 부와 권력도 한때일 뿐이라는 것을 벨레로폰은 사람들에게 온몸으로 보여주었다.

한편, 신들의 도움으로 벨레로폰과 리키아의 왕은 오해를 풀었지만 신들은 무고한 벨레로폰을 괴롭힌 티린스의 왕 프로이토스의 죄를 묻지 않을 수 없었다. 신들의 저주가 그의 가문에 덮쳤다. 그의 딸들에게서 가장 먼저 조짐이 나타났다. 프로이토스의 두 딸은 방에 처박혀 밖에 나오려 하지 않았다.

"이리 좀 나와봐라. 아버지에게 밝은 웃음을 보여주렴."

하지만 딸들은 아버지가 방문을 열고 들어오기만 하면 소리를 질러댔다.

"아악, 괴물이야! 저리 가!"

"악마야, 오지 마!"

두 딸은 모두 헛것을 보며 망상을 일으켰다. 프로이토스는 사방으로 신하들을 보냈다.

"딸들을 고칠 수 있는 용한 의사들을 찾아와라."

하지만 그 어떤 의사도 프로이토스의 딸들을 고치지 못했다. 백약이 무효였다. 멀쩡했던 딸들이 이유를 알 수 없이 갑자기 미쳐버려 고통을 받는데 리키아에서 왕의 친척이 사신으로 왔다. 프로이토스는 은밀히 그를 찾아갔다.

"장인어른이 내가 보낸 편지대로 하셨소?"

"이 서신을 보시지요."

그대가 보낸 벨레로폰은 내 딸을 탐할 만큼 음탕한 자가 아니더 군. 내 딸이 벨레로폰을 사랑한 나머지 말도 안 되는 누명을 씌운 것 같아. 남편인 그대가 알아서 처리하게.

순간, 프로이토스는 얼굴이 붉어졌다. 모든 것이 아귀가 맞았다. 차 분하게 생각해보니 벨레로폰은 순박한 청년이었다. 아내를 겁탈했을 리 없었다. 아내가 그 젊은 청년에게 눈독을 들이다가 뜻대로 되지 않 아 이 모든 일을 꾸며냈다는 생각이 들자 화가 치밀어올랐다.

"가뜩이나 딸들이 병에 걸려 속상한데 어미라는 자가 이런 사악한 여자라니 도저히 참을 수 없구나. 당장 왕비를 불러와라."

신하들이 스테네보이아를 붙잡아 왕 앞에 꿇어 엎드리게 하자 프로 이토스가 외쳤다.

"음탕한 계집 같으니라고. 네가 그런 마음을 먹었기 때문에 딸들이 저런 몹쓸 병에 걸려 낫지 못하고 있는 것이다. 오죽하면 장인어른이 이런 편지를 보냈겠느냐. 땅바닥에 떨어져버린 내 명예와 나에게 거짓 말한 죄를 물어 너를 당장 죽여야겠지만 그동안 나의 아내로 살았던 정 을 생각해서 그냥 내쫓을 테니 당장 나가라."

스테네보이아는 딸들도 보지 못하고 궁에서 쫓겨나고 말았다. 궁전 에서 입던 화려한 옷과 장신구도 챙기지 못하고 그냥 몸에 걸치고 있는 그대로 쫓겨난 것이다.

"아, 아버지에게 돌아갈 수도 없겠구나."

돌아가봤자 그곳에서도 받아주지 않을 게 뻔했다. 스테네보이아는 이곳저곳 떠돌아다녔다. 정신없이 길을 걷는 그녀를 보며 사람들은 손가락질을 했다. 그녀가 입은 화려한 옷은 어느새 때가 끼고 찢어져 누더기가 되었다. 삶의 의욕을 잃은 채 사방을 비틀거리며 돌아다니던 그녀 앞에 갑자기 하늘에서 밧줄 하나가 떨어졌다. 그런데 자세히 보니 사람이 만든 것 같지 않게 정교한 밧줄이었다.

"신이 주신 밧줄이로구나. 이것을 가지고 행복을 찾으라는 뜻인가 보다."

자기 마음대로 해석한 그녀는 밧줄을 든 채 조금 더 걸어갔다. 그런데 황량한 벌판에 나무 한 그루가 서 있는 게 보였다. 팔을 뻗으면 닿을 만한 높이에 탄탄한 가지가 드리워져 있었다. 그 순간, 그녀는 모든 것을 깨달았다. 무고한 청년을 괴롭히고 속여서 죽이려고 했던 못된 질투심과 음탕함을 신들이 벌주려 한다는 것을 말이다.

"아, 나는 죽어야겠구나."

밧줄을 나뭇가지에 건 그녀는 목을 매더니 딛고 올라간 바윗돌을 걸어차버렸다. 바윗돌이 굴러떨어지자 그녀는 허공에 매달렸다. 사악한 거짓말을 하고 아무 죄도 없는 청년을 죽음의 구렁텅이에 몰아넣으려고 했던 죄는 이렇게 컸다.★

한편, 프로이토스에게는 그 뒤로 좋은 일이 생기기 시작했다. 아내를 내쫓자 딸들의 증세가 조금씩 좋아진 것이다. 그때 한 신하가 말했다.

"대왕이시여, 따님들의 병은 의사가 고칠 만한 것이 아닙니다."

"그럼 누가 고칠 수 있단 말이냐?"

"현명한 의사이자 정신치료사인 멜람푸스를 부르셔야 합니다."

"멜람푸스가 누구냐? 당장 데려와라."

불려온 멜람푸스는 공주들의 증상을 보더니 말했다.

"따님들은 쫓겨난 왕비님에게 오랜 시간 심리적인 조종을 당한 것으로 보입니다. 질투심과 우울증과 망상에 사로잡힌 어머니에게 지배받는 관계에서 헤어나지 못했던 것이지요. 왕비님이 쫓겨나시자 공주님들을 속박하던 끈이 풀려 나간 겁니다. 가서 공주님들의 이야기를 들어보고 마음속 굴레에서 완전히 벗어나도록 돕겠습니다. 신들의 도움으로 두 따님은 금방 좋아지실 겁니다."

프로이토스의 두 딸은 멜람푸스와 이야기를 나누며 어렸을 때부터 받아온 억압이나 상처를 털어놓았다. 그렇게 마음에 쌓아두었던 것을 털어놓자 마침내 정상으로 돌아오게 됐다. 신들의 법칙에 따르면 프로이토스는 벨레로폰 같은 선량한 청년을 죽이려 한 잘못이 있기에 벌을 받아 마땅했다. 하지만 잘못을 인정했기에 비참한 죽음만은 면할 수 있었다.

여기서 잠깐!!

스테네보이아가 페가수스를 타고 달아나게 배려해줬다는 이야기도 있어. 그런데 페가수스를 타고 가다가 바다에 떨어져 죽었다고 해. 또 다른 이야기에 따르면, 벨레로폰이 자신의 억울함을 밝히기 위해 돌아오고 있다는 말을 듣고 자살했다고도 해. 중요한 건 스테네보이아가 외간 남자를 욕심낸 대가를 끔찍하게 치렀다는 거지. 이런 면에서 보면 신화에는 윤리 도덕을 지키도록 하는 교훈적인 면도 있는 것 같아.

12

현명한 멜람푸스

멜람푸스는 프로이토스 왕의 두 딸을 치료하는 크나큰 공을 세웠다. 그 대가로 그는 그중 한 공주와 결혼해 나라를 통치하는 왕이 되었다. 한마디로 신분이 상승한 것이다.

그는 원래 평범한 사람이었다. 그런 그가 신기한 능력을 갖추게 된 것은 다 신들의 뜻이었다. 멜람푸스는 들판을 헤매고 숲속을 거닐며 자연과 교감하는 것을 좋아하는 청년이었다. 그날도 숲속에서 새소리를 들으며 동물들과 각종 생명체들을 사랑의 눈길로 바라보고 있었다. 소중한 생명을 바라보는 그의 눈빛은 더없이 따뜻했다.

그런데 어디에선가 독수리의 날카로운 소리와 뱀의 슉슉대는 소리가 들렸다. 황급히 달려가보니 놀랍게도 독수리 한 마리가 뱀의 굴을 파헤치고 있었다. 뱀은 바위틈에 숨은 채 독수리와 필사적으로 싸우고 있었다. 자세히 보니 바위틈에 있는 굴에서 이제 갓 알을 깨고 나온 작은 뱀들이 제 갈 길을 가려고 움직이고 있었다. 그 새끼 뱀들을 잡아먹기 위해 독수리가 덮친 거였다.

"안 돼! 불쌍하잖아."

약육강식은 신들의 법칙이다. 하지만 새끼 뱀들을 본 멜람푸스는 불쌍한 마음을 가눌 수 없었다. 그는 두툼한 나무 몽둥이를 집어 들고 독수리를 쫓아내려고 달려갔다. 그러나 겨우 바위 위로 기어 올라갔을 때는 이미 늦은 뒤였다. 독수리는 새끼 뱀들을 찢어 죽이고는 어미 뱀을 부리에 문 채 자기 둥지로 날아가버렸다. 알을 깨고 나온 지 얼마 되지도 않아 죽어버린 새끼 뱀들이 여기저기 널브러져 있는 것을 보자 멜람푸스는 너무나 안쓰러웠다. 뱀은 대부분의 사람들이 싫어하는 동물이지만, 어쨌든 생명체가 죽은 것은 안타까운 일이었기 때문이다.

"불쌍한 것들. 태어나서 빛도 보지 못하고 죽었구나."

멜람푸스는 땅을 파서 새끼 뱀들을 묻고 명복을 빌어주었다. 집으로 돌아온 멜람푸스는 잠을 청하려 했지만, 낮에 본 뱀들의 모습이 머릿속에서 지워지지 않았다. 그들의 가엾은 죽음에 너무나도 가슴이 아팠다. 한참 뒤척이던 그는 겨우 잠이 들었다. 그런데 낮에 본 바위들이 꿈속에 나타났다. 독수리는 보이지 않았다. 새끼 뱀들이 바위틈에 엉켜 있다가 멜람푸스가 다가오자 순식간에 그의 몸을 감고 올라와 귀를 핥아줬다. 서늘한 기운이 귀를 감싸고 도는 순간, 멜람푸스는 잠에서 깨어났다.

'아, 낮에 본 새끼 뱀들이 꿈에 나타났구나. 한 마리도 구해주지 못하다니 정말 안타깝다.'

멜람푸스는 창문을 열고 어슴푸레 밝아오는 하늘을 바라봤다. 그 순간, 멜람푸스는 자기 귀를 의심했다. 이른 아침 벌레를 잡으러 다니는 새들의 말소리가 들려온 것이다.

"너희들 들었어? 어제 뱀들이 싹 죽었대."

"그래, 독수리 왕께서 다 죽이셨다며?"

"이제 마음 편하게 벌레를 잡으러 다닐 수 있겠네."

"그러게 말이야. 새끼 뱀들도 다 죽였대. 그런데 멜람푸스라는 자가 독수리 왕을 쫓아내려고 달려왔다가 죽은 새끼 뱀들을 다 땅에 묻어주었다나 봐."

이게 무슨 일인가. 땅을 내려다봤더니 개들의 말소리도 들렸다.

"야, 너희들 너무 좋아하지 마. 뱀은 언제든지 또 나타날 거야. 안심하고 있을 때 위험이 닥치는 법이지."

"짹짹! 늙은 멍청지가 왜 참견이야? 너나 잘하라고."

멜람푸스는 놀랍게도 모든 동물의 말을 알아들을 수 있었다. 그는 자신의 능력을 남들에게 말하지 않고 숨겼다. 그러던 중, 동생 비아스가 찾아왔다. 잘생긴 청년 비아스는 형에게 고민을 털어놓았다. 멜람푸스는 원래 남의 이야기를 잘 들어줬다.

"형님, 제게 고민이 하나 있습니다."

"무슨 일이냐?"

"제가 사랑에 빠졌습니다."

"경사로구나. 상대는 대체 누구냐?"

"필라스의 왕 넬레우스의 딸 페로입니다. 페로와 사랑에 빠졌습니다. 어떻게 하면 그녀와 결혼할 수 있을까요? 형님, 도와주십시오."

"결혼하려면 먼저 청혼해야 하지 않겠느냐?"

"제가 왜 안 해봤겠습니까? 제가 청혼했더니 왕이 말도 안 되는 조건을 내걸었습니다."

"뭐라고 했는데?"

"필라코스 왕의 소를 훔쳐 오면 딸과의 결혼을 승낙해주겠다고 했습니다. 그 소를 대체 누가 훔칠 수 있단 말입니까?"

필라코스 왕은 소들을 너무 사랑했다. 소도둑을 막으려고 커다란 돌을 쌓아 마치 성 같은 외양간을 만들고 그 안에서 소들을 키우면서 개와 사람들이 항상 지키며 경계하도록 명령한 터였다.

"음, 필라코스 왕의 소를 훔쳐 오는 것은 결코 쉬운 일이 아니지."

그때 멜람푸스는 자신에게 새로운 능력이 생겼다는 것이 떠올랐다. 그 능력을 이용하면 동생을 도와줄 수 있을 테지만, 잘못해서 소를 훔쳐낸 사실이 알려지면 큰 벌을 받을 게 분명했다.

"사랑하는 동생아, 페로와 결혼하는 것을 포기하는 게 어떻겠느냐?"

"안 됩니다. 절대로 그녀를 포기할 수 없습니다."

"하지만 필라코스 왕의 소를 훔치는 건 정말 어려운 일이다. 소를 훔치다가 죽을 수도 있다. 설사 성공하더라도 남의 소를 훔친 너는 명예에 금이 갈 것이다. 포기해라."

"형님까지 이러시면 저는 더 이상 살 수 없습니다."

비아스는 믿고 있던 형에게 부정적인 이야기를 듣자 우울증에 빠져 버렸다. 모든 일이 무의미하다면서 잠만 잤고, 어쩌다 깨어나도 음식을 먹지 않았다. 허무하다는 소리만 하며 이대로 죽고 싶다고 했다. 그렇게 며칠 동안 음식을 끊자 그는 말라서 뼈만 남았다.

"아, 페로. 페로, 당신 없는 세상은 살 필요가 없어요. 당신을 보지 못하느니 차라리 죽는 게 나을 것 같아요."

오랜만에 동생 집에 간 멜람푸스는 다른 사람처럼 변한 동생을 보고 깜짝 놀랐다.

"아니, 여자 하나 때문에 대체 왜 이런단 말이냐?"

"형님, 저는 오래 못 살 것 같습니다. 형님은 부디 건강하게 오래오래 사세요."

사랑하는 동생을 살리기 위해 멜람푸스는 무엇이든 해야만 했다. 자신이 동생 대신 소를 훔쳐 와야겠다는 생각이 들었다. 그는 찬찬히 준비하고는 달도 안 뜨는 가장 어두운 밤 필라코스 왕의 외양간으로 향했다. 그는 밧줄을 던져 외양간의 바위 담장 위로 올라섰다. 주위를 둘러본 뒤 아무도 지키는 자가 없자 담장을 뛰어넘었다. 그런데 그것이 실수였다. 담장 아래 가는 줄들이 매달려 있었다. 그 줄을 밟는 순간, 매달아놓은 종들이 일제히 울렸다. 사방에 울리는 종소리에 목동들이 깨어나고 군사들이 달려왔다. 제일 먼저 도착한 것은 사나운 개들이었다. 개들은 멜람푸스의 옷을 마구 물어뜯었다.

"사람 살려! 사람 살려!"

멜람푸스는 꼼짝도 못 하고 땅바닥에 엎드렸다. 그는 그대로 사로잡혀 필라코스 왕에게 끌려갔다.

"네 이놈, 네가 감히 나의 재산을 훔치러 왔단 말이지. 너는 평생 감옥에서 썩을 것이다. 내가 가장 사랑하는 것은 나의 아들 이피클레스고, 그다음으로 사랑하는 것은 나의 소들이다. 그런 소들을 훔치려 하다니, 너를 엄중히 벌하겠다."

멜람푸스는 그 자리에서 감옥으로 끌려가고 말았다.

'아, 동생이 죽을 것 같아 도와주려다가 나까지 죽게 생겼구나.'

멜람푸스는 감옥에서 한 계절을 보내며 평생 감옥에서 빠져나갈 수 없을 거라는 생각에 절망했다. 다행히도 감옥에 있는 벌레들과 새들이 하는 이야기들을 통해 바깥세상의 소식들을 알 수 있었다. 하지만 다 자신과 관계없는 것들뿐이었다. 동물들의 이야기를 들을 수는 있지만 대화를 나눌 수는 없었던 터라 그는 외로움에 점점 지쳐갔다.

하루는 축축하고 낡은 감방에 기대앉아 있는데 감방의 썩은 나무에 구멍을 파고 있던 흰개미들이 대화하는 소리가 들렸다.

"아이고 힘들어. 이 나무를 다 갉아먹으려고 몇 년이나 애썼는지 모르겠네."

"그러게 말이야. 언제쯤 이 나무가 부러질까?"

"내일 아침이면 부러질 거야. 이제 거의 다 됐어. 얼른 이 나무를 다 파먹고 다음 나무로 옮겨 가자."

멜람푸스는 눈에 불을 켜고 감방 안을 살펴봤다. 아니나 다를까 겉만 멀쩡할 뿐 대들보에 구멍이 벌집처럼 뚫려 있고, 그 구멍으로 흰개미들이 끊임없이 들락날락하고 있었다. 손으로 만져보니 푸석푸석한 게 마치 솜방망이 같았다. 다음 날이면 정말 감옥이 무너져 자신이 죽을 것만 같았다. 멜람푸스는 미친 듯이 외쳤다.

"간수! 나를 꺼내주시오. 간수!"

"왜 아침부터 호들갑이냐?"

"간수! 이곳에서 무슨 일이 일어날지 아시오? 내가 알려주리다. 어서 나를 꺼내주시오!"

"네 이놈, 입 닥치고 조용히 있지 않겠느냐?"

간수는 조용히 하라고 소리치며 차가운 물을 끼얹었다. 하지만 멜람푸스에게는 목숨이 걸린 일이었다. 몽둥이를 집어넣어 두들겨 패도 멜람푸스는 계속 소리쳤다.

"나를 딴 감방으로 옮겨주시오! 옮겨줄 때까지 계속 소리 지르겠소! 제발 살려주시오! 여기는 곧 무너질 거란 말이오!"

"헛소리하지 마라. 이 지하 감옥은 수백 년 동안 멀쩡했다. 절대로 무너질 리 없다."

간수장까지 와서 채찍으로 갈겨도 멜람푸스는 아랑곳하지 않았다. 온몸에서 피가 흐르는데도 계속 소리를 질렀다.

"나를 꺼내주시오! 내가 원하는 것은 딴 곳으로 옮겨달라는 것뿐이잖소! 여기서 빼내주기만 하시오! 내일이면 감방이 무너져 죽을 거란 말이오!"

풀어달라는 것도 아니고 살려달라는 애원에 간수장은 말했다.

"귀찮은 자 같으니라고. 저자를 끄집어내서 다른 감방으로 보내라."

멜람푸스는 겨우 감방에서 나올 수 있었다. 얼마나 때리고 찬물을 끼

엎었는지 제대로 걷지도 못하고 비틀거렸다. 멜람푸스가 빠져나오자마자 돌로 쌓아둔 감방이 기다렸다는 듯 무너져내렸다. 옆방까지 함께 무너졌다. 멜람푸스와 간수들은 깜짝 놀라 몸을 피했다. 한참 뒤 부옇게 피어오른 먼지가 가라앉고 나서 보니 감방 안의 죄수들은 모두 깔려 죽어 있었다. 오직 멜람푸스만 살아남은 것이다.

"이럴 수가!"

간수와 간수장은 모두 눈이 휘둥그레졌다. 일어나지도 않은 미래의 일을 내다보다니 놀라지 않을 수 없었다. 이들은 필라코스 왕 앞으로 멜람푸스를 끌고 갔다.

"네놈은 어떻게 미래의 일을 알아냈느냐?"

멜람푸스는 자신이 동물들의 말을 알아들을 수 있다고 이야기했다. 자초지종을 듣고 나자 왕은 크게 놀랐다.

"네가 그렇게 놀라운 능력을 갖고 있는 줄 몰랐구나. 믿기 어려운 말이지만 무너진 감방을 보니 네 말을 함부로 무시할 수도 없다. 너는 당장 이곳에서 떠나라. 너 같은 자를 가까이 두고 싶지 않다. 너를 다시는 보고 싶지 않으니 소도 가져가라. 네가 조금이라도 나에게 은혜를 갚겠다면 부탁이 하나 있다."

"말씀하십시오."

"이 왕좌를 이어받아야 할 나의 아들에게 병이 있다."

"무슨 병입니까?"

"자식을 가질 수 없다. 손자를 볼 수 있다면 나는 지금 당장 죽어도 여한이 없을 것 같구나. 내 아들을 고쳐다오. 그리하여 며느리가 아이를 가질 수 있게 도와다오."

"저를 풀어주신다면 애써보겠습니다."

갑자기 죄수에서 왕의 손님으로 대접받게 된 멜람푸스는 다음 날 아폴론 신에게 제물을 바쳤다.

"신이시여, 저를 구해주셔서 감사합니다. 신들이 저를 살려주신 뜻이 무엇인지는 모르겠으나 제가 이피클레스의 병을 고쳐서 신들의 위엄을 떨칠 수 있게 도와주십시오."

제물을 바치자 연기가 하늘로 똑바로 올라갔다. 마침내 신탁이 내려왔다. 독수리 두 마리가 하늘을 빙빙 돌더니 제단 부근에 있는 나무 꼭대기에 앉았다. 그러더니 자기들끼리 대화를 나누기 시작했다.

"아이고, 이곳에 또 왔네."

한 독수리가 외치자 다른 독수리가 말했다.

"정말 오랜만에 왔어."

"그러게 말이야. 필라코스가 아폴론 신에게 제물을 바치던 때 왔었으니까 몇 년은 된 것 같아."

"그래. 그때 일이 기억나?"

"이피클레스가 그때 아마 어린아이였지?"

"맞아. 맞아."

"필라코스가 양을 찔러 죽인 뒤 피 묻은 칼을 들고 어린 아들에게 다가갔잖아. 그런데 하나밖에 없는 아들이 그렇게 겁쟁이일 줄이야. 바로 기절하고 정신이 나가버리다니 정말 우습지 않아? 제대로 자라지 못한 것을 보니 가엾기도 하지만 말이야."

독수리들의 이야기는 계속됐다. 멜람푸스는 조용히 엎드려 귀를 기울였다.

"아들이 놀라니까 왕이 다급해서 칼을 나무에 꽂아놓은 채 달래러 갔잖아."

"어찌나 크게 울어대는지 황급히 달려가던 모습이 기억나네."

"아이는 달랬지만 그때 저주에 걸려서 지금 저렇게 된 거지."

"나무의 정령은 화가 날 수밖에 없지. 갑자기 자기에게 칼을 꽂았으니 얼마나 아프고 놀랐겠어. 봐. 지금도 저 나무에 칼이 꽂혀 있잖아."

"저 칼을 뽑아서 날에 슬어 있는 녹을 긁어서 약을 만들어 먹이면 저주가 풀릴 텐데 인간들이 그걸 알겠어?"

"절대 모르지. 우리가 이렇게 열심히 해결책을 말해주는 것도 모르고 우리가 제단에 있는 고기나 훔쳐 먹으러 온 줄 알 거 아니야?"

"제사가 끝나고 우리에게 고기를 줄지 어디 한번 지켜보자."

어느덧 제사가 끝나고 고기는 불에 익어 먹기 좋은 상태가 되었다. 문제의 해결책을 알아낸 멜람푸스는 제단에 크게 절을 한 뒤 일어났다.

"제물로 바친 짐승의 내장을 떼어내라."

내장을 파내 나무 밑에 던져주자 독수리들은 기다렸다는 듯이 내려와 맛있게 먹으며 계속 대화를 나누었다.

"웬일이야? 오늘은 우리에게 내장을 다 주네."

"그러게 말이야. 맛있게 먹자고."

"이제껏 기다린 보람이 있네."

독수리들은 신이 나서 내장을 물고 자기 둥지로 날아갔다. 왕이나 신하들이 볼 때는 멜람푸스가 엎드려 한참 기도하다가 독수리에게 인심을 쓴 것으로밖에 생각되지 않았다. 멜람푸스는 환해진 얼굴로 고개를 들었다.

"왕이시여, 기뻐하십시오. 드디어 제가 왕자님을 고칠 방법을 알아냈습니다. 저에게 힘센 병사들을 내주십시오."

왕은 병사들 중에서 가장 힘센 병사들을 골라 내주었다. 멜람푸스는 병사들을 데리고 독수리가 말한 나무로 달려갔다.

"이 나무를 자세히 살펴보시오."

칼이 꽂힌 지 오랜 세월이 지나 나무껍질이 칼을 감싸고 부풀어 올라 있었다. 얼핏 보면 그곳에 칼이 꽂혀 있는지도 모를 지경이었다.

"이 칼에 밧줄을 단단히 묶어서 힘껏 잡아당기시오."

칼이 얼마나 깊이 박혀 있는지 칼자루를 뽑는 게 쉽지 않았다. 병사들이 있는 힘껏 당기자 마침내 칼이 뽑히며 나무에 생긴 칼자국에서 진액이 흘러나왔다. 시들시들하던 잎사귀는 순식간에 생기를 뿜으며 하늘을 향해 고개를 들었다. 나무의 정령이 고맙다고 인사하는 듯했다. 오랜 세월 눈과 비를 맞아서 칼은 잔뜩 녹슬어 있었다. 멜람푸스는 작은 칼을 꺼내 그 녹을 긁어낸 뒤 여러 가지 약초와 함께 솥에 넣고 끓였다. 멜람푸스는 그릇에 한가득 약을 담아 이피클레스에게 건넸다.

"왕자님, 어서 이 약을 드십시오."

그 약을 먹자 비실비실하던 이피클레스가 갑자기 쑥쑥 자라기 시작했다. 구부정하던 어깨가 바르게 펴지고 허벅지와 종아리, 가슴에 근육이 붙었다. 몇 달 지나지 않아 이피클레스는 건장한 청년의 모습이 되었다. 그리고 좋은 소식이 들려왔다. 이피클레스의 아내가 아기를 가진 것이다. 필라코스는 이보다 더 기쁠 수 없었다.

"멜람푸스여! 내 소를 다 가져가거라. 그대는 나와의 약속을 지켰다. 이 소들을 전부 줘도 아깝지 않구나."

멜람푸스는 소 말고도 다른 선물들을 잔뜩 받았다. 그는 동생 비아스에게 급히 달려갔다. 비아스는 겨우겨우 목숨을 부지하고 있었다. 자기 때문에 형까지 죽게 됐다는 소식을 듣고 미안한 마음에 형이 돌아올 때까지 살아 있겠다고 굳게 마음먹은 덕분이었다.

"뭐라고? 형님이 돌아오셨다고?"

멜람푸스가 무사히 돌아왔을 뿐만 아니라 소까지 끌고 왔다는 소식을 듣자 비아스는 자리에서 벌떡 일어났다. 그는 집 마당으로 들어오는 아름다운 소들을 보고 눈물을 흘리며 멜람푸스를 끌어안았다.

"형님, 감사합니다. 형님 덕분에 페로와 결혼할 수 있겠어요."

기운이 샘솟은 비아스는 그날로 소 떼를 끌고 넬레우스 왕에게 달려갔다. 왕은 약속을 지켜 아름다운 페로와의 결혼을 승낙해주었다. 소원을 이룬 비아스는 이피클레스처럼 순식간에 건강해졌다.

이렇게 신기한 능력을 가진 멜람푸스였기에 프로이토스가 자신의 딸들을 치료해달라고 도움을 청한 것이다. 그런데 프로이토스는 구두쇠인 것으로 유명했다. 딸들의 병을 고쳐야 하지만 그 대가를 치러야 할 게 걱정됐다. 딸들과 이야기하면서 멜람푸스는 그가 지독한 구두쇠인 것을 알게 됐다.

"대왕이시여, 따님들의 병을 고쳐드리겠습니다. 그러면 제게 무엇을 주시겠습니까?"

"치료비로 무엇을 주면 되겠는가?"

"이 땅의 3분의 1을 주십시오."

"뭐라고? 내 땅의 3분의 1을 달라고?"

프로이토스는 기절할 지경이었다. 국토의 3분의 1을 달라는 것은 재산을 3분의 1이나 떼어달라는 것이나 마찬가지였다.

"어려우시다면 안 주셔도 됩니다. 다만 대왕께도 병이 있어 보이는데, 저는 그것까지 고쳐드리려고 했던 겁니다."

"나에게 무슨 병이 있단 말인가?"

"대왕께는 '인색'이라는 병이 있습니다. 다른 말로는 자린고비 병이라고도 하지요. 제게 나라의 3분의 1을 떼어주시면 그때부터는 통이 커지실 겁니다."

"네 이놈! 도둑놈 주제에 감히 내 딸들을 고쳐주겠다고 사기를 치려는 것이냐? 당장 꺼져라!"

멜람푸스는 단박에 쫓겨났다. 하지만 그는 아쉬울 게 없었다. 동생의 문제를 해결해주는 과정에서 많은 재물을 얻어 먹고사는 문제는 이미 해결된 터였다. 어디 그뿐인가. 이피클레스가 아들을 낳자 필라코스 왕은 소식을 전하며 푸짐한 감사 선물을 보내왔다. 게다가 이 소문이 여기저기 퍼지며 멜람푸스는 귀족들의 어려운 문제들을 상담해주거나 병을 치료해주며 많은 돈을 벌었다. 권력을 가지고 남들을 지배하는 자들은 그만치 정신적인 고통이 있게 마련이고 병이 생기기도 쉽다. 당연히 신묘한 처방을 알려주고 자신의 이야기를 귀 기울여 들어주는 멜람푸스에게 몰려들 수밖에 없었다.

한편, 프로이토스는 다른 의사를 찾으려고 애썼지만 찾을 수 없었다. 게다가 두 공주의 증세가 주위 사람들에게 전염되기 시작했다. 티린스의 여자들이 하나둘 미쳐간 것이다. 그녀들은 생각했다.

"온갖 호사를 누리며 사는 공주도 저렇게 우울증이 심해져 미치고 마는데 나 같은 여자가 무슨 희망이 있겠어?"

우울한 기분은 쉽게 전염되는 법이다. 나중에는 여자들뿐만 아니라 남자들에게도 우울증이 전염되어 온 나라가 우울한 분위기에 사로잡혔다.★

"멜람푸스를 불러라. 그자에게 원하는 대로 해주겠다고 해라. 이러다가 나라가 망하게 생겼다."

프로이토스는 항복을 선언했다. 멜람푸스는 일부러 느긋하게 찾아갔다. 그로서는 급할 게 하나도 없었다. 바싹 말랐던 그의 몸은 어느새 두툼하게 살이 쪄 있었다.

"대왕이시여, 어찌하여 부르셨습니까?"

"내 땅의 3분의 1을 주겠다. 공주들과 우울

여기서 잠깐!!

우울증은 많은 사람들이 경험하는 흔한 정신질환으로, 마음에 생기는 감기 같은 병이라고 할 수 있어. 감기는 몸에 이상이 있어서 생기는 병이라면 우울증은 뇌 신경계에 이상이 있어서 기운이 없고 무기력해지는 병인 거지. 게다가 우울증은 감기처럼 전염성도 있어. 가족 가운데 우울증 환자가 있으면 자살률이 2배 가까이 높아진대. 그래서 사회문제가 되는 거야. 신화 시대에도 우울증은 큰 문제였어. 하지만 우울증은 초기에 적극적으로 치료하면 금세 회복될 수 있어. 마음이 힘들다면 숨기지 말고 도움을 요청하면 돼.

증에 걸린 여자들을 치료해다오."

"대왕이시여, 시간이 너무 지났습니다. 환자들이 더 많아졌습니다. 예전 같은 조건으로는 치료해드릴 수 없습니다."

"뭐야? 이 도둑놈아."

"이러시면 다시 돌아가겠습니다."

칼자루는 멜람푸스가 쥐고 있었다. 버텨봤자 손해를 보는 건 프로이토스였다.

"아니다. 어서 원하는 조건을 말해라."

"대왕이시여, 3분의 1은 제 몫이고 3분의 1은 제 동생 비아스의 몫으로 받아야겠습니다."

"무엇이? 말이 되는 소리를 해라. 이 땅의 3분의 2나 내놓으라니. 날강도같이 내 나라를 차지하겠다는 것 아니냐?"

"거절하시면 그냥 돌아가겠습니다. 이대로라면 이 나라는 금세 미친 여자들로 가득 찰 것이고, 그 미친 여자들이 남편들을 괴롭혀서 가정이 파탄 날 것이고, 그들의 아이들은 모두 뿔뿔이 흩어지거나 같이 미쳐갈 것입니다."

무서운 저주였다. 처음에 제의를 받아들여 나라의 3분의 1을 내줄걸 그랬다는 후회가 들었다. 그러나 이미 지나간 과거는 어쩔 수 없었다. 프로이토스는 결국 고개를 끄덕였다.

"알겠다. 이 나라의 3분의 2를 내놓으마. 계약서를 써라."

그리하여 두 사람은 모든 신하들이 보는 앞에서 계약서를 쓰고 합의했다. 멜람푸스는 왕에게 물어봤다.

"어떻게 하다가 이런 일이 벌어졌습니까?"

"왕비 때문에 여러 가지 일이 있었다네. 지금은 죽었지만 그녀로 인한 해악은 여전히 남아 있지."

자초지종을 듣자 티린스 여인들의 정신이 흐려진 원인은 왕비가 아니라 더 위에 있다는 생각이 들었다.

"아마도 여신의 증오를 받은 것 같습니다. 과거 이야기를 좀 더 해주십시오."

듣다 보니 티린스의 여인들이 아르고스에서 열린 헤라의 축제에 가서 제물을 바치지 않았다는 것을 알게 됐다.

"아, 알겠습니다. 헤라 여신에게 제물을 바치지 않아 여신이 화가 난 것이로군요. 그래서 왕비님부터 두 따님, 그리고 나라의 여인들이 모두 제정신이 아니게 된 것입니다. 왕비님은 이미 돌아가셨다고 하니 이대로 방치하면 순서대로 공주님들이 죽고, 이 나라 여인들이 모두 죽을 겁니다. 지금이라도 빨리 헤라 여신을 달래야 합니다."

"하지만 헤라 여신은 한번 화가 나면 그 누구도 막을 수 없지 않은가? 제우스 신조차 헤라 여신을 두려워하는 판국에 내가 어떻게 헤라 여신의 마음을 되돌린단 말인가?"

"제가 다른 신에게 한번 부탁해보겠습니다."

그동안 동물들의 이야기를 들으면서 멜람푸스는 아르테미스 여신과 친해졌다. 아르테미스 여신이 아끼는 사슴의 이야기를 들으며 많은 도움을 받기도 했다. 멜람푸스는 아르테미스 여신에게 도움을 청해야겠다고 생각했지만, 아르테미스 역시 무서운 여신이라는 것을 알고 있었다. 그는 여신을 설득할 방법을 고민했다. 그때 지혜로운 부엉이*가 나타나 말해주었다.

"여신들은 태양 신 헬리오스를 정말 좋아한단 말이야. 마음이 너무나 부드럽고 따뜻하거든. 나는 밤에 돌아다니는 부엉이라 헬리오스 신을 볼 수 없지만, 낮에 움직이는 자라면 못 할 일이 없지."

부엉이의 이야기를 들은 멜람푸스는 바로 행동에 나섰다. 제물을 준비해 헬리오스 신에게 바치기로 결심한 것이다. 동물의 대화를 알아듣는 것뿐만 아니라 그는 문제를 해결하는 데 지렛대 역할을 할 이를 찾아내는 능력도 있었다. 멜람푸스는 정성 들여 마련한 제물을 바치고 헬리오스 신에게 간절히 기도를 올렸다.

"티린스의 여인들을 구해주시옵소서. 헤라 여신의 저주를 풀기 위해서는 아르테미스 여신의 도움을 받아야 합니다. 그런데 저는 힘이 없습니다. 헬리오스 신께서 태양의 따뜻함으로 이 여인들을 도와주십시오."

헬리오스는 흡족한 마음으로 멜람푸스가 바치는 제물을 받았다. 그는 자신을 추앙하는 여인들을 도와주기로 결심했다. 그는 아르테미스를 찾아가 간곡히 부탁했다.

"여인들이 고통받고 있는 게 보이지 않소? 아르테미스, 그대는 여인들의 편이 아니오. 여자들이 미쳐서 저렇게 머리칼을 쥐어뜯고 울부짖으며 가정을 내버리는데 두고만 볼 거요? 저들의 병을 고쳐주시오. 이미 고통을 받을 만큼 받지 않았소?"

"나는 벌은 얼마든지 줄 수 있는데 용서는 해본 적이 없어요. 게다가 헤라 여신에게 가서 용서해달라고 부탁하라고요? 안 돼요. 인간들은 신

218

이 무섭다는 것을 좀 알아야 된다고요."

헬리오스는 지혜로운 신이었다. 그는 아르테미스가 자신의 부탁을 쉽게 들어주지 않을 것을 이미 알고 있었다.

"그래요? 내 부탁을 들어주지 않는다면 나도 마음대로 할 수밖에 없소."

"뭘 마음대로 한단 말이에요?"

"이제부터 재미있는 이야기는 없소."

헬리오스는 매일매일 황금 마차를 끌고 동쪽에서 서쪽으로 가면서 자신이 본 재미있는 일들을 아르테미스에게 이야기해주곤 했다. 아르테미스는 헬리오스의 이야기만 들어도 세상이 어떻게 돌아가는지 다 알 수 있을 정도였다.

"내일부터 나도 대낮에 여행을 끝내고 편히 쉬어야겠소. 누구에게도 내가 본 것을 이야기해주지 않을 거요. 당신에게 제물을 바친 사람이 누구인지, 무엇을 기도했는지 내가 알려주었기 때문에 당신이 그 소원을 들어주어서 지금까지 칭송을 받아온 것 아니오?"

아르테미스는 뜨끔했다. 자기가 직접 온 세상을 다니며 자신에게 제물을 바치는 자들을

여기서 잠깐!!

부엉이는 지혜의 여신 아테나의 심부름을 하면서 여신의 상징이 됐어. 철학자 헤겔은 철학의 특징을 이야기하면서 "미네르바의 부엉이는 밤이 돼야 날기 시작한다"라고 했어. 미네르바는 로마어로 아테나를 뜻해. 이 말은 인간의 이성은 황혼 녘에야 날개를 펼친다는 의미를 갖고 있어. 지혜와 철학은 이미 이루어진 역사의 조건을 보고 나서야 의미를 발견하는 학문이라는 뜻이지. 어떤 사건이 벌어지고 난 뒤 그것을 분석하고 이해하는 게 철학인 거야. 반대되는 의미로 마르크스라는 철학자가 말한 '갈리아의 수탉'이 있어. '미네르바의 부엉이'를 공격하기 위한 개념인데, 철학은 밤의 학문이 아니라 먼저 선도하고 사람을 일깨우는 학문이라는 뜻이야. 실천하고 행동하며 삶을 변화시켜야 한다는 거지.

살펴본 적이 없었기 때문이다.

"그렇게 되면 아르테미스라는 신 자체가 사람들 사이에서 잊힐지도 모르지."

신들이 가장 두려워하는 것은 바로 그것이다. 잊히는 것. 아르테미스는 당황했다.

"아, 알겠어요. 그 정도라면 내가 부탁을 해보지요. 헤라 여신에게 꼭 말할게요. 그러니 제발 나에게 기도하는 자들이 누군지 매일매일 말해주는 것을 그만두지 마세요."

아르테미스는 자기 발등에 불이 떨어지자 헤라에게 달려갔다. 그러곤 헤라의 무릎을 쓰다듬으며 간절하게 부탁했다.

"헬리오스가 저를 이렇게 협박하며 부탁했어요. 도와주세요, 어머니."

사랑하는 딸 아르테미스가 이렇게까지 나오자 헤라는 노여움을 풀 수밖에 없었다.

"알겠다. 티린스의 여자들이 더 이상 미쳐 날뛰지 않도록 하마."

그 말이 떨어지자마자 티린스의 여인들은 모두 제정신이 돌아왔다. 홀딱 벗고 나뒹굴던 여자는 나뭇잎으로 온몸을 가리고는 자신의 집으로 뛰어갔고, 머리칼을 쥐어뜯던 여인은 맑은 샘물에 머리를 감은 뒤 옷차림을 단정히 했다. 남편을 죽이겠다고 칼을 휘두르던 여인, 아이와 함께 죽겠다며 산으로 올라가던 여인 모두 정신이 돌아왔다. 갑자기 모든 게 정상이 됐다.

멜람푸스는 프로이토스를 찾아갔다. 왕은 그사이에도 고민하느라 끙끙대고 있었다.

"자네가 우리나라의 모든 여자들을 고쳐준 것은 고맙네만 정작 나의 두 딸은 궁전을 빠져나가 어디로 갔는지 알 수 없다네. 그 아이들을 찾아서 고쳐주면 자네와의 약속을 지키겠네."

"알겠습니다. 제가 마지막까지 노력해보겠습니다."

멜람푸스는 동생을 찾아갔다. 그런데 그사이에 동생도 불행을 겪고 있었다. 힘들게 얻은 아내가 미쳐 날뛰는 병에 전염돼 죽어버린 것이다. 홀아비가 된 비아스에게 멜람푸스가 말했다.

"동생아, 두 공주를 찾아 병을 고친 뒤 각자 결혼하도록 하자. 실의에 빠져 있을 것 없다. 이것이 전화위복이 되어 너는 두 번째 결혼을 할 수 있을 것이다."

한번 원하는 여인과 결혼해본 동생 비아스는 삶의 경험이 많이 쌓인 터였다.

"형님, 그거 좋은 생각이십니다. 형님도 이참에 결혼하시지요. 저 역시 새 여자를 얻겠습니다. 하지만 저는 이미 여자가 인생의 전부는 아니라는 것을 알게 되었답니다."

이들 형제는 사람들에게 물어보며 그리스 전역을 돌아다녔다. 마침내 아르카디아 동굴에 숨어서 아무것도 먹지 않는 거식증으로 바짝 말라가고 있는 두 공주를 발견했다.

"공주님들, 돌아가시지요."

"우리는 여기가 어딘지도 모르고 고향에 어떻게 돌아가야 하는지도 몰라요. 제정신이 돌아오니 이곳에 있더라고요. 동물들이 무서워서 동굴 속에 숨어 있었어요."

"걱정하지 마십시오. 저희들과 함께 가시면 됩니다."

공주들의 병은 이미 치료되어 있었다. 다만 아무것도 먹지 못해 말랐을 뿐이었다. 그들 형제는 프로이토스의 딸들에게 사냥해서 잡은 동물의 고기와 염소 젖, 각종 신선한 과일을 먹게 해 체력을 회복하도록 도왔다. 형제가 잘 먹이고 보살펴주자 공주들은 금세 원래의 모습을 되찾았다.

기운을 차린 공주들은 멜람푸스에게 자기 속이야기를 털어놓으며 오늘날로 하면 정신과 치료를 받았다. 그들이 병에 걸린 이유를 설명해주다가 헤라 여신의 저주가 풀렸다는 사실을 말해주자 두 공주들은 당황했다. 공주들을 다독인 멜람푸스 형제는 아름다운 옷을 구해 입히고 공주답게 꾸며주었다. 형제는 마차를 구해 공주들을 태우고 성으로 무사히 돌아왔다. 그들의 모습은 개선장군의 그것이었다.

"뭐야? 내 딸들이 돌아왔다고?"

아무리 초라하고 험한 모습이어도 딸들을 반겨줘야겠다고 마음먹고 달려간 프로이토스는 입이 떡 벌어졌다. 공주들은 궁전에 있을 때보다 더 아름다운 모습이었다.

"아, 내 딸들아! 너희들이 돌아왔구나!"

프로이토스는 두 딸을 끌어안고 눈물을 흘렸다. 그는 거듭 말했다.

"아, 고맙다. 고맙다."

멜람푸스가 기회를 보다가 끼어들었다.

"왕이시여, 저희들이 두 분 공주님을 무사히 모시고 왔으니 계약 조건을 바꿔야겠습니다."

프로이토스는 그가 무슨 말을 하려는 건지 훤히 알 수 있었다.

"알았다. 알았다. 이 돈밖에 모르는 의사 놈아! 내 딸들과 내 나라를 다 가져가라. 나는 더 이상 바랄 것이 없다. 나는 이 세상에서 가장 행복한 아비이니라. 너희들 형제를 내 사위로 맞이할 테니 부디 행복하게만 살아라."

그러자 멜람푸스는 호탕하게 웃었다.

"공주님의 병뿐만 아니라 티린스 여인들의 병을 고쳤고, 무엇보다 대왕의 자린고비 병도 고쳤습니다. 으하하하!"

"그렇다. 너는 나의 병을 고쳤고 욕심에서 놓여나게 해주었다. 이제 나는 왕관도 필요 없고 이 궁전도 필요 없다. 포도밭에 움막을 짓고 조용하고 편안하게 살다가 평화롭게 죽는 것이 꿈이다."

그 말에 지켜보던 사람들이 모두 웃었다.

"대왕이시여, 정말 구두쇠 병이 다 나으셨군요. 축하드립니다."

신하들이 모두 축하해주었다. 궁전은 이제 화기애애한 기쁨의 장소로 변했다. 얼마 후 결혼식이 거행됐다. 멜람푸스와 비아스는 각자 프로이토스의 예쁜 두 딸을 아내로 맞이했다. 두 형제는 사이좋게 나라를 반으로 나눠 다스렸고, 프로이토스는 그의 소원대로 편안하게 여생을 보낼 수 있었다.

주석으로 쉽게 읽는
고정욱 그리스 로마 신화 ❹

초판 1쇄 인쇄 2024년 12월 27일
초판 1쇄 발행 2025년 1월 17일

지은이 고정욱
펴낸이 이범상
펴낸곳 (주)비전비엔피 · 애플북스

기획 편집 차재호 김승희 김혜경 한윤지 박성아 신은정
디자인 김혜림 이민선
마케팅 이성호 이병준 문세희 이유빈
전자책 김희정 안상희 김낙기
관리 이다정

주소 우) 04034 서울특별시 마포구 잔다리로7길 12 (서교동)
전화 02) 338-2411 | **팩스** 02) 338-2413
홈페이지 www.visionbp.co.kr
인스타그램 www.instagram.com/visionbnp
포스트 post.naver.com/visioncorea
이메일 visioncorea@naver.com
원고투고 editor@visionbp.co.kr

등록번호 제313-2007-000012호

ISBN 979-11-92641-56-0 04840
　　　　979-11-92641-52-2 04840 [SET]

주석으로 쉽게 읽는
고정욱 그리스 로마 신화

나도 신화왕
멀티 워크북

차례

i

최고의 두뇌 게임
크로스워드 퍼즐

Crossword
Puzzle 1

가로

1 음악과 예술의 신

2 사랑과 미의 여신

4 페니키아의 왕자이자 테베를 건국한 왕

5 그리스 신화에 나오는 영웅으로 아르고스의 왕

7 술과 축제의 신

9 카오스와 가이아의 아들이며 크로노스의 아버지

10 테티스의 딸이자 제우스의 첫 번째 부인

세로

1 트로이아의 전쟁 영웅, 아프로디테의 아들

3 미노타우로스를 물리친 아테네의 영웅

4 혼돈, 공허, 공간 같은 존재로 최초의 신

6 헬레네의 남편이자 스파르타의 왕

8 탄탈로스의 딸이자 테베의 왕비

11 그리스 신화에 등장하는 가장 강하고 엄청나게 큰 거인

Crossword
Puzzle 2

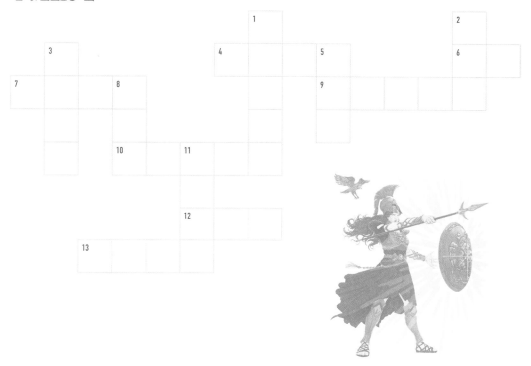

가로

4 인간의 운명을 결정하는 세 명의 여신들

6 아폴론과 아르테미스를 낳은 여신

7 목마로 유명한 고대 그리스의 도시

9 미노스 왕의 딸이자 미노타우로스를 무찌르도
록 테세우스를 도와준 여인

10 그리스 신화에 나오는 테스피아이의 미소년

12 크로노스의 아내이자 제우스의 어머니인
레아를 섬기는 크레타섬에 있는 산

13 히폴리토스에 대한 사랑이 거절당하자 스스로
목숨을 끊은 여인

세로

1 미궁을 만든 전설적인 장인

2 헬리오스의 동생이자 새벽의 신

3 테세우스가 태어난 도시

5 아로고스 원정대를 이끌고 콜키스의 황금
양털을 가져온 영웅

8 올림포스 12신 중 하나로 지혜, 전쟁, 기술,
직물, 요리, 도기 등을 관장하는 여신

11 그리스 신화에 나오는 소아시아 리키아의 괴물

5

Crossword
Puzzle 3

가로

1 대지의 여신

5 메두사를 제거하고 안드로메다 공주를 구출한 영웅

6 오디세우스의 아내

8 제우스와 에우로페의 아들로 저승의 심판관

9 바다를 관장하는 신

10 아테나와 베짜기 시합을 벌였던 리디아의 여인

세로

2 전쟁의 신

3 음유시인이자 수금의 명수

4 그리스 신화에 등장하는 청동 거인

6 제우스와 데메테르 사이에서 태어났으며 하데스의 아내

7 히폴리토스에 대한 사랑이 거절당해 목숨을 끊은 테세우스의 후처

8 시링크스가 판에게 쫓기다가 도착한 강

10 아킬레우스와 함께 트로이아 전쟁에 나선 미케네의 왕자

11 우라노스를 거세하고 자식까지 잡아먹은 신

Crossword
Puzzle 4

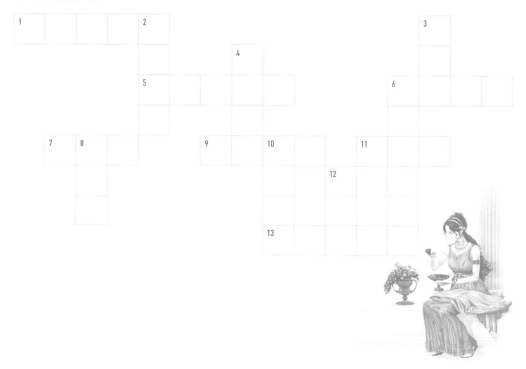

가로

1 젊어지는 목걸이를 받은 여인
5 12신들이 모여 있는 전설의 산
6 그리스어로 '개미'라는 의미로 트로이아 전쟁에 참여한 민족
7 《일리아드》를 쓴 고대 그리스 작가
9 제우스의 심부름을 주로 하는 전령의 신
11 오디세우스의 고향
13 사냥, 숲, 달을 상징하는 여신

세로

2 바람을 관장하는 신
3 프리아모스 왕의 장남이자 트로이아 전쟁에 참가해서 전사한 장군
4 현명한 노인으로 트로이아 전쟁에 참가한 필로스의 왕
6 미궁에 갇혀버린 괴물
8 고르곤의 세 자매 중 한 명으로 머리카락이 뱀으로 되어 있는 괴물
10 콜키스의 왕 아이에테스의 딸이며 이아손이 황금 양털을 얻도록 도움을 준 여인
12 마법과 주술을 관장하는 여신

Crossword
Puzzle 5

가로

2 최고의 여신이자 제우스의 아내

3 헤라를 피해 암소로 변해 달아난 제우스의 연인

5 저승을 지키는 신

6 아버지를 죽이고 어머니와 결혼하는 운명을 지닌 자

8 트로이아 전쟁에서 헥토르와 싸워서 이긴 그리스의 영웅

11 헥토르의 아내

12 트로이아의 창시자인 일로스와 에우리디케 사이에서 난 아들

13 하데스를 지키는 개

세로

1 예지력을 지닌 트로이아의 왕녀

2 대장장이의 신

4 아이네이아스 일행을 공격한 새 형태의 괴물

7 다이달로스의 아들로 하늘을 날다가 날개가 녹아 떨어져 죽은 인물

9 폭풍우를 일으켜 뱃사람을 해치는 요정

10 농사의 여신

11 아이네이아스의 아버지

Crossword Puzzle 정답

가로

1 아폴론 2 아프로디테 4 카드모스 5 디오메데스 7 디오니소스 9 우라노스 10 메티스

세로

1 아이네이아스 2 테세우스 4 카오스 6 메넬라오스 8 니오베 11 티폰

Crossword Puzzle 2

가로

4 모이라이 6 레토 7 트로이아 9 아리아드네 10 나르키소스 12 이다산 13 파이드라

세로

1 다이달로스 2 셀레네 3 트로이젠 5 이아손 8 아테나 11 키마이라

Crossword Puzzle 3

가로

1 가이아 5 페르세우스 6 페넬로페 8 라다만티스 9 포세이돈 10 아라크네

세로

2 아레스 3 오르페우스 4 탈로스 5 페르세포네 7 파이드라 8 라돈강 10 아가멤논 11 크로노스

Crossword Puzzle 4

가로

1 하르모니아 5 올림포스산 6 미르미돈 7 호메로스 9 헤르메스 11 이타카 13 아르테미스

세로

2 아이올로스 3 헥토르 4 네스토르 6 미노타우로스 8 메두사 10 메데이라 12 헤카테

Crossword Puzzle 5

가로

2 헤라 3 이오 5 하데스 6 오이디푸스 8 아킬레우스 11 안드로마케 12 라오메돈 13 케르베로스

세로

1 카산드라 2 헤파이스토스 4 하르피아이 7 이카로스 9 스킬라 10 데메테르 11 안키세스

2

신과 나의 한판 승부 !
신화왕 도전 퀴즈

신과 나의 한판 승부!

OX 퀴즈

1. 제우스가 티탄족과의 전쟁에서 승리하기 위해 자신이 훈련시킨 괴물은 티폰이다.

2. 프로메테우스가 인간에게 전달한 것은 불이다.

3. 스핑크스의 수수께끼에 등장하는 아침에는 네 발, 낮에는 두 발, 저녁에는 세 발로
   걷는 것은 키클롭스이다.

4. 오이디푸스가 아버지를 죽이고 어머니와 결혼하게 될 것이라는 신탁을 받은 장소는
   트로이아 신전이다.

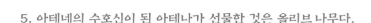

5. 아테네의 수호신이 된 아테나가 선물한 것은 올리브 나무다.

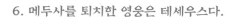

6. 메두사를 퇴치한 영웅은 테세우스다.

7. 트로이아 전쟁에서 가장 강력한 전사로 알려진 그리스 영웅은 헥토르다.

8. 목마 전략으로 트로이아를 함락시킨 그리스 영웅은 오디세우스다.

9. 하데스가 페르세포네를 납치한 이유는 복수하기 위해서이다.

O   X

10. 인간의 운명을 기록하는 그리스 신화의 세 여신은 모이라이다.

O   X

11. 헤라클레스는 12가지 과업을 모두 완수했다.

O   X

12. 아이네이아스는 디도 여왕과 결혼해서 행복하게 살았다.

O   X

13. 이아손이 이끄는 원정대는 하르모니아의 허리띠를 얻기 위해서 길을 떠났다.

O   X

14. 헤파이스토스가 진흙으로 빚어 만든 최초의 여성은 가이아다.

O   X

15. 제우스의 연인이자 헤라클레스를 낳은 여성의 이름은 알크메네다.

O   X

16 미노스 왕의 명으로 미궁을 만든 사람은 이카로스다.

O   X

17 헤르메스 신과 드리오페 요정 사이에서 염소의 하반신을 갖고 태어난 신은 켄타우로스다.

O   X

18. 아이네이아스의 어머니는 아프로디테 여신이다.

O   X

19. 올림포스 신에게 도전한 벌로 평생 하늘을 떠받치는 형벌을 받은 신은 프로메테우스다.

20. 헤라의 이미지를 상징하는 새는 독수리다.

X 정답: 헤카톤케이레스   O   X 정답: 인간   X 정답: 델
포이 신전   O   X 정답: 페르세우스   X 정답: 아킬레우스
O   X 정답: 자신의 왕비로 삼기 위해서   O   O   X
정답: 디도의 곁을 떠나 모험을 계속했다   X 정답: 황금 양털을 얻기 위
해서   X 정답 : 최초의 여성은 판도라이다   O   X 정답: 미궁
은 다이달로스가 만들었다   X 정답: 염소의 하반신으로 태어난 신은 판이다
O   X 정답: 세상을 떠받치는 형벌을 받은 것은 아틀라스다   X 정
답: 헤라를 상징하는 새는 공작이다

신과 나의 한판 승부 !

객관식 퀴즈

1 　**제우스와 티탄의 전쟁은 무엇 때문에 시작되었는가?**

　　① 올림포스의 주도권을 두고 싸워서
　　② 티탄들이 인간 세계를 지배하려 해서
　　③ 제우스가 티탄을 배신해서
　　④ 신들의 축복을 독차지하려고 해서

2 아프로디테는 무엇을 상징하는 여신인가?

① 사랑과 아름다움
② 분노와 폭력
③ 건강과 장수
④ 배달의 민족

3 나르키소스가 신들에게 벌을 받은 이유는?

① 자신의 운명을 받아들이지 않았기 때문에
② 에코의 사랑을 거부했기 때문에
③ 신에게 경의를 표하지 않았기 때문에
④ 자신의 아름다움을 자랑했기 때문에

4 그리스 로마 신화에서 제우스는 어떤 동물로 변신하여
여인들을 유혹했을까?

① 황소
② 독수리
③ 백조
④ 3가지 모두

5 판도라가 신들이 준 상자를 열게 된 이유는?

① 누군가 열어보라고 명령해서
② 열쇠가 우연히 떨어져서
③ 호기심을 참지 못해서
④ 상자에서 이상한 소리가 나서

6 크로노스에게 먹일 약을 제우스에게 만들어준 여신은?
① 메티스
② 헤라
③ 아프로디테
④ 아테나

7   다프네는 아폴론의 사랑을 피하기 위해 어떤 나무로 변신했는가?

   ① 소나무
   ② 고무나무
   ③ 월계수
   ④ 떡갈나무

8   아라크네가 아테나와 겨룬 이유는?

   ① 자신의 기술이 신보다 뛰어나다고 자랑해서
   ② 복수를 위해 신에게 도전해서
   ③ 신이 아라크네의 작품을 훔쳐서
   ④ 다른 인간들이 부추겨서

9 다음 괄호에 맞는 신들의 이름은？

이 세상의 3분의 1인 지하 세계는 ⓐ 가, 또 다른 3분의 1인 바다는
ⓑ 이, 그리고 나머지 3분의 1인 하늘과 땅은 ⓒ 가 맡아 다스리게 되
었다.

① ⓐ 제우스 - ⓑ 포세이돈 - ⓒ 하데스
② ⓐ 포세이돈 - ⓑ 하데스 - ⓒ 제우스
③ ⓐ 하데스 - ⓑ 포세이돈 - ⓒ 제우스
④ ⓐ 제우스 - ⓑ 하데스 - ⓒ 포세이돈

10 아테나는 어떤 방법으로 태어났는가?
① 땅속에서 태어났다.
② 제우스의 머리에서 태어났다.
③ 바다에서 태어났다.
④ 헤라의 손에서 태어났다.

11 프로메테우스가 인간에게 전달한 것은?

① 불과 기술
② 신의 예언
③ 운명에 대한 저항
④ 무적의 힘

12 프로메테우스가 인간을 위해 다른 신들에게 저항했던 결과는?

① 신들에게 용서를 받았다
② 영원히 묶여 간을 쪼이는 벌을 받았다
③ 인간의 지혜를 얻었다
④ 신들과 동등한 지위를 얻었다

13 **파에톤이 태양신 헬리오스의 수레를 몰고 하늘로 간 이유는?**

① 자신이 그의 아들임을 증명하기 위해

② 신들의 명령을 수행하려고

③ 어머니의 부탁을 들어주려고

④ 세상을 정복하려고

14 **시시포스가 운명을 거스르려다 받은 벌은?**

① 바위를 영원히 밀어 올리는 형벌

② 지하 세계에 영원히 갇히는 형벌

③ 자신의 가족을 죽이는 형벌

④ 끊임없는 추방당하는 형벌

15 디오니소스의 전쟁에서 신이 전쟁을 일으킨 이유는?

① 인간들이 술의 신을 배척해서
② 디오니소스의 신성을 부정해서
③ 포세이돈의 영역을 침범해서
④ 인간의 도시를 지배하려고 해서

16 이카로스가 아버지 다이달로스의 경고에도 불구하고 하늘 높이
날아오른 이유는?

① 태양을 더 가까이 보고 싶어서
② 다른 사람들에게 자랑하려고
③ 자유에 대한 기쁨에 취해서
④ 하데스의 명령을 거부하기 위해서

17 오이디푸스가 테베를 떠날 때 자신이 운명을 피했다고 생각했던 이유는?

① 신탁을 잘못 이해했기 때문에
② 자신이 왕이 될 줄 몰랐기 때문에
③ 자신의 부모를 모르고 있었기 때문에
④ 신탁의 내용이 불분명했기 때문에

18 니오베가 신들에게 벌을 받은 이유는?

① 자신의 아이들을 자랑하며 신들을 모욕해서
② 신전에서 제사를 소홀히 해서
③ 인간의 운명을 비웃어서
④ 신의 정체를 폭로해서

19 벨레로폰이 퇴치한 괴물은 무엇인가?

① 키클롭스
② 히드라
③ 키마이라
④ 하피

20 다이달로스가 만든 미궁에서 빠져나오지 못한 이는 누구인가?

① 이카로스
② 미노타우로스
③ 아리아드네
④ 테세우스

21 오르페우스가 아내 에우리디케를 되찾기 위해 간 곳은?

① 올림포스산
② 이다산
③ 타르타로스
④ 스틱스강

22 크릭소스와 헬레가 황금 양모를 타고 도망치다 헬레가 추락한 이유는?

① 배고파서 아래를 내려다보다가
② 양모의 신비로운 힘에 의해
③ 공포와 어리석음으로 양털을 놓쳐서
④ 갑작스러운 폭풍우 때문에

23 이아손이 황금 양털을 얻기 위해 타고 갔던 배의 이름은?

① 아르고
② 오디세우스
③ 타르타로스
④ 올림포스

24 피그말리온이 자신의 조각상과 사랑에 빠진 이유는?

① 자신 외에는 완벽한 여자를 못 봐서
② 아프로디테의 저주로
③ 조각상의 아름다움에 집착해서
④ 왕위를 유지하기 위해서

25 아테나와 포세이돈이 다툰 이유는?

① 아테네 도시의 수호권을 두고
② 올림포스 신들의 지배권을 두고
③ 트로이아 전쟁의 승리를 두고
④ 인간의 충성을 얻기 위해

26 트로이아 전쟁에서 아킬레우스가 죽인 아마조네스의 여왕은
누구인가?

① 펜테실레이아
② 히폴리테
③ 안티오페
④ 아르테미스

27 기간테스 전쟁은 왜 일어났는가?

① 기간테스가 인간을 멸망시키려고 해서
② 신들을 올림포스에서 몰아내려 해서
③ 포세이돈의 영토를 차지하려 해서
④ 헤라클레스를 죽이려고 해서

28 카드모스 전쟁에서 카드모스는 어떻게 전투를 승리로 이끌었는가?

① 강력한 무기를 사용했다
② 신들의 도움을 받았다
③ 용의 이빨에서 나온 전사들을 활용했다
④ 적군을 기습적으로 공격했다

29 칼리돈의 멧돼지 사냥이 전쟁으로 번진 이유는?

① 영웅들 간의 협력 실패
② 멧돼지 사냥의 공적을 둘러싼 분쟁
③ 칼리돈의 왕이 신들의 명령을 어겨서
④ 멧돼지를 놓쳐 도시를 파괴했기 때문에

30 테베 전쟁은 왜 발발했는가?

① 왕위를 놓고 두 형제가 다투어서
② 테베가 신의 예언을 무시해서
③ 테베가 이웃 도시를 침략해서
④ 테베의 여왕이 모반을 일으켜서

31 오이디푸스는 자신의 운명을 피하려다 결국 어떻게 되었는가?

① 어머니와 결혼하고 아버지를 죽였다
② 왕위를 포기하고 떠났다
③ 친구를 배신했다
④ 신전에서 은둔 생활을 했다

32 미다스 왕이 판과 아폴론의 음악 대결에서 한 어리석은 선택은?

① 아폴론 대신 판의 음악을 선택했다
② 자신의 음악을 대결에 올렸다
③ 아폴론의 신성을 비웃었다
④ 대결 결과를 거부했다

33 스핑크스의 수수께끼를 풀어 테베를 구한 영웅의 이름은?

① 오이디푸스
② 헤라클레스
③ 페르세우스
④ 테세우스

34 다이달로스가 미궁에서 빠져나가기 위해 사용한 도구는?

① 로프
② 날개
③ 지도
④ 마법의 돌

35 헤르메스의 상징적 지혜는 무엇인가?

① 도둑질과 상업에서의 교묘함
② 전쟁에서의 용맹함
③ 사랑에서의 헌신
④ 정치에서의 정직함

36 페르세우스가 메두사를 물리치기 위해 사용한 물건이 아닌 것은?

① 날개 달린 샌들
② 아테나의 방패
③ 하데스의 투구
④ 아폴론의 활

37　테세우스가 아테네로 향하는 길에서 마주치지 않은 적은?

① 프로크루스테스
② 미노타우로스
③ 스키론
④ 메두사

38　헤라클레스가 수행했던 12가지 과업 중 첫 번째는 무엇인가?

① 네메아의 사자 사로잡기
② 아우게이아스의 외양간 청소하기
③ 히드라 퇴치하기
④ 히폴리테의 허리띠 가져오기

39 오디세우스가 트로이아 전쟁 후 귀향길에서 겪은 위험이 아닌 것은?

① 키클롭스인 폴리페모스를 만나다
② 세이렌의 노래를 듣다
③ 아틀란티스에서 길을 잃다
④ 키르케의 저주를 받다

40 아킬레우스의 약점은 어느 곳인가?

① 심장
② 발뒤꿈치
③ 손바닥
④ 머리카락

41 악타이온이 신들의 분노를 산 이유는?

① 아르테미스의 벗은 몸을 우연히 목격했기 때문에
② 전쟁에서 신의 조언을 무시했기 때문에
③ 자신의 운명을 조롱했기 때문에
④ 신탁을 공개적으로 비웃었기 때문에

42 크레타의 미노스 왕이 포세이돈의 황소를 제물로 바치지 않아
생긴 결과는?

① 황소가 그의 왕국을 황폐화시켰다
② 그의 아내가 황소와 사랑에 빠졌다
③ 왕국이 대지진으로 무너졌다
④ 소고기 값이 폭등했다

43   테세우스가 아테네로 돌아오지 않으리라 믿고 아이게우스가 한 일은?

① 자신의 왕국을 파괴했다
② 절벽에서 뛰어내렸다
③ 신전을 모독했다
④ 테세우스를 추방했다

44   페르세포네가 하데스에게 납치된 뒤, 어머니 데메테르가 한 저항은?

① 신들에게 전쟁을 선포했다
② 지상에서 식물이 자라지 않게 했다
③ 제우스를 저주했다
④ 하데스의 궁전을 파괴했다

45 카산드라가 자신의 예언 능력을 저주로 여기게 된 이유는?

① 아폴론과의 계약을 어겼기 때문에
② 신들에게 불경하게 굴었기 때문에
③ 인간의 운명을 거부했기 때문에
④ 미래를 예언하지 않으려 했기 때문에

46 파리스가 신탁을 거부하고 사랑을 선택한 결과는?

① 트로이아 전쟁이 발발했다
② 제우스의 분노를 샀다
③ 자신의 왕위를 잃었다
④ 사랑했던 여인을 잃었다

47 오디세우스가 키클롭스인 폴리페모스를 물리치기 위해 사용한 방법은?

① 신의 무기를 빌렸다
② 교활한 거짓말로 속였다
③ 강력한 무기를 만들어서 사용했다
④ 에네르기파를 쏘았다

48 인간이 아테나와의 지혜 대결에서 항상 실패하는 이유는?

① 신의 지혜는 인간의 한계를 초월하기 때문에
② 인간이 도구를 사용하지 못하기 때문에
③ 신탁의 예언이 항상 옳기 때문에
④ 아테나가 인간을 속이기 때문

49 트로이아 전쟁은 어떻게 시작되었는가?

① 트로이아의 왕이 아폴론 신전을 모욕해서
② 헬레네의 납치로 인해
③ 파리스가 아테나의 분노를 샀기 때문에
④ 스파르타와 아테네의 동맹 파괴로 인해

50   그리스군이 트로이아를 함락시킨 계책은?

① 대규모 해상 전투
② 기습적인 야간 공격
③ 트로이아 목마 전략
④ 아킬레우스의 전면 돌격

정답

1. ① 2. ① 3. ② 4. ④ 5. ③ 6. ① 7. ③ 8. ① 9. ③ 10. ② 11. ① 12. ② 13. ① 14. ① 15. ② 16. ③ 17. ③ 18. ① 19. ③ 20. ② 21. ③ 22. ③ 23. ① 24. ③ 25. ① 26. ① 27. ② 28. ③ 29. ② 30. ① 31. ① 32. ① 33. ① 34. ② 35. ① 36. ④ 37. ④ 38. ① 39. ③ 40. ② 41. ① 42. ② 43. ② 44. ② 45. ① 46. ① 47. ② 48. ① 49. ② 50 ③

3

비판력을 높여주는
신화 토론

토론 주제 1

트로이아 목마 전략은
정당한 전쟁 행위인가?

찬성

전쟁에서 승리하기 위해
필요한 전략이다.

반대

속임수는
전쟁 윤리에 어긋난다.

찬성에 대한 논거 3가지를 기록하시오

반대에 대한 논거 3가지를 기록하시오

토론 주제 2

프로메테우스의 인간에 대한 희생은 정당했는가?

찬성

인간 문명의 발전에
필요한 희생이었다.

반대

신들의 질서를
위반한 무책임한 행위다.

찬성에 대한 논거 3가지를 기록하시오

반대에 대한 논거 3가지를 기록하시오

토론 주제 3

하데스가 페르세포네를 납치한 것은 사랑으로 간주할 수 있는가?

찬성   반대

사랑의 표현으로 볼 수 있다.   타인의 의지를
무시한 폭력 행위다.

찬성에 대한 논거 3가지를 기록하시오   반대에 대한 논거 3가지를 기록하시오

토론 주제 4

아킬레우스의 분노는
정당화될 수 있는가?

찬성 반대

파트로클로스의 죽음은
그의 분노를 정당화한다.

개인적인 감정으로
동료들을 위험에 빠뜨렸다.

찬성에 대한 논거 3가지를 기록하시오

반대에 대한 논거 3가지를 기록하시오

토론 주제 5

미다스 왕의 선택은
탐욕으로 인한 잘못인가,
신들의 부당한 처벌인가?

찬성	반대
탐욕이 그의 파멸을 초래했다.	신들이 그의 선택을 부추기고 벌했다.

찬성에 대한 논거 3가지를 기록하시오	반대에 대한 논거 3가지를 기록하시오

헤라클레스의 12가지 과업은
그에게 적절한 시험이었는가?

찬성 반대

과업은 그의 힘과 지혜를 증명했다.

신들의 질투로 인한
부당한 처벌이었다.

찬성에 대한 논거 3가지를 기록하시오

반대에 대한 논거 3가지를 기록하시오

토론 주제 7

카산드라의 예언 능력을
신들이 믿지 못하게 한 것은
공정했는가?

찬성	반대
아폴론과 계약을 어겼으므로 정당하다.	개인의 능력을 부정하는 부당한 처사다.

찬성에 대한 논거 3가지를 기록하시오

반대에 대한 논거 3가지를 기록하시오

토론 주제 8

현대에도 신이나 절대자가 존재한다고 믿는가?

찬성

신이나 절대자는 존재한다.

반대

인간의 상상이 만들어낸 허구다.

찬성에 대한 논거 3가지를 기록하시오

반대에 대한 논거 3가지를 기록하시오

토론 주제 9

제우스는
훌륭한 리더였는가?

찬성   반대

신과 인간을 공평하게 다스린 리더이다.   이기적이고 고집불통인 독재자였다.

찬성에 대한 논거 3가지를 기록하시오   반대에 대한 논거 3가지를 기록하시오

'인간이 신이다'라는
주제는 타당한가?

찬성

인간은 신과 같은
놀라운 능력을 지녔다.

반대

인간은 나약한 존재여서
절대로 신이 될 수 없다.

찬성에 대한 논거 3가지를 기록하시오

반대에 대한 논거 3가지를 기록하시오

4

사고력을 길러주는
신화 논술

🌿 1. 영웅과 신들의 협력과 갈등

신화 속에서 영웅들은 신들과 협력하거나 갈등합니다.
어떤 관계가 가장 기억에 남았는지 분석해보세요.

2. 트로이아 전쟁이 남긴 교훈

트로이아 전쟁에서 벌어진 사건을 통해
오늘날 우리가 배울 수 있는 교훈을 생각해보세요.

3. 운명에 대한 생각 :
인간은 운명을 바꿀 수 있을까?

신화 속 인물들의 운명과
자신의 의견을 연결해 써보세요.

4. 오디세우스의 귀환 이야기에서 배우는 지혜

오디세우스가 어려움을 극복한 방법을
중심으로 지혜의 중요성을 논의하세요.

5. 아킬레우스의 약점, 우리 모두의 약점

아킬레우스의 발뒤꿈치 이야기를 통해
인간의 약점과 이를 극복하는 방법을 생각해보세요.

6. 신들의 세계와 인간의 세계:
차이점과 공통점

신화 속 신들과 인간의 삶을 비교하고 분석해보세요.

7. 프로메테우스의 인간을 위한 희생

프로메테우스의 이야기를 통해
희생과 이타심의 의미를 정리해보세요.

8. 페르세우스의 여정에서 배우는 용기

메두사를 물리친 페르세우스의 이야기를 중심으로
용기의 정의에 대해 써보세요.

9. 스핑크스의 수수께끼와 지혜의 힘

오이디푸스가 수수께끼를 푼 장면을 통해
지혜가 가진 힘을 탐구해보세요.

10. 신화 속 여성들의 역할과 목소리

아리아드네, 카산드라, 아프로디테 등 여성을 중심으로
그들의 역할을 분석해보세요.

11. 트로이아 목마 이야기와
현대의 전략적 사고

목마 전략이 현대 사회에서 어떤 교훈을 주는지 연결해보세요.

12. 헤라클레스의 과업, 우리의 목표

헤라클레스가 수행한 12가지 과업을
자신의 목표와 연결해 써보세요.

13. 나르키소스의 이야기와 자기애의 의미

나르키소스의 이야기를 통해 자기애가
긍정적, 부정적으로 작용하는 경우를 생각해보세요.

14. 파리스의 선택과 책임의 중요성

황금 사과의 주인을 선택한 파리스의 이야기를 통해
선택과 책임에 대해 써보세요.

15. 데메테르와 페르세포네의 사랑이
보여주는 가족의 의미

모녀의 이야기를 중심으로 가족 간의 사랑을 탐구하세요.

16. 아라크네의 자만심과 겸손의 교훈

직조 대결에서 자만심이 어떻게 벌을 초래했는지 써보세요.

_____

_____

_____

_____

_____

_____

_____

_____

_____

_____

17. 하데스의 왕국: 죽음에 대한 다른 시각

하데스와 그의 왕국을 통해 죽음에 대한 새로운 관점을 써보세요.

18. 디오니소스의 이야기와 자유의 본질

술과 축제의 신 디오니소스를 통해 자유의 의미를 생각해보세요.

19. 헤파이스토스의 장애와 재능

불의 신 헤파이스토스의 이야기를 통해
장애와 재능의 상관관계를 써보세요.

20. 운명의 세 여신 모이라이와 인생의 선택

모이라이의 이야기를 통해 우리가 인생에서
내리는 선택의 중요성을 써보세요.

초판 한정
출간 기념 이벤트

《고정욱 그리스 로마 신화》를 읽고

'나도 신화왕 멀티 워크북'의 논술 감상문을 작성하여

메일로 보내주시면

작가님이 개별적으로 평가해드립니다.

kingkkojang@hanmail.net